KB253234

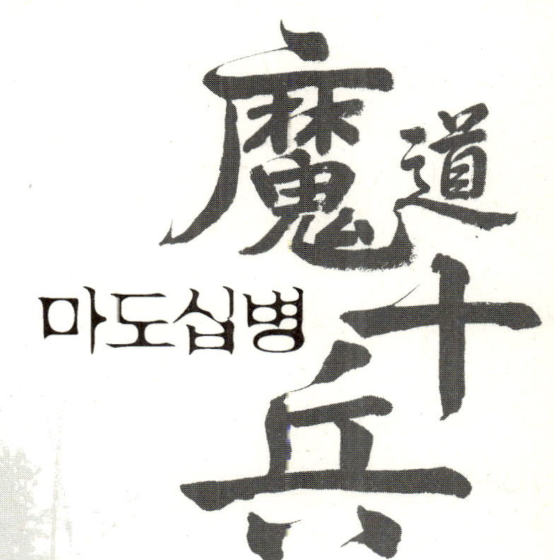

魔道十兵
마도십병

# 마도십병 8

조돈형 新무협 판타지 소설

초판 1쇄 찍은 날 § 2008년 3월 18일
초판 1쇄 펴낸 날 § 2008년 3월 25일

지은이 § 조돈형
펴낸이 § 서경석

편집장 § 문혜영
편집책임 § 유경화

펴낸곳 § 도서출판 청어람
등록번호 § 제1081-1-89호
등록일자 § 1999. 5. 31
어람번호 § 제2-1445호

주소 § 경기도 부천시 원미구 심곡1동 350-1 남성B/D 3F (우) 420-011
전화 § 032-656-4452  팩스 § 032-656-4453
http://www.chungeoram.com
E-mail § eoram99@chollian.net

ⓒ 조돈형, 2006

ISBN 978-89-251-1237-4 04810
ISBN 89-251-0272-2 (세트)

Fantastic Oriental Heroes

# 魔道十兵

## 마도십병

조돈형 新무협 판타지 소설

8 [완결]

도서출판 청어람

# 목차

제71장

# 잠능폭멸대법(潛能爆滅大法)

"무슨 일이냐?"

갑자기 술렁거리는 분위기를 이상히 느낀 용화도가 수하들을 둘러보며 소리쳤다.

좌측에서 대답 대신 처절한 비명이 들려왔다.

"으아악!"

"크악!"

용화도는 뭔가 심상치 않은 일이 벌어지고 있음을 직감하고 황급히 몸을 틀었다. 순간, 그의 발아래로 무참히 잘린 수하의 목이 굴러왔다.

무공은 조금 떨어져도 꽤나 아끼는 수하.

이를 질끈 악문 용화도가 그의 목을 자른 적을 노려보며 소리쳤다.

"웬 놈이냐?!"

나름 차분히 던진다고 던진 말이었지만 그 아래엔 엄청난 살기가 깔려 있었다.

그의 물음에 살짝 고개를 숙이고 있던 을파소가 고개를 들었다.

"음."

을파소의 시선과 마주친 용화도는 자신도 모르게 신음을 내뱉으며 한 걸음 뒤로 물러나고 말았다.

딱히 살기를 느낀 것도 아니고, 그렇다고 별다른 위협을 느낀 것도 아니었음에도 어찌 된 일인지 무심히 바라보는 눈빛에 오금이 저려왔다.

그런 용화도를 보며 을파소가 나직이 대꾸했다.

"네가 알 필요 없다. 말해준다고 알 만한 이름도 아니고. 그저 적으로 만나 무기를 겨룬 사이일 뿐."

간단히 말을 마친 을파소가 용화도를 향해 검을 겨누었다.

"ㅇㅇㅇㅇㅇ."

용화도는 숨이 멎을 듯한 충격에 몸을 부르르 떨었다. 당연히 싸워야, 그래서 목을 베어야 함에도 어찌 된 일인지 몸이 제대로 움직이질 않았다.

"잘 생각했다."

을파소가 중얼거리듯 말했다. 용화도가 멈칫거리는 것을 보고 스스로 싸움을 포기한 것이라 여긴 것이다.

하지만 그 한마디는 영문 모를 두려움에 휩싸여 있던 용화도의 투쟁심에 불을 붙였다. 애당초 그냥 물러난다는 것은 있을 수 없는 일이 아니던가.

"잘… 생각했다? 누구를 병신으로 아나. 뭣들 하느냐! 이 늙은이를 당장에 요절내지 않고!"

용화도가 발작하듯 소리쳤다. 그러자 을파소를 포위하고 있던 이들이 일제히 살기를 드러내며 압박하기 시작했다.

을파소는 기다리지 않았다.

적이 살기를 드러내자 그 즉시 선공을 취했다.

날카로운 소성과 함께 섬뜩한 검광이 춤을 추자 제대로 방어를 하지 못한 사내가 피를 뿌리며 쓰러졌다. 생각보다 빠르고 파괴력있는 공격에 흑기령의 대원들이 멈칫거리자 기선을 잡은 을파소가 연속적으로 공격을 가했다.

"멍청한 놈들!"

용화도가 이를 북북 갈며 싸움에 뛰어들었다.

일 대 다수의 싸움. 게다가 상대는 한쪽 눈과 팔이 없었다. 누가 봐도 비웃음을 흘릴 상황이었으나 오히려 흑기령이 밀리는 형국이었다.

반 각도 되지 않아 무려 네 명의 인원이 더 목숨을 잃었다. 그나마 다행이라면 용화도가 본격적으로 싸움에 참여하면서 그를 중심으로 흑기령의 합공이 무섭게 을파소를 압박하여 더 이상의 피해를 막았다는 것이었다.

단지 그뿐이었다.

을파소에 막힌 그들은 그사이 힘겹게 도주를 하는 공야결 일행을 막지 못했다.


"나를 내려놓게."

등위평이 공야결의 어깨를 두드리며 말했다. 그가 무슨 이유로 그런 말을 하는지 너무나 잘 알고 있던 공야결이 크게 도리질을 쳤다.

"그럴 순 없습니다."

"내 몸은 내가 더 잘 알아. 심각한 내상에 오장육부가 뒤틀리고 뼈마디가 성한 곳이 없네. 더구나 피를 너무 많이 흘렸어. 더 이상은 버티기 힘드네."

"그래도 안 됩니다. 이곳만 벗어나면 곧 치료를 받으실 수 있습니다. 어르신께선 반드시 사셔야 합니다."

"고집은… 그래도 안 되는 것은 안 되는 것이야. 게다가 저분 혼자서는 힘들어. 누군가는 함께 남아서 놈들의 추격을 막아야 하고."

등위평이 홀로 흑기령의 공세를 감당하고 있는 을파소를 가리키며 말했다.

"그게 어르신일 필요는 없습니다."

공야걸은 고집을 꺾지 않았다.

"그러면 할 수 없지."

등위평이 자신의 엉덩이를 받치고 있던 공야걸의 양 손목을 지그시 누르자 공야걸은 순간적으로 손목이 뻣뻣해지는 것을 느끼며 그를 놓치고 말았다.

추락하듯 땅에 내려선 등위평이 노도처럼 밀려오는 적을 향해 천천히 움직였다.

"어르신!"

기겁을 한 공야걸이 그를 부르며 달려가자 등위평이 버럭 소리를 질렀다.

"정녕 내 뜻을 몰라서 이러는 것이냐! 이곳이 아니더라도 어차피 나는 죽는다. 그렇게 머뭇거릴 시간이 있으면 당장 이곳을 떠나라."

"어르신!"

공야걸은 등위평을 버리고 떠날 생각이 없었다. 죽으면 죽었지 그런 비겁한 행동을 하고 싶지는 않았다. 더구나 공야초로부터 이미 등위평의 진실한 정체를 들어 알고 있던 터, 무슨 일이 있어도 그를 무사히 데리고 가야만 했다. 하지만 등위평은 이미 마음을 굳힌 듯했다.

"때로는 누군가의 결심을 존중해 줘야 할 때가 있다. 그리고 지금이 바로 그때다."

공야걸을 향해 담담한 웃음을 보인 등위평이 몸을 돌려 맹렬히 달려가기 시작했다. 언제 부상을 당했냐는 듯 날랜 몸짓과 천하를 아우를 만한 포효성이 주변을 울렸다.

등위평이 싸움에 참여하는 것과 동시에 어찌 된 일인지 을파소가 슬며시 뒤로 물러났다.

잠시 후, 등위평과 추격자들이 한데 엉키는가 싶더니만 난데없는 파열음과 비명이 천지를 진동시켰다.

꽈꽈꽝!

"어르신!"

온몸이 산산조각난 등위평을 보며 공야걸이 놀라 부르짖었다.

대답은 없었다.

그저 자신의 몸을 폭발시켜 흔적조차 찾기 힘든 등위평의 몇몇 잔해들과 그로 인해 목숨을 잃은 십수 명의 시신만이 무참히 늘어져 있을 뿐이었다.

"잠능폭멸대법(潛能爆滅大法)! 허! 과연 무시무시하군."

등위평으로부터 잠능폭멸대법을 사용할 것이라는 경고를 미리 듣고 몸을 뺀 을파소가 눈앞에 벌어진 참상을 보며 미간을 찌푸렸다.

자신의 몸을 폭발시켜 적을 살상시키는 잠능폭멸대법은 이름만큼이나 엄청난 살상력을 지니고 있어 그 누구도 익히기를 꺼려했고, 익혔다 하더라도 자신의 목숨을 희생해야 하는 무공이기에 사용하기를 두려워했다. 한데 등위평은 아무

런 미련도 없이, 추호의 망설임이나 두려움도 없이 잠능폭멸
대법을 사용했다.

효과는 상상 이상이었다.

등위평 등을 추격하던 이들 대부분이 목숨을 잃었다. 물론
몇몇 인원과 폭발의 중심에 있어야 할 흑기령주 용화도가 재
빨리 눈치를 채고 몸을 빼 간발의 차이로 목숨을 구했다는 것
이 아쉽기는 했지만, 그 정도의 인원은 을파소 혼자서도 충분
히 감당할 수 있었다.

"후퇴하랏!"

어깨에 박힌 뼛조각을 기분 나쁘게 바라보던 용화도가 이
를 악물며 퇴각의 명을 내렸다.

등위평이 장렬히 희생을 하기는 했지만 을파소의 합류로
일행의 수는 여전히 다섯. 언제 꺼질지 모르는 풍전등화(風前
燈火)의 위기 속에 그들은 또다시 힘겨운 도주를 시작했다.


"결국 놓쳤단 말이로군."

질문을 던지는 석류의 음성에 은은한 노기가 깔렸다.

명을 제대로 수행하지 못한 이들이 감히 고개를 들지 못하
고 시선을 아래로 깔았다.

"그가 얼마나 중요한 사람인지는 다들 잘 알고 있을 터. 무
슨 수를 쓰더라도 반드시 잡았어야 했다."

담담한, 그러나 냉랭하기 그지없는 말투에 철인사가 얼굴

을 붉혔다.

"죄송합니다."

"죄송으로 끝날 일이 아니다. 또한 네가 혼자 책임을 질 일도 아니고. 이번 일은 나를 포함한 모두의 잘못이다."

"후~"

철인사의 입에서 짧은 한숨이 흘러나왔다.

정확히 세 시진 전, 철인사는 수하들을 이끌고 잠룡단의 퇴로를 차단하고 있던 흑기령주에게 다급한 전갈을 하나 받았다.

전해진 내용인즉, 웬 괴인의 출현으로 도주하고 있던 잠룡단의 마지막 생존자들을 잡지 못했다는 것인데, 놀라운 것은 그 괴인이 바로 마교의 전대 교주 을파소로 보인다는 것이었다.

소식은 곧바로 석류에게 전해졌고 다각적인 분석을 바탕으로 그 괴인이 지난날 무이산에서 놓친 을파소임을 확신한 석류는 곧 대대적인 추격 명령을 내렸다.

지난밤 등위평을 놓친 실수를 만회하고자 고월은 그 누구보다 추격에 열심이었다. 그리고 기회가 왔다. 흑기령을 뚫고 기진맥진하여 도주하는 을파소 일행과 정면으로 맞닥뜨린 것이었다.

고월과 그를 따르던 수하들은 기회를 놓치지 않기 위해 최선을 다했다. 비록 을파소가 전대 마교 교주라고 하나 쫓겨날 당시 당한 치명적인 부상에서 완쾌되지 못했고, 얼마 전 무위산에서도 큰 부상을 당해 과거의 압도적인 무공을 보여주지는 못했다. 게다가 잠룡단원들은 제 한목숨 연명하기도 힘든 지경이라 도움을 기대하기는 힘들었다.

그럼에도 을파소는 강했다.

치열한 격전 속에 무려 여덟의 천마대원을 쓰러뜨렸다. 하나, 그것이 한계였다. 그 역시 고월의 공격에 다시는 회복하기 힘든 치명적인 부상을 입고 말았다.

자신들을 지켜주던 낯선 괴인, 을파소가 휘청거리는 것을 지켜본 공야선 등은 그들의 최후를 직감했다.

한데 바로 그 순간, 기적이 일어났다.

전대 교주의 수급을 취할 수 있다는 기쁨에 취한 고월이 두 눈을 질끈 감은 을파소의 목에 칼을 휘두르려는 찰나, 바람을 등지고 한 괴인이 나타나더니 가히 섬전과 같은 빠름으로 고월의 심장을 베어버린 것이었다. 물론 난데없이 나타난 적을 맞아 고월도 재빨리 응수를 하려 했으나 미처 검의 방향을 바꾸기도 전, 그의 영혼은 이미 육신을 떠나 버리고 말았다.

고월의 목숨을 단칼에 끊어버린 괴인과 그의 동조자가 어쩔 줄을 몰라 허둥대는 천마단원들의 목숨을 거두는 데 걸린 시간은 일각이 채 되지 않았다.

가히 추풍낙엽, 열 명이 넘는 천마단원 중 그 누구도 그들의 일검을 받지 못했다. 그들의 무공은 진정 압도적이었다.

　그렇게 고월을 비롯하여 그의 수하들이 전멸당하고 그들을 도륙한 두 명의 괴인과 을파소 등이 사라지고 난 후, 장내에 도착한 석류는 절명한 고월의 몸을 살피다 소스라치게 놀라고 말았다. 섬뜩하리만큼 깨끗하게 잘린 가슴의 단면을 보며 상대의 실력이 결코 자신의 아래가 아니라는 것을 알아본 것이었다.

　이후, 그때까지 조금은 여유롭게 적을 쫓던 석류는 추격의 달인 적상을 앞세워 맹렬히 그들을 뒤쫓기 시작했다. 하지만 잠룡단을 돕는 괴인들은 적상의 이목마저 혼란케 할 정도로 완벽하게 흔적을 지우고, 위장을 해가며 때로는 암습까지 감행하면서 끝까지 추격을 뿌리쳤다. 그리고 마침내 천마단과 오령의 거센 추격마저 따돌리고 그들을 구하기 위해 맹렬히 달려온 맹룡단과 합류를 하였다.

　“그자들의 정체는 확인했느냐?”

　석류가 고월 등을 도륙하고 잠룡단을 구해간 괴인들의 정체에 대해 물었다.

　“아직… 죄송합니다.”

　철인사가 거듭 머리를 조아렸다.

　“예사로운 놈이 아니다. 당금 무림에 그만한 실력자가 많지는 않을 것이다. 반드시 알아내야 한다.”

　석류는 단칼에 베어 쓰러진 고월의 시신을 상기하며 이를 악물었다.

지난밤부터 추격해 온 추월령을 놓치고, 자연적으로 그녀가 지닌 군림전포 역시 사막의 신기루처럼 사라져 버렸다. 더구나 그토록 찾아 없애고 싶었던 을파소를 또다시 코앞에서 놓치고 말았다.

무엇보다 평생 동안 곁에서 자신을 보필한 고월을 잃었다는 것에 석류의 분노는 극에 달하고 있었다.

"맹룡단의 움직임은?"

석류의 물음에 을파소로부터 꽤나 큰 부상을 당한 용화도가 즉시 대답을 했다.

"놈들을 계속 뒤따르고 있는 부령주의 말로는 오호(烏湖)에 접어들었다고 합니다."

"오호라면……."

석류가 언뜻 기억이 나지 않아 고개를 갸웃거리자 용화도가 그 즉시 설명을 덧붙였다.

"이곳에서 동북쪽으로 반 시진 거리에 있는 호수입니다."

"벌써? 지독히도 빠른 놈들이군."

석류가 입술을 살짝 비틀어 말아 올리며 애써 노기를 가라앉힐 때 뒤쪽에 서 있던 화소호가 조용히 끼어들었다.

"오호는 이미 지나고 놈들은 후호(后湖)를 코앞에 두고 있다는 소식을 전해오셨습니다."

"후호에? 누가… 아!"

깜짝 놀라 되묻던 석류가 순간 무릎을 탁 치며 탄성을 내질렀다.

"밀은단주가 따라붙은 것이냐?"

"예."

"잘됐군. 그렇다면 놈들을 놓칠 일은 없겠어. 그 밖의 다른 소식은 없느냐? 혹, 놈들의 정체나……."

"그것뿐이었습니다."

"알았다. 다른 정보가 있다면 연락이 오겠지."

환몽이 맹룡단을 따르고 있는 이상 더 이상의 변수는 있을 수 없음에 만족한 석류가 철인사를 돌아보며 말했다.

"생각보다 많이 벌어졌다. 따라잡으려면 서둘러야 할 것이야. 이동 속도를 지금의 배로 올려라."

"알겠습니다."

지금의 두 배는 무리라는 말을 하고 싶었으나 사안이 사안인지라 무겁게 고개를 끄덕인 철인사가 각 령주에게 석류의 명을 전하고 잠시 후, 금기령을 필두로 오령과 천마단의 무인들이 후호를 향해 일제히 내달리기 시작했다.

*　　　*　　　*

"고맙소이다."

은성궁주 곽태가 자신들을 구해준 마교의 장로 한위와 문서출에게 고개를 숙이자 곽태가 태상 곽홍과 인척간이라는 것을 알고 있던 한위와 문서출 역시 정중히 예를 차렸다.

"아닙니다. 늦지 않아서 다행이었습니다."

"그러게 말이오. 후～ 지원군이 조금만 늦었어도 이 계곡에서 불귀의 객이 될 뻔하였으니.'

곽태가 어둠에 잠겨 비릿한 피내음을 뿜어내고 있는 계곡을 돌아보며 말했다.

문서출과 한위가 때마침 도착하지 못했으면 계곡에 뼈를 묻을 뻔했다.

한순간의 판단 실수로 혁소천과 지단이 파놓은 함정에 빠져 몰살을 당할 뻔한 위기를 떠올리자 절로 한기가 들었다.

"장로님."

그들의 대화를 끊으며 한 사내가 달려왔다. 문서출의 명을 받고 적정을 살피고 돌아온 자였다.

"상황은 어떻더냐? 놈들의 위치는?"

"반대편 산 능선에 진을 치고 있습니다. 별다른 움직임은 없는 것으로 보아 전열을 정비하는 듯싶습니다."

"놈들도 꽤나 지쳤겠지. 피해도 만만치 않았을 것이고."

비록 함정에 빠졌다고는 하나 곽태가 이끄는 은성궁 이하, 수라문 등 그들을 따르는 많은 문파들은 그냥 당하고 있지는 않았다. 필사적으로 저항을 했고 그만큼 그들을 공격했던 의천맹의 무인들도 많은 피해를 당할 수밖에 없었다.

"알았다. 계속 놈들의 움직임을 주시해라. 한순간도 놓쳐

서는 안 될 것이야.”

“존명.”

절도있는 대답과 함께 사내가 물러나자 명을 내린 문서출이 곽태를 돌아봤다.

“혹, 우상 어르신과 연락은 하고 계셨습니까?”

“지난밤 이후론 아직 연락이 닿지 않고 있소이다.”

“연락을 취해야 하지 않겠습니까?”

문서출의 말에 한위가 고개를 끄덕였다.

“그래야겠지. 그쪽 상황도 그리 좋지는 않다고 들었으니. 흑월단의 살수들도 도착을 했겠지만 최대한 빨리 합류를 해야 해.”

“곧 연락을 취하도록 하지요.”

“서두르게.”

“예.”

*      *      *

“치료는 잘하고 있습니까?”

묵조영의 물음에 운학이 고개를 끄덕였다.

“다들 큰 부상을 당했으나 워낙 단단한 몸들을 지니고 있어서 목숨에는 지장이 없다고 하는군. 다만……．”

“다만 뭡니까?”

"옥연이라는 친구는 조금 심각해."

"어느 정도입니까?"

"앞으로 무공을 쓰기는 힘들 것 같아. 단전 쪽을 다쳐 놔서."

운학이 안타까운 표정으로 말했다. 묵조영의 얼굴 역시 자연스레 어두워졌다.

"참, 그나저나 저 사람은 도대체 누구인가? 실력이 장난이 아니던데?"

운학이 목소리를 지그시 낮추고 턱짓을 했다.

그가 가리키는 사람은 묵조영과 조금 떨어진 곳에 누워 치료를 받고 있는 마상이었다.

"마 공 말입니까?"

"마… 공?"

운학이 고개를 갸웃거리며 되물었다.

제대로 본 것은 아니었으나 마 공이 보여준 무공은 실로 엄청난 것이었다. 그만한 실력이라면 무림에서 혁혁한 명성을 날리고 있어야 했다. 그런데 아무리 머리를 굴려봐도 들어본 적이 없었다.

마상이 마교 성녀의 수신호위라는 것을 말할 수 없었던 묵조영은 난처한 표정을 지을 수밖에 없었다. 설명을 하자니 마교라면 질색을 하는 다른 이들이 어찌 나올 것인지 뻔했고, 설명을 하지 않으려고 하니 또 뭐라 둘러댈 말이 없었기 때문이다.

바로 그때였다.

묵조영의 난처함을 알기라도 했다는 듯 공야일성이 한 가지 소식을 가지고 그를 찾아왔다. 천주산 동쪽 능선에서 건위령이 이끄는 무리들과 팽팽하게 대치했던 창룡단과 혁씨세가, 묵가의 정예들이 합류했다는 소식이었다.

"무사하셨군요."

공야일성을 따라온 공야열이 반가운 얼굴로 인사를 했다. 그가 자신들을 구하기 위해 어떤 고생을 했는지 알고 있던 묵조영도 반갑게 인사를 했다.

"예, 덕분에. 그래도 완전히 무사하다고는 말하지 못하겠군요."

묵조영이 온몸을 도배하다시피 한 붕대를 가리키며 말했다.

"그래도 그만하길 다행입니다. 형님과 공자께서 놈들에게 쫓기고 계시다는 것을 알면서도 마교 놈들이 어찌나 집요하게 방해를 하는지… 후~ 피가 바짝바짝 마르는 줄 알았습니다."

"쯧쯧, 그렇다고 그리 서둘러서야… 자칫 함정에 빠져 큰 낭패를 볼 뻔했잖아. 혁씨세가와 묵가에서 도움을 주지 않았다면 어찌 될 뻔했어? 그 급한 성격을 고치지 않으면 똑같은 일이 계속 반복될 거다. 어떤 결정을 내릴 때, 행동을 할 때

두 번 세 번 생각을 하고 신중히 움직이라고 누누이 말했건
만."
　공야일성의 핀잔에 공야열이 얼굴을 붉히며 고개를 숙였
다.
　"하하하! 아무튼 그랬기에 그들의 포위망이 약해진 것이
아니겠습니까? 우리가 이렇게 살 수 있는 것도 그런 이유고
요."
　묵조영이 부드럽게 웃으며 분위기를 달래자 운학도 거들
었다.
　"자자, 과정이야 어찌 되었든 결과는 좋았으니 너무 그러
지들 마시지요. 환자 앞에서 목소리를 높여서야 되겠습니
까?"
　"이 녀석이 애쓴 것을 제가 왜 모르겠습니까? 다만 좀 더
신중을 기했으면 하는 마음이지요."
　자신들을 구하기 위해 공야열 등이 얼마나 고생을 했는지
모르지 않던 공야일성이 공야열의 어깨를 툭 건드리며 말했
다.
　"약을 주려면 병이나 주지 말지……."
　슬그머니 고개를 든 공야열이 입을 삐죽거렸다.
　그 모습을 본 이들이 일제히 웃음을 터뜨렸다.
　웃음이 잦아질 즈음 묵조영이 넌지시 물었다.
　"그런데 묵가와 함께 오셨다고 했습니까?"

“예? 예.”

공야열이 얼떨결에 대답을 하자 질문의 요지를 단박에 알아차린 공야일성이 재빨리 대답했다.

“주작매가의 사람들은 포함되지 않은 것으로 압니다.”

“그렇군요.”

묵조영이 약간은 안심이 된다는 표정으로 고개를 끄덕였다.

“당분간은 지난 일에 대해 거론하는 사람은 없을 것입니다.”

공야일성이 염려하지 말라는 듯 말했다.

자칫하면 묵가와 묵조영 사이에 분란이 있을 것을 염려한 그가 이미 혁소천에게 그간의 사정을 간단히나마 언급하고 묵가에게 암중 합의를 받아낸 상태였기 때문이었다.

묵조영이 그 말뜻을 깨닫고 고개를 숙였다.

“고맙습니다. 한데 적은 지금……?”

그의 물음에 공야열이 대답했다.

“별다른 움직임은 없어 확신하기는 힘들지만 철수를 준비하는 것 같다는 보고입니다.”

“그렇군요.”

“은성궁이 깨진 마당에 아무래도 버티기 힘들겠다고 판단한 것이겠지요.”

“하지만 은성궁을 돕기 위해 또 다른 지원군이 왔다고 하지 않았습니까?"

"지원군이 왔다고 해도 전체적인 전력에서 우리와 비교할 바는 아닙니다. 문인세가와 혁씨세가, 묵가, 의천맹, 그리고 공야세가의 힘이 한데 모였는데 어찌 감히 대적하겠습니까?"

공야세가라는 말에 유독 힘을 주어 강조하는 공야열을 보며 운학이 슬며시 미소를 짓자, 그 웃음을 본 공야일성은 민망한 마음에 고개를 돌려 버리고 말았다.

＊　　　＊　　　＊

의천맹 맹주 집무실.

공야치가 무표정한 표정으로 책장을 넘기고 있었다. 맞은편 왼편에 능자하가, 오른편엔 오십을 갓 넘은 듯한 장년인이 공손히 서 있었는데 그가 바로 감찰단주 태대총이었다.

탁.

마지막 장을 넘긴 공야치가 책자를 탁자 위에 툭 던졌다. 태대총이 조심스런 손길로 책자를 집어 들었다.

"생각보다 많군. 이게 전부더냐?"

"예. 명을 받고 급히 작성하느라 보다 세세한 설명은 하지 못하였으나 빠진 자는 없습니다."

"틈이 있어선 안 될 것이다."

"죄를 완벽하게 입증할 수 있습니다. 없는 죄도 만들어낼 정도였으니까요."

"애썼다."

공야치의 칭찬에 태대총이 당치도 않다는 듯 허리를 숙였다.

"제가 할 일이었습니다."

"일비."

공야치의 부름에 능자하가 한 걸음 앞으로 나섰다.

"예, 가주님."

"형위를 데려오너라."

"집법당주를 말씀입니까?"

"그래."

"알겠습니다."

하지만 능자하는 명을 이행하지 못했다. 좌능파가 다급한 표정으로 뛰어들어 왔기 때문이었다.

"크, 큰일 났습니다."

"무슨 소란인가?"

능자하가 얼굴을 찌푸리며 물었다.

"배, 백인회합(百人會合)이… 회합이 소집되었습니다."

"누가? 누가 소집했단 말인가?"

"부, 부맹주가 소집을 했고, 방금 원로원에서 허락이 떨어졌다고 합니다."

좌능파가 숨을 몰아쉬며 대답하고, 말이 끝나기가 무섭게 능자하와 태대총의 놀란 얼굴이 약속이라도 한 듯 공야치에게 향했다.

"쯧쯧, 별일도 아닌 것 가지고 뭘 그리 놀라느냐?"

공야치가 혀를 차며 그들을 책망했다.

"하오나 백인회합이라면, 그것도 부맹주가 소집을 했다면 그 의도는 뻔합니다. 틀림없이 가주님을……."

"상관없대도."

짧게 말을 끊은 공야치가 헛웃음을 토해냈다.

"허허, 백인회합이라……. 원로들에게 요청이 들어오면 허락을 하라고 말은 해두었으나 이렇게나 빨리 일을 벌일 줄은 몰랐군. 제법 머리를 썼구나. 그만큼 자신이 있다는 것이겠지만. 재밌군, 아주 재밌어. 그래, 회합은 언제 열린다더냐?"

"술시(戌時:오후 7~9시)입니다. 회합의 소집을 알리기 위해 지금 부맹주가 이곳으로 오고 있습니다."

"알았다, 일비."

"예."

"형위는 조금 있다가 부르도록 해라. 먼저 부맹주를 만나봐야겠다."

"알겠습니다."

"감찰단주도 이만 나가보고."

"괜찮으시겠습니까? 혹 저들이 눈치를 채고……."

“걱정이 되느냐?”
차분한 공야치의 물음에 태대충이 잔잔한 웃음을 지었다.
“그럴 리야 있겠습니까?”

# 제72장

# 백인회합(百人會合)

의천맹의 백인회합.

의천맹의 주요 인물들과 각 문파의 대표자들을 포함하여 총 백 명의 인원으로 구성된 의사 결정체로 맹주와 부맹주, 그리고 장로전과 호법전에 속한 이들이나 그에 버금가는 지위나 명성을 지닌 각 문파의 명숙들 오 인 이상의 요청에 의해서 소집된다.

맹주가 요청하면 그 즉시, 그 외엔 원로원에서 그 사안의 경중을 판단하여 회합의 가부를 결정하는데, 회합에서 결정된 사안은 그 누구라도 번복할 수 없고 거스를 수 없는 절대의 명령이 된다. 물론 맹주도 예외가 될 수는 없었다.

해가 지고 어둠이 깔릴 무렵, 의천맹의 대의사청에 수많은 이들이 몰려들었다.

그간의 사정과 오늘 무엇 때문에 회합이 소집되었는지도 알고 있기에 그들의 표정은 하나같이 어두웠고 초조했으며, 긴장되어 있었다.

"결국 부딪치는군."

"그러게, 언제 터질지 조마조마했어."

"한데 원로원에서 회합을 허락할 줄은 몰랐는걸. 원로원은 맹주님 쪽인 것으로 아는데."

"아니, 그렇지는 않은 것 같아. 만장일치로 통과된 것을 보면 무조건 맹주님을 지지한다고 보기도 힘들어. 중립 정도가 아닐까?"

"난 그렇게 생각 안 하네. 아무리 원로원이라도 부맹주와 여러 장로, 호법들의 요청을 무시하기는 힘들었을 걸세. 게다가 원로원에 누가 있는지 생각한다면 더욱 그렇지."

온갖 말들이 오가고 서로의 의견을 피력하느라 의사청은 시장을 방불케 할 정도로 소란스러웠다. 한데 그들의 대화를 자세히 듣고 있노라면 현 맹주인 공야치를 지지하는 쪽과 부맹주인 공야중을 지지하는 이들이 은연중 대치를 하고 있다는 것을 느낄 수 있었다. 그 어느 쪽도 포함되지 않는 사람들은 될수록 말을 아꼈다.

의사청을 뒤덮었던 소란은 공야치가 도착하면서 사그라들

었다.

공야치가 중앙에 위치한 태사의에 착석을 하자 다소 긴장된 표정으로 앉아 있던 공야일기가 원로원의 수장 격으로 입을 열었다.

"이번 백인회합은 부맹주를 비롯하여 열다섯의 장로들과 호법들의 요청으로 결정된 것으……."

회합의 성격에 대해 설명을 하려던 공야일기의 말은 공야치에 의해 끊기고 말았다.

"그에 대해 모르는 사람은 없으니 따로 설명할 필요는 없겠고… 이유를 듣는 것이 빠르겠군. 부맹주."

공야치의 부름에 잔뜩 긴장된 표정으로 앉아 있던 공야중이 벌떡 일어났다.

"예… 예."

"네가 회합을 소집했다고 들었다. 이유가 무엇이냐?"

그다지 언성을 높인 것도 아니고 날카롭게 파고든 것도 아니었다. 그저 평소와 똑같은 표정과 담담한 음성이었다. 그럼에도 공야중은 알 수 없는 기세에 눌려 어찌할 바를 몰랐다.

"그, 그러니까……."

제대로 말을 잇지도 못하고 떠는 모습을 보는 공야일기의 얼굴이 딱딱하게 굳어지자 보다 못한 공야성이 벌떡 일어났다.

"제가 대신 말씀드려도 되겠습니까?"

공야치의 시선이 자연히 그에게 향했다.

"네가? 좋다. 말해보거라."

"지난밤, 참으로 끔찍한 소식을 전해 들었습니다. 물론 맹주님께서야 미리 알고 계셨겠지만 여기 있는 대다수 분들은 알지 못하는 소식이지요."

잠시 말을 끊은 공야성이 주변을 둘러보며 말을 이었다.

"잠룡단이 몰살을 당했다고 들었습니다. 맞습니까?"

순간, 쥐 죽은 듯 조용했던 의사청이 물 끓듯 들끓었다.

잠룡단이라면 공야세가, 나아가 정파 최고의 무력 집단이었다. 그들이 다소 위험에 빠졌다는 것은 알고 있었지만 몰살이라니… 충격도 보통 큰 충격이 아니었다. 특히 공야세가에 속한 이들의 동요는 더욱 심했다.

"말씀해 주십시오. 제 말이 맞습니까?"

"맞다."

공야치가 무표정한 얼굴로 고개를 끄덕였다. 대답이 끝나기도 전에 장내에 또 한 번 소란이 찾아왔다.

"진정 그들이 몰살을 당했단 말입니까? 그들을 구하기 위해 맹룡단까지 급파하지 않았소이까?"

공야세가의 한 원로가 격정을 참지 못하고 물었다.

"……."

공야치는 침묵을 지켰다. 기세를 잡았다고 판단한 공야성이 음성을 높였다.

"처음부터 이번 일은 문제가 많았습니다. 특히 맹주께서 맹룡단을 독단으로 움직이면서 더욱 그랬지요."

"독단이라니? 이견은 있었지만 맹룡단의 출등은 우리 원로원에서 허락을 한 것으로 아는데?"

조금 전 공야치에게 따져 물었던 원로가 고개를 갸웃거리며 물었다. 그러자 공야성이 내심 회심의 미소를 지으며 겉으로는 탄식을 내뱉었다.

"안타깝게도 원로원의 회의가 있기 전, 맹룡단은 이미 잠룡단을 구하기 위해 떠났습니다."

순간, 장내에 모여 있던 공야세가 원로들의 안색이 급변했다. 공야성의 말이 사실이라면 공야치가 원로들을 제대로 무시한 것이기 때문이었다.

"그게 사실인가?"

"이런 자리에서 거짓을 말씀드리진 않습니다."

공야성이 한숨을 내쉬며 대답하자 원로들의 낯빛은 더욱 싸늘해졌다.

"해명을 해주십시오, 가주."

"원로원에서 결정을 내리기도 전에 맹룡단을 움직였다는 것이 사실입니까?"

이곳저곳에서 공야세가 원로들의 불만이 터져 나왔다.

"사실이오. 사안이 급박해서 어쩔 수 없었소이다. 이해를 해주시오."

공야치가 다소 무거운 낯빛으로 대답을 했다. 하나, 한 번 터져 나온 불만은 좀처럼 사그라들지 않았다.

때가 무르익었다고 여긴 공야성이 다시 입을 열었다.

"그뿐만이 아닙니다. 제삼차 정마대전 발발 이후, 맹주께서 보여주신 일련의 행보엔 많은 문제점이 있습니다."

한번 탄력을 받은 공야성의 언변은 모든 이들의 시선을 단번에 사로잡을 정도였다.

"우선 잠룡단과 맹룡단, 창룡단의 이해할 수 없는 움직임입니다. 비록 그들이 의천맹이 아닌 공야세가에 소속되었을지라도 맹주 독단으로 움직여서는 안 되는 것이었습니다. 또한 마교 놈들이 그토록 맹렬히 공세를 취하고 있는데 맹주께선 거의 수수방관으로 일관하셨다고 해도 과언이 아니었습니다. 그사이 형산파가 멸문지화를 당했고 악양의 신도세가, 구강의 문인세가의 본가가 놈들 손에 함락이 되고 말았습니다."

이곳저곳에서 짙은 탄식이 터져 나왔다. 아마도 거론된 문파, 세가와 연관된 사람들의 탄식일 것이었다.

"최근엔 장강 이남에서 그나마 선전을 해주던 황산묵가의 위기를 무시했습니다. 마교의 욱일승천하는 기세를 누를 수 있었던 좋은 기회임에도 놓친 것은 아무래도 맹주님의 개인적인……."

"그만!"

지금껏 아무런 동요도 없이 얘기를 듣고 있던 공야치가 묵가를 거론하자 처음으로 노기를 드러냈다.

단 한 마디였지만 그것의 무게는 가히 만근보다 더 무거웠다.

그토록 기세 좋게 말을 잇던 공야성이 황급히 입을 다물고 웅성거리던 의사청도 일시에 침묵에 빠져들었다.

"그래서? 말을 빙빙 돌리지 말고 네가 정말 하고 싶은 말을 해라. 회합을 소집한 이유를 말해보란 말이다."

공야성은 쉽게 대답하지 못하고 공야중과 부친인 공야일기를 쳐다보았다.

자신들을 지지하기로 되어 있던 장로, 호법들과도 시선을 마주쳤다. 그들 모두 긴장한 빛이 역력했다.

공야성이 크게 심호흡을 했다. 그리고 천천히 백인회합을 소집한 이유에 대해 말했다.

"그동안 맹주님께서 안정적으로 의천맹을 이끌며 무림의 평화를 위해 애쓰신 공이야 헤아릴 수도 없습니다만, 이제는 조금 바뀌어야 한다고 생각합니다. 특히 근래 들어 생긴 많은 실정이 저희들을 불안하게 합니다."

"그래서?"

"송구하지만 감히 말씀드립니다. 지금 이 자리, 백인회합을 통해 맹주님의 신임을 묻고 싶습니다."

장내가 조용해졌다.

　수십 년 동안 막강한 권위로 의천맹을 지배했던 이가 공야치임을 감안하면 엄청난 일이었지만 다들 예상했던 바이기에 충격파는 그리 크지 않았다. 그저 공야치가 어찌 반응할지 숨죽여 기다렸다.

　"신임이라… 나보고 맹주 직을 내놓으란 말이로구나."

　"그렇게 들렸다면 죄송합니다. 그런 의도는 없습니다만, 그간의 실정에 대한 책임을 묻고……."

　"됐다, 그런 하나마나한 말은 관두고. 그래, 내가 물러나면 누가 맹주 직을 맡는 것이냐? 너냐?"

　"제가 어찌 감히."

　공야성이 당황하여 손사래를 쳤다.

　"아니면 부맹주더냐?"

　공야치의 시선이 공야중에게 향하고 그 역시 깜짝 놀라 고개를 흔들었다.

　"감당하기 힘든 일입니다."

　"뭐, 좋다. 누가 되었든 상관없겠지."

　공야치가 묘한 웃음을 흘리며 장내를 둘러보았다.

　분노에 찬 사람, 곤혹스런 사람, 침통한 표정의 사람, 다소 들뜬 사람, 안도의 한숨을 내쉬고 있는 사람 등 가지각색의 표정이 눈에 들어왔다.

　"내가 실수를 한 것도 사실이고, 그로 인해 공야세가와 의천맹에 피해가 돌아온 것도 사실이다. 하나, 명색이 맹주 체면이 있으니 그냥 물러나는 것도 우습고… 네 요구를 받아들이마. 백인회합에서 신임을 묻도록 하겠다. 원로원주."

"예, 맹주님."

공야일기가 공손히 대답했다.

"얼마의 지지를 얻어야 하는가?"

"칠 할입니다."

"칠 할이라… 훗, 꽤나 벅찬 숫자야. 한 가지만 더 묻지."

"예."

"이 자리에 있는 사람들은 그야말로 의천맹의 주요 인물들과 각 문파의 명숙들. 한데 몇몇은 자격이 없는 사람들이 있더군. 가령 자식 놈이 아무런 죄도 없는 사람을 살해하였는데 그것을 덮기 위해 온갖 압력을 가한 자나 지나가는 여인을 납치하여 자신의 음욕을 채운 자들, 그런 파렴치한 자들 말이야. 그런 자들도 회합에 참여시켜야 하나?"

"예? 그, 그건……."

"신성한 백인회합에 그런 자들이 있어선 안 되겠지."

공야일기가 뭐라 대답을 하지 못하자 공야치가 태사의에서 벌떡 일어났다.

"고인 물은 반드시 썩기 마련. 근래 들어 많은 문제점들이 포착되었지만 애써 무시하고 지나갔소. 한데 지난밤, 감찰단주를 통해 엄청난 보고를 접하게 되었소. 부끄럽게도 너무나도 많은 사람들이 부정과 부패를 저지르고 있었소. 명색이 의천맹을 이끈다는 사람들이 말이오. 해서 회합에 앞서 그자들부터 처리할 생각이오만 원로들께선 어찌 생각하시오?"

화운로가 그 즉시 대답했다.

"당연한 말씀입니다. 쓰레기부터 우선 처리해야 할 것입니다."

공야일기를 제외한 난감천과 혜초 대사도 화운로의 말에 동의를 표했다. 원로원의 지지를 얻은 공야치가 감찰단주를 불렀다.

"태대총."

"예, 맹주님."

"발표하라."

"존명!"

이미 상황이 묘하게 흘러간다고 여긴 이들은 아무런 말도 못하고 사태의 추이만을 살폈다. 몇몇은 불안감을 감추지 못하고 식은땀을 흘렸다.

"장로 이진한(李嗔恨)."

이름이 불리자 모든 이들의 시선이 아직도 구릿빛 피부를 자랑하는 노인에게 향했다.

"열 달 전, 보름달이 뜨던 날 부녀자를 납치해서 간살한 일이 있습니다. 맞습니까?"

"무슨 소리를 하는 것이냐! 어디서 그런 말도 안 되는 누명을!!"

이진한이 펄쩍 뛰며 부인을 했지만 태대총은 동요하지 않았다. 그저 입구 쪽을 향해 눈짓을 했을 뿐이었다. 그러자 의사청의 입구가 열리며 피투성이가 되어 포박된 한 사내가 감찰단원에게 끌려 들어왔다.

"이 장로의 수하로 그의 명을 받고 그녀를 납치해 온 자입니다. 물론 일체의 범행 사실을 자복했습니다."

"닥쳐랏! 억지로 고문을 하여 토설케 하는 것도 자복이더냐?"

이진한은 핏대를 세워가며 자신의 죄를 부인했다. 태대총은 그때마다 옴짝달싹도 할 수 없는 증거를 내밀었고, 이진한은 더 이상 변명할 수도 없는 막다른 골목에 이르렀다.

"이, 이보시게, 부맹주. 뭐라 말 즘 해보게."

마지막 구명줄이라 생각하여 매달려 보았지만 오히려 엮였다가는 큰일이라 생각한 공야증은 고개를 돌려 외면해 버렸다.

"으아아아아!"

희망을 잃은 이진한이 괴성을 지르며 도주를 감행했다. 그러나 그는 미처 열 걸음도 떼지 못하고 양 발목이 끊어지며 비참하게 나뒹굴었다.

"버러지 같은 놈."

눈 깜짝할 사이에 이진한의 발목을 절단해 버린 능자하가 경멸 섞인 표정을 지으며 피 한 방울 묻어 있지 않은 검을 회수했다.

능자하가 그렇게 전격적으로 손을 쓸 줄 몰랐던 이들의 가슴에 차가운 한기가 내려앉고, 다들 두려운 마음으로 태대총의 다음 말을 기다렸다.

"경고하건대 함부로 도주할 생각은 하지 마십시오. 또한 변명을 늘어놓을 생각도 하지 마십시오. 조금이라도 미진한 구석이 있는 사람은 애당초 거론치 않았으니. 내 말을 인정하지 않은 사람이 어찌 되었는지는 방금 보셨으니 알 것입니다."

몇 마디 말로 사람들을 공포로 몰아넣은 태대총이 연거푸 이름을 부르자 호명된 사람들은 그 자리에 얼어붙었다.

순식간에 십여 명이 넘는 인원이 고개를 숙이고 무릎을 꿇었다.

처음 몇몇은 강한 부인과 함께 반항을 했으나 그때마다 태대총은 완벽에 가까운 물증으로 그들의 죄를 입증했고 능자하는 냉정하게 철퇴를 가했다. 이후, 그 누구도 자신의 죄를 부인하지도 변명을 늘어놓지도 않았다.

"아, 아버님."

공야중이 덜덜 떨리는 목소리로 공야일기를 불렀다.

두 눈을 감은 공야일기는 아무런 대꾸를 하지 않았다. 하나, 참담하게 일그러진 표정과 파르르 떨리는 눈썹에서 그가 얼마나 낙담하고 있는지 여실히 알 수 있었다.

"이, 이보게, 아우. 아무래도……."

"……."

공야성도 딱딱하게 굳은 표정으로 침묵을 지켰다. 꽉 쥔 손엔 절로 물이 고였고 흥건히 젖었던 등줄기에서 한기가 밀려들었다.

'당했다, 완벽하게 당했어.'

공야치가 어째서 순순히 백인회합에 응했는지, 그리고 자신들의 요구에 응했는지 비로소 알 수가 있었다.

지금 자신의 죄를 인정하고 처벌을 받기 위해 의사청 밖으로 끌려 나가는 사람들의 상당수는 자신들을 지지하기로 약속되어 있던 이들로, 맹주를 맹주 직에서 끌어내리는 데 동참하기로 한 사람들이었다.

그렇다고 그들을 두둔할 수도 없었다. 모든 것이 너무도 완벽한 증거를 갖추고 있어 변명의 여지가 없었고, 그들을 돕다가 오히려 이상한 오해를 살 수 있었기 때문이다.

마침내 폭풍과도 같은 시간이 흐르고, 공야치의 전권을 위임받아 살생부를 휘두르던 태대총이 물러났다.

그사이 무려 스물네 명의 장로와 호법, 두 명의 전주, 한 명의 당주가 죄를 인정하고 의사청 밖으로 끌려 나갔다. 반항을 하다가 능자하에 의해 참살을 당한 이도 다섯이나 되었다.

서슬 퍼런 살기가 의사청을 휘감고 돌았다.

그 누구도 숨을 쉴 수가 없었다.

행여나 자신이 살생부에 오를까 다들 전전긍긍했다.

아무도 입을 열지 못하고 있을 때, 얼마 전 감찰단이 은밀히 움직이고 있다는 것을 보고받고 이미 지금과 같은 상황을 예측하고 있던 문상 제갈솔이 입을 열었다.

"대충 정리가 된 듯싶습니다."

공야치가 앞으로 나선 제갈솔을 물끄러미 바라보았다.

'과연 대단한 인물이야. 지금과 같은 상황에서 저리 담담할 수 있다니.'

제갈솔은 항상 또 다른 면모를 보여줘 사람을 탄복시키는 인물이었다.

"그런 듯하군."

"백인회합을 속행하시겠습니까?"

"물론. 자네가 주관을 하겠는가?"

"원로원이 있습니다만."

"누가 하면 어떤가? 공명정대하게만 하면 되는 것이지. 그렇지 않소?"

공야치의 물음에 원로들이 맞장구를 치고, 제갈솔의 주관 하에 백인회합은 속전속결로 진행되었다.

안건은 맹주의 신임을 묻는 단 하나.

그러나 피바람이 장내를 휩쓴 상황에서 회합 자체가 무의미한 것이었다.

부맹주 측을 지지하기로 약속했던 세력의 수가 사 할이 넘었지만 그들 대다수가 기권을 하거나 맹주 쪽으로 등을 돌렸고, 부맹주를 지지하는 사람들은 일 할도 남지 않은 상황이었다. 결국 공야치는 압도적인 지지로 맹주 직을 유지하게 되었다.

"백인회합은 이것으로 끝을 내겠소."

승리를 선언하는 공야치의 음성은 처음이나 지금이나 그다지 변화가 없었다. 애당초 변할 것이 없다라는 자신감 넘치는 모습이었다. 그에 반해 반기를 드높였던 무리들은 측은하게 보일 정도로 풀이 죽은 모습이었다.

"하지만 모든 안건이 끝난 것은 아니오. 아직 하나가 더 남았소."

공야치의 갑작스런 말에 안도의 한숨을 내쉬던 이들이 다시 긴장을 했다.

"백인회합의 안건이 또 있다는 말씀입니까?"

제갈솔이 물었다.

"꼭 백인회합의 안건이라고는 말할 수 없지만 기왕 모인 자리에서 발표를 할 생각이라네."

"발표라면 무슨……."

공야치가 천천히 일어나며 선언하듯 말했다.

"나, 공야치. 의천맹의 맹주로서 지금 이 시간부로 무림에 호천령(護天令)을 발동하겠소."

꽝!

살생부에 이은 두 번째 충격파가 의사청에 휘몰아쳤다.

호천령.

제일차 정마대전이 벌어졌을 때 정파인들의 힘을 한데 모으기 위해 각 문파의 대표들이 모여 의천맹에 부여한 절대적인 권한.

호천령이 발동하면 정파라 자부하는 그 어떤 문파도 의천맹의 요구를 거절할 수 없고, 문파의 존망이 흔들리지 않는 한 무엇이든 응해야 한다.

자금이면 자금, 병력이면 병력. 의천맹이 원하는 만큼 지원을 해야 했으며, 만약 고의적으로 호천령을 거부하면 그 문파는 모든 문파들에 배척을 당하는 것은 물론이고 심지어 적으로 간주되어 다시는 일어설 수 없도록 철저히 핍박을 받는다.

호천령을 발동할 수 있는 것은 오직 의천맹의 맹주뿐이었다. 하지만 워낙 막강한 권한인지라 몇 가지 제한을 두었는데, 오직 마교나 그에 버금가는 막강한 힘에 무림이 위태롭게 되었을 때만이 호천령을 동원할 수 있었고, 싸움이 끝나면 그 즉시 호천령의 권한은 사라지며, 또한 백인회합의 의결로도 호천령의 발동을 해제할 수 있다는 것이었다.

"지금… 호천령이라 하셨습니까?"

그 어떤 일에도 평정심을 잃지 않을 것 같았던 제갈솔마저 깜짝 놀라 되물었다.

"이쯤에서 싸움을 끝낼 때가 되었네. 하나, 마교의 저력은 실로 그 끝을 알 수 없을 정도로 엄청난 것. 호천령을 발동하지 않고는 감당하기가 쉽지 않지."

"반발이 있을 것입니다."

호천령이 발동된 것은 오직 제일차 정마대전뿐으로 그 이후엔 단 한 번도 발동된 적이 없었다. 심지어 전세가 상당히 힘들었던 제이차 정마대전에서도 호천령은 발동되지 않았다. 취지는 좋았으나 문파의 모든 것을 의천맹에 내주어야 하는 만큼 반발이 상당했기 때문이었다.

"그만한 불만이야 어쩔 수 없지. 그래도 거듭되는 국지전으로 피해만 늘리는 것보다는 나을 것이야."

공야치가 아직 당황하여 어찌할 바를 모르고 있는 이들에게 고개를 돌리며 소리쳤다.

"급작스런 상황에 놀랐겠지만 다들 이해를 해주리라 믿겠소. 가급적 호천령까지는 동원하고 싶지는 않았으나 이 방법만이 이 무의미한 싸움을 빨리 끝낼 수 있으리라 생각했소. 중양절이 오기 전, 반드시 이 싸움을 종결시킬 것이오."

중양절까지라면 석 달도 채 남지 않은 기간이었다. 그 짧은 시간 동안 마교와의 싸움을 끝내겠다는 공야치의 말에 그 누구도 토를 달지 못했다. 차라리 끝날 것 같지도 않은 지리한 싸움을 계속하느니 그들 대다수는 호천령이든 뭐든 동원하여 빨리 싸움을 끝내는 것이 낫다고 생각하고 있었다.

결국 공야치는 맹주 신임 건과 마찬가지로 호천령에 관한

건도 압도적인 지지를 등에 업고 발동할 수 있었다.

"자네는 지금 즉시 호천령이 발동되었음을 알리도록 하게. 정확히 한 달 후, 군웅대회를 열 것이야."

제갈술이 즉시 명을 받았다.

"알겠습니다."

그의 대답을 들으며 능자하는 지그시 눈을 감았다. 자신도 모르게 한숨도 내뱉었다.

'후~ 끝났군.'

약간의 피를 보기는 했어도 그들은 죗값을 치른 것뿐, 거의 무혈이나 다름없이 반란을 제압한 것이 얼마나 다행인지 몰랐다.

한데 그런 그를 보며 빙그레 웃음 짓는 사람이 있었으니, 장로전의 실세이자 감찰단주 태대총과 함께 살생부를 작성하는 데 혁혁한 공을 세운 총우백이었다.

공야치를 보필하는 십비 중 칠비가 바로 그였다.

*　　　*　　　*

"왔으면 앉아."

공야치가 우두커니 서 있는 공야일기에게 말했다.

"무슨 일로 찾으셨습니까?"

"무슨 일은. 오랜만에 형제간에 술이나 한잔하자고 불렀지."

공야치가 호박색이 감도는 술을 따랐다. 단숨에 잔을 비운 공야일기가 그 잔을 공야치에게 건넸다. 그렇게 둘 사이에 십여 차례나 잔이 돌았으나 단 한 마디도 오가지 않았다.

시간이 흐르고 어느 정도 취기가 올랐는지 붉은 낯빛을 한 공야일기가 입을 열었다.

"이제 어찌하실 생각입니까?"

"어찌하다니?"

"시미치 떼지 마십시오. 제가 형님을 모릅니까?"

"글쎄."

공야치는 즉답을 회피하며 묵묵히 술잔을 들었다.

공야일기는 그의 얼굴에 시선을 고정시키며 대답을 기다렸다.

탁!

탁자에 놓인 술잔에 금이 가고 나지막한 한숨과 함께 공야치의 물음이 이어졌다.

"왜 그랬지?"

"……."

"이 자리가 그리 탐이 나더냐?"

"어차피 앉아봤자 오래도 못할 것 탐을 낼 이유도 없지요."

"그렇다면 무엇이냐? 무엇 때문에 그런 부질없는 짓을 한 것이지?"

"부질없지는 않았지요."

"하긴, 너와 부맹주가 끌어들인 무리들이 꽤 되더구나. 자칫 잘못하면 큰 분란이 일어날 수 있었어. 덕분에 그런 꼼수를 활용할 수밖에 없었다. 적당히 조작도 하고."

"꼼수치고는 대단했습니다. 가만히 당하고만 계시지는 않을 줄 알았지만 설마하니 감찰단을 이용하여 그런 식으로 뒤통수를 칠 줄은 생각도 못했으니까요."

"어차피 잘려 나가야 할 자들이었다."

공야치가 단호히 소리치고 공야일기도 지지 않고 반박했다.

"하지만 시기가 너무 적절했지요."

둘의 강경한 시선이 허공에서 얽혔다. 하나, 곧 기세를 누그러뜨린 공야치가 달래듯 말했다.

"어쨌거나 하지 말았어야 했다."

"형님께서 먼저 그런 무리수를 두지 않으셨다면 제가 이러지도 않았습니다."

"무리수? 그건 또 무슨 소리더냐?"

"묵조영. 그 아이를 모른다고 하시진 않겠지요?"

공야치의 안색이 딱딱히 굳었다.

"그 옛날, 집을 나간 연아의 자식이자 형님의 외증손자. 형님께서 그 아이를 그토록 간절히 찾는 순간부터 이번 일은 피할 수 없었습니다."

"무슨 소리를 하는 게냐? 소식조차 모르고 있던 연아의 아들이다. 내 핏줄이야. 찾는 것이 당연한 것이거늘.”

“맞습니다. 핏줄. 참으로 징그러운 것이지요. 하지만 그것만큼 무서운 것도 없습니다.”

“무슨 의미냐?”

“묻겠습니다. 형님께서 그 아이를 그토록 간절히 찾는 것은 그 아이를 형님의 후계로 생각하고 계시기 때문이 아닙니까?”

“뭐라고?”

그 순간, 공야치의 얼굴에 드러난 분노는 지금껏 나타났던 그 어떤 표정보다 격했다.

“의천맹에, 아니, 공야세가에 공식적인 후계자가 없다는 것은 세상 사람들이 다 알고 있습니다. 시골구석의 조그만 집안이라도 가주가 있고 대를 이을 소가주가 있으며, 문주가 있고 소문주가 있습니다. 한데 다른 곳도 아니고 천하의 공야세가입니다. 벌써 수십 년간 공야세가는 후계자가 없었습니다. 육백에 육박하는 식솔들과 의천맹, 나아가 정파무림을 이끌 공야세가의 후계자가 없다는 말입니다. 그렇다고 후손이 없는 것도 아닙니다. 비록 형님의 대를 이을 직계는 없지만 형님과 한배에서 나고 피를 나눈 제가 있고, 제 피를 받은 아이들이 있습니다. 그 아이들 역시 형님의 핏줄이나 마찬가지입니다. 한데 형님은 그 아이들을 외면하셨습니다. 어떤 아이는 그러더군요. 외면한 정도가 아니라 철저히 무시를 했다고.

자, 그런 상황에서 연아의 아들이 등장을 했습니다. 형님께선 물불을 가리지 않고 그 아이를 돕기 위해 나섰습니다. 십비를, 검각의 여식을 탈출시키기 위해서 잠룡단을 동원하셨다고요? 사람들은 알까요? 그 검각의 여식이 묵조영이라는 아이의 여자이며, 묵조영이 바로 형님의 외증손자라는 것을요. 결국 형님은 외증손자의 여자 아이의 목숨과 잠룡단의 수십 목숨과 맞바꾸고 말았습니다. 이런 상황에서 저는, 부맹주는 어떤 생각을 할 수 있을까요?"

"……."

"아니면 아니라고 말씀을 해보십시오!"

공야일기가 탁자를 후려치며 소리쳤다.

"아니라면 믿겠느냐?"

"허허, 구차하게 변명을 하시겠다는 말씀입니까?"

"내가 너에게 변명 따위를 할 만큼 내 행동에 자신이 없지는 않다. 무엇보다 기본적으로 네 주장이 틀렸기 때문이다."

공야일기가 콧방귀를 뀌며 팔짱을 꼈다. 무슨 소리를 하더라도 변명에 불과하다는 비웃음이었다. 공야치는 이에 아랑곳없이 말을 이었다.

"그 녀석의 여자를 구하기 위해 잠룡단을 동원한 것은 네 말대로다. 그것이 이유의 전부는 아니겠으나 검각의 여식이 아니라 그 녀석의 여자였기 때문에 무리해서 구하려고 한 것은 어느 정도 맞는 말이다. 당시에는 이런 뼈아픈 결과를 예측하지 못했다. 하나, 여기엔 너와 네 자식들의 욕심도 한몫 했음을 알고 있다.”

마교가 어떻게 해서 잠룡단의 행보를 알고 있는지 의식하지 않을 수 없었던 공야일기는 쏘아보는 공야치의 눈빛을 피할 수밖에 없었다.

“그리고 묵조영 그 아이가 내 후계자가 된다는 사실은 틀렸다.”

“틀렸다구요?”

“애당초 말이 되지 않는 소리다. 공야세가의 후계자가 어디 내 마음대로 정해지는 것이더냐? 식솔들의 여론도 있고, 무엇보다 원로들의 동의가 있어야 한다.”

“언제부터 형님이 원로들의 말을 들었다고 그러십니까?”

“다른 사안은 몰라도 후계 문제만큼은 원로들의 의견을 무시할 수도 무시할 생각도 없다. 중요한 것은 처음부터 내가 점찍은 후계자가 따로 있다는 것이야. 부맹주는 아니다. 그 아이는 너무 나약해. 다른 조카 녀석들 또한 세가를 이끌 그릇은 아니고.”

“하면 누구란 말입니까?”

부맹주가 아니고 조카들이 아니라는 것은 곧 자신의 후손이 아니라는 말. 그 말에 공야일기가 외치듯 들었다. 한데 공야치는 대답 대신 슬그머니 화제를 바꿨다.

“막내가 맹룡단을 따라갔지?”

“갑자기 그 무슨…….”

“물었다.”

“따라갔습니다.”

공야일기가 불편한 심기를 드러내며 대답했다.

“그리고 지금까지의 모든 계략들이 그 아이의 머리에서 나온 것이겠고.”

“…….”

“부정할 필요 없다. 다 알고 있으니까.”

“왜요? 이번 일에 대한 책임을 물어 목이라도 치실 생각입니까?”

“필요하면 당연히 그래야겠지만 아직 결정한 바는 없다. 물론 너를 비롯하여 이번 일에 가담한 자들은 어떤 식으로든 책임을 져야 할 것이다. 무엇보다 마교에 아군의 정보를 흘려 십비와 잠룡단에 그만한 피해를 입힌 것은 결코 용서할 수 없는 짓이야.”

공야일기가 입술을 꽉 깨물었다.

“어쨌든 그건 나중의 일이고. 일단 한 가지 더 묻도록 하마.”

공야치의 표정이 더없이 진지해졌다.

“넌 막내에 대해 어찌 생각하느냐?”

“무슨 뜻입니까?”

“말 그대로다. 막내에 대해 어찌 생각하느냔 말이다. 아니,

얼마나 알고 있느냐가 보다 정확한 것이겠지."

공야일기는 긴장했다. 자신의 말 한마디에 공야소의 목숨이 걸려 있다고 여긴 것이다.

"형님도 지켜보셨으니 아실 것 아닙니까? 성격 좋고 인망이 있어 세가의 식솔들과 잘 어울리고 따르는 이들도 많습니다. 형제들 중 그 누구보다 머리는 좋으나, 다만 무공이 다소 처지는 것이……."

"장점이 많은 아이라는 말이구나."

"예."

"과연 그럴까?"

공야치가 의미심장한 표정으로 물었다.

질문의 의미를 파악하지 못한 공야일기가 이맛살을 찌푸리자 공야치가 다시금 말을 이었다.

"너는 자기 자식에 대해서 너무 모르는구나. 하긴, 세가의 식솔 그 누구도 그 녀석의 진실한 모습을 모르지. 너를 탓할 일만도 아니지만."

"알기 쉽게 말씀해 주십시오. 뭐를 모른단 말입니까?"

"그 녀석의 무공이 약하다고 했느냐? 훗, 내가 알기론 최소한 너와 동수를 이룰 정도는 될 것이다. 어쩌면 더 강할 수도 있겠고."

"무슨 소리를 하는……."

"더욱 놀라운 것은 말했다시피 그것을 아무도 모른다는 것이지. 세가의 식솔들은 물론이고 심지어 자신과 피를 나눈 부모형제까지도. 자신의 진실한 실력을 감추는 심기를 생각하면 대단하다는 말밖에 할 수가 없어. 하지만 난 오래전부터 그 녀석을 주시하고 있었다. 정확히 말하자면 내 그림자가."

순간, 공야일기의 뇌리에 공야치의 심복 십비가 떠올랐다.

"뭐, 다 좋아. 어차피 자신을 감추는 것도 능력이니까. 또한 이번 일에 대해선 나도 얼마간 책임이 있는 터. 굳이 녀석의 잘못을 책망하고 싶지는 않다. 그러나 단 한 가지, 결코 용서하지 못할 일이 있어."

"그게… 뭡니까?"

"제 욕심을 채우고자 공야세가의 차기 후계자를 노리는 일."

공야치의 얼굴에 싸늘한 냉기가 흘렀다.

"그 누구도 모르는 내 마음을, 녀석이라면 내가 누구를 점찍었는지 왠지 알 수도 있다는 생각이 들거든."

"후계… 자? 그게 누굽니까?"

공야일기가 놀란 음성으로 물었다. 그러자 공야치는 잔에 술을 따르며 묘한 미소를 흘렸다.

"너도 잘 아는 사람이지."

*　　　　*　　　　*

“이야! 멋진 곳이군요.”

공야추가 주변을 돌아보며 탄성을 내질렀다.

뒤에는 드넓게 펼쳐진 평원에 앞에는 아름다운 달빛을 반사시키는 강. 조그만 전각 주변에 몇 그루 우뚝 솟은 소나무. 게다가 은은히 피어오른 안개로 몽환적인 분위기마저 풍기고 있었다.

“어떠냐? 멋지지?”

공야소가 얼굴 가득 미소를 머금고 물었다.

“예. 이런 곳을 어찌 찾으셨답니까?”

“나야 뭐 하는 일이 있어야지. 조금 전, 산책을 나왔다가 발견했다.”

“그리고 이 조카가 생각나서 데리고 오셨구요?”

공야추가 맞장구를 치며 웃었다.

“아무렴. 죽엽청과 간단한 안주거리도 준비했다. 오르거라.”

“하하, 이거야 원. 술은 좀 곤란한데요.”

공야소의 안내를 받으며 전각을 오른 공야추가 전각 중앙에 소박하게 차려진 술상을 보며 약간은 아쉽다는 표정을 지었다. 그러나 입맛을 다시는 것을 보면 땡기기는 땡기는 모양이었다.

“취하도록 마시라는 것은 아니다. 그만한 양도 없고. 그냥 간단히 목이나 축이자는 게다. 자, 받거라.”

공야소가 잔을 건네며 술을 따르자 공야추가 어쩔 수 없다는 표정으로 고개를 끄덕였다.

"그럼 딱 한 잔뿐입니다."

"마시기나 하거라."

한 잔만 마시겠다던 공야추는 공야소가 따라주는 대로 연거푸 넉 잔의 술을 마셨다.

그가 잔을 비우는 것을 흐뭇한 표정으로 바라보던 공야소가 그의 어깨를 두드렸다.

"그간 애썼다. 맹룡단주로서 훌륭하게 해냈어. 네가 무척이나 자랑스럽구나."

"뭘요, 제가 뭐 한 게 있어야지요. 그리고 아직 끝난 건 아니니까요."

"끝난 것이나 마찬가지지. 이쪽에 엄청난 고수가 두 명이나 출현을 했고, 또 맹주님께서 보내신 또 다른 지원군이 오고 있다고 하지 않더냐? 놈들도 함부로 움직이지는 못할 게다."

"표면적으로는 그렇지만… 솔직히 언제 놈들이 다시 들이닥칠지 몰라 조금 불안합니다."

"그래, 그럴 수도 있겠구나. 아무튼 그런 조심성도 나쁠 것은 없지. 그래도 기왕 준비를 했으니 마지막으로 한 잔만 더 받거라."

"예."

　조금 망설이는 듯했으나 어차피 마신 술이었다. 한 잔 정도야 더 어뗘랴 싶었던 공야추는 별다른 생각 없이 잔을 내밀었다.

　바로 그 순간이었다.

　차분한 눈길로 주변을 살피던 공야소의 눈빛이 일변하더니 공야추의 완맥을 낚아챘다.

　"헛!"

　갑작스런 공야소의 행동에 깜짝 놀란 공야추가 황급히 팔을 빼고 몸을 피하려 했으나 샌님 같았던 공야소의 움직임은 상상을 초월할 정도로 빠르고 정확했다.

　공야소는 공야추의 팔을 낚아챔과 동시에 무릎으로 그의 가슴팍을 찍어 눌렀다. 그리곤 팔을 잡아 연거푸 두 번이나 패대기를 쳤다.

　맹룡단의 단주이자 세상 무서울 것 없었던 공야추는 아무런 저항도 해보지 못하고 땅바닥에 처박혀 버렸다.

　"수, 숙부! 왜, 왜 이러십니까?"

　공야추는 잡혔던 팔, 무릎으로 받힌 가슴, 그리고 땅바닥에 패대기를 당하며 전신에 밀려온 충격으로 입에선 연신 피를 토했고 눈도 제대로 뜨지 못하고 있었다.

　"미안하다. 나도 이러고 싶지는 않았지만 너와 나, 어차피 이렇게 될 수밖에 없는 운명인가 보다."

　가책을 느끼는지 천천히 공야추에게 다가가는 공야소의

음성이나 얼굴 표정이 조금은 어두워졌다.

"이유가… 이유가 뭡니까?"

공야추가 가쁜 숨을 몰아쉬며 물었다.

"이유라… 그냥 네가 조금 방해가 될 뿐이다."

"방… 해요? 도대체 뭐가……."

운명은 뭐고, 방해는 뭐란 말인가?

공야추는 공야소가 무슨 말을 하는지 도무지 이해가 되지 않았다.

공야추에게 다가간 공야소가 천천히 손을 치켜 올렸다. 그리곤 나직이 말했다.

"미안하다."

# 제73장

# 그게 누굽니까?

“**추**라고요?”

공야일기가 두 눈을 부릅뜨며 물었다.

“그래, 맹룡단의 단주이자 너의 손자. 물론 내 손자이기도 하지만.”

“도대체가…….”

“그리 놀랄 것 없다. 아직은 젊어서 그런지 무모하기는 해도 녀석에겐 탁월한 무공과 지략, 수하를 아끼는 인품과 덕이 있어. 충분히 공야세가를 물려받을 자격이 있다.”

생각도 해본 적이 없는 너무도 갑작스런 말이기에 공야일기는 정신을 차릴 수가 없었다.

"저, 정말 그 아이를 형님의 후계자로 삼을 생각이었단 말입니까?"

약간은 의심이 가는 음성이었다. 하지만 그는 고개를 끄덕이는 공야치의 얼굴에서 그것이 거짓이 아니라는 것을 직감할 수 있었다.

"그, 그렇다면 어… 째서 지금까지……."

"자격은 충분할지라도 아직은 많이 부족해."

"그렇다고 감출 필요까지는 없었지 않습니까?"

"후계자라는 자리에 얽매이면 발전이 없어. 녀석은 아무것도 꺼릴 것 없는 자리에서 보다 많은 경험과 실력, 그리고 여러 동료들과의 신뢰를 쌓아야 해. 그렇듯 준비를 차근차근 해 나가면서 발전을 이루기를 바란 것이지."

"아무리 그래도 최소한 제게는 언질을 주셔야 하지 않겠습니까? 반드시 그랬어야 했습니다. 하면 오늘과 같은 일은……."

"그때까지만 해도 확실하지 않았으니까. 또한 네놈들 하는 행동들이 괘씸하기도 했고."

"괘… 씸하다고… 요? 허! 허허허!"

공야일기는 뭐라 대꾸할 말이 없었다. 그저 어처구니없는 웃음만이 흘러나왔다.

그렇게 한참 동안이나 실없는 웃음을 흘려대던 그가 갑자기 표정을 바꾸며 물었다.

"그런데 아까 하신 말씀의 의미가 무엇입니까?"

"뭐가?"

"막내가 후계자를 노린다고 하지 않았습니까? 설마하니 녀석이 추아를 노린다는 말씀입니까?"

"그럴 수도 있다는 말이지."

"그럴 리가요."

공야일기가 당치도 않다는 듯 고개를 흔들었다. 그러자 공야치가 손에 든 잔을 빙글빙글 돌리며 말했다.

"그러니까 네가 그 녀석을 제대로 모른다고 한 것이야. 녀석의 실력이 너보다 높을 것이라 했지? 뿐만 아니라 놈은 너도 모르게 또 다른 세력을 키우고 있었어. 아니, 세력이라기보다는 자신의 사람이라고 해야겠지."

점점 더 미궁에 빠질 말이었다.

"그건 또 무슨 말씀입니까?"

"아까 의사청에서 제거된 자들을 기억하지?"

"예."

한 시진도 되지 않은 시간에 일어난 일을 기억하지 못할 리가 없었다. 더구나 자신들을 지지하기로 약속했던 이들도 상당수가 제거된 마당이었으니까.

"너는 그들 중에 몇 명이나 네 사람이라 생각했느냐?"

"열넷……."

공야일기가 말꼬리를 흐렸다.

"유감스럽게도 놈들 중 팔 할은 그 녀석의 세력이다. 아무런 문제 없이 회합이 끝났다면 너는 내가 약 육 할 정도의 지지를 얻고 맹주 직을 내놓아야 했을 것이라 생각했을 것이다. 하지만 엄밀히 말하자면 오 할이었다. 네가 모르는 일 할의 힘. 바로 그것이 녀석이 은밀히 자신의 것으로 만든 힘이지."

"그, 그렇다면?"

공야일기가 두려운 표정을 짓자 공야치가 한숨을 내쉬며 고개를 끄덕였다.

"맹룡단을 따라나선다고 했을 때부터 녀석은 작심했을 게다. 물론 엉뚱한 이유를 들먹이면서 말이야. 가령 맹룡단의 움직임을 막아 잠룡단을 구하지 않는다는 식의."

순간, 공야일기는 깜짝 놀라지 않을 수 없었다. 그 말이야말로 공야소가 맹룡단을 따라가며 그에게 한 말이었기 때문이다.

"그, 그것을 어찌?"

"어떻게 알았냐고?"

공야치가 양손으로 각지를 끼며 턱을 괴었다.

"장차 공야세가의 후계자를 함부로 방치할 만큼 나는 어리석지 않아."

"그… 말씀은?"

"녀석에겐 그림자가 붙어 있다. 나의 그림자였으나 이제는 녀석의 그림자가 되어 움직이는. 물론 본인은 알지 못하지만.”

“그게 누굽니까?”


공야소는 하늘로 치켜 올렸던 팔을 내려치지 못했다. 배후에서 가히 칼날과도 같은 예기가 쏟아져 들었기 때문이다.

공야추는 바로 앞에 쓰러져 있었다. 간단히 내려치기만 해도 그의 목숨을 빼앗을 수 있었으나 그랬다간 묵숨을 보장키 어려웠다.

공야소는 팔을 든 자세 그대로 천천히 몸을 돌렸다.

한 사내가 서 있었다. 그도 익히 아는 인물이었다.

“너… 는?”

고요히 빛나는 달빛을 받으며 모습을 드러낸 사람은 다름 아닌 공야청이었다.

“지금 무슨 짓을 하시는 겁니까?”

공야청이 착 가라앉은 음성으로 물었다.

“……”

공야소는 대답 대신 주변에 혹 또 다른 이가 없는지 세심히 살폈다. 마음속으로 이미 공야청을 제거하기로 마음먹은 것이다.

“무슨 짓을 하시는 거냐고 물었습니다.”

“네놈은 알 것 없다.”

주변에 아무도 없다는 것을 확인한 공야소가 공야청을 향해 천천히 움직였다.

언제 뽑았는지 그의 손엔 푸르스름한 빛을 뿜어내는 검 한 자루가 들려 있었다.

"살인멸구(殺人滅口)를 할 생각입니까?"

"안됐지만 운이 없다고 여겨라. 네가 쓸데없이 여기에 나타났다는 것은 결국 죽을 운명이라는 것을 말하니까."

공야소의 전신에서 스산한 기운이 피어올랐다. 나약하기만 했던 그에게 어디서 그런 살벌한 기세가 숨겨져 있었는지 놀라울 뿐이었다. 한데 그런 공야소를 보면서도 공야청은 놀라지도 당황하지도 않았다. 두려움 따위는 더더욱 보이지 않았다.

"쉽지는 않을 겁니다."

검을 곧추세우며 조용히 발걸음을 움직였다.

단 몇 걸음뿐이었지만 그 움직임이 어찌나 부드럽고 신묘한지 접근하던 공야소가 걸음을 멈추고 놀랄 정도였다.

"네놈, 실력을 감추고 있었구나."

공야소는 공야청이 자신 못지않은 고수라는 것을 한눈에 알아봤다.

팽팽한 긴장감이 전신을 휘감았다.

공야청이 어찌해서 그만한 실력을 지녔는지, 또 공야추 밑에서 일하고 있는지 의심해 볼 여유 따위는 있지도 않았다.

"타핫!"

힘찬 기합성과 함께 공야소의 몸이 허공으로 뛰어올랐다.

"공야… 청이요?"

공야일기가 고개를 갸웃거렸다. 귀에 익숙한 것이 어디선가 들어본 이름이었다.

"공야숙의 막내아들이다."

"아!"

공야치의 말에 그는 감찰단주 공야숙을 기억해 냈다. 그리고 그의 막내아들 이름이 공야청이라는 것과 나이가 굉장히 어리다는 것도.

"제가 알기로 그 아이는 이제 겨우 약관이 된 것으로 압니다. 맹룡단원이 된 것도 얼마 되지 않았고. 형님 말씀대로 막내가 저와 비견될 정도의 실력을 지녔다면 그 아이가 어찌 녀석을 막을 수 있겠습니까?"

내심 그럴 리가 없다고 생각하면서도 공야소가 정말로 공야추를 해칠지 모른다는 생각에 공야일기는 무척이나 초조해했다. 그에 반해 공야치는 여유롭기만 했다.

"어리다고 실력이 없는 것은 아니지."

"하지만…….."

공야치가 손을 들어 공야일기의 말을 막았다.

"게다가 그 녀석은 십비."

"십… 비입니까?"

공야일기가 깜짝 놀란 눈이 되어 물었다.

"나이는 어리나 십비 중에서도 가장 강한 녀석이지. 믿어도 될 만큼 충분히."

조용히 대답하는 공야치의 말에선 공야청에 대한 한없는 믿음이 느껴지고 있었다.

"젠장할!"

공야소의 입에서 분노에 찬 욕지거리가 튀어나왔다.

코앞에 공야청이 있었지만, 단 한 번의 휘두름으로 그의 목을 벨 수 있을 것이라 여겼지만 벌써 일각째 힘겨운 싸움을 진행시키고 있는 그는 그것이 불가능하다는 것을 뼈저리게 느끼고 있었다.

이제는 어떤 방법이라도 강구할 때였다.

"죽어랏!"

공야소가 옆구리 쪽을 짚고 있던 왼손을 허공에 뿌렸다. 순간, 공야청은 눈으로 파악하기도 힘들 정도로 무수히 많은 세침들이 날아오는 것을 느끼며 본능적으로 검을 휘둘렀다.

따따땅!

불꽃이 튄다.

온 공간을 뒤덮으며 날아왔던 거의 모든 세침이 그의 검을 뚫지 못하고 힘없이 튕겨져 나갔다.

더러는 검을 피해 몸에 스친 것도 있었으나 그 정도는 아무런 위험도 되지 못했다.

공야청이 암기를 막아내는 것을 확인한 공야소가 맹렬히 회전을 하며 손을 뿌리자 조금 전보다 훨씬 많은 양의 세침이 날아들기 시작했다.

조금은 당황도 하련만 이미 예상을 했다는 듯 공야청은 침착히 검을 회전시켰다. 순간, 검의 주변에 강한 소용돌이가 피어오르며 주변의 모든 공기를 끌어당기기 시작하더니 공야소가 뿌린 암기들까지도 그 소용들이에 모조리 이끌려 들어가 버렸다.

"하앗!"

공야청의 입에서 힘찬 기합성이 흘러나오며 맹렬히 회전하던 검이 갑자기 방향을 틀어 공야소에게 향했다.

동시에 소용돌이에 빨려 들어갔던 암기들이 오히려 주인을 해치기 위해 날아들었다.

"망할!"

자신의 무기에 자신이 당할 줄은 생각도 못했다는 듯 오만상을 찌푸린 공야소가 뒷걸음질치며 황급히 소맷자락을 휘둘렀다.

파파파곽.

그를 향했던 암기가 소맷자락에 박히거나 튕겨져 나가며 사방으로 비산했다.

"이따위 치졸한 공격에 쓰러질 제가 아닙니다."

공야청이 차갑게 비웃었다.

"이놈!"

공야소의 분노가 하늘을 찔렀다.


조그만 술상을 사이에 두고 두 노인이 술잔을 기울이고 있었다.

마교에 쫓기던 잠룡단의 생존자들과 을파소, 추월령의 목숨을 구한 그들은 세인들에게 자신의 신분을 감추고 수십 년 동안 의천맹에서 허드렛일을 하며 공야치를 보필한 노맹과 강호를 떠돌며 온갖 괴팍한 기행을 일삼기로 유명한 악선(惡仙) 이기(李奇)였다.

과거 무림사괴 중 각각 한자리를 차지했던 그들에겐 아무도 모르는 비밀이 있었으니, 그들이 다름 아닌 공야치의 그림자라 할 수 있는 십비의 일원이라는 것이었다.

술잔은 한순간도 멈추지 않고 채워지고 비워졌다. 그렇다고 딱히 많은 대화가 오간 것도 아니었다. 둘은 답답하리만큼 말을 아꼈다. 오랜 친구 사이였던 두 사람은 애당초 말이 필요한 사이가 아니었다.

막 술잔을 입에 대던 노맹이 움직임을 딱 멈췄다.

"느꼈나?"

노맹이 물었다.

"자네도?"

둘은 약속이라도 한 듯 벌떡 일어났다. 그리고 공야소와 공야청이 목숨을 걸고 싸우는 곳을 향해 번개같이 달려가기 시작했다.

바로 그 시각, 또 한 사람이 심상치 않은 기운을 감지하고 귀를 쫑긋거리고 있었다. 을파소의 병간호에 전력을 쏟던 곡운이었다.

파스스스스.

날카로운 소성이 주변에 울려 퍼지고 강기의 여파를 견디지 못한 수풀이 사방으로 잘려 나갔다. 공야소와 공야청의 모습은 흩날리는 수풀과 흙먼지에 의해 잘 보이지 않았다. 하나, 그런 상황에서도 그들은 상대의 심장에 검을 겨누고 최후의 일격을 날릴 준비를 하고 있었다.

취이잇!

흩날리는 수풀을 뚫고 나온 한줄기 검기가 공야청의 목을 노리며 날아들었다. 재빨리 고개를 틀어 검기를 피한 공야청이 역공을 펼치자 공야소가 황급히 뒤로 물러나며 방어를 했다.

"놀랍다, 정말 대단해."

공야소가 진심 어린 표정으로 말했다.

"너 같은 잠룡이 세가에 웅크리고 있을 줄 누가 알았겠느냐? 그러나 죽는 것은 너다."

공야소가 전신의 기운을 끌어모으고 몸을 날렸다. 그리곤 단룡십팔검 중 강맹하기가 으뜸인 맹룡승천(猛龍昇天)을 펼치기 시작했다.

말로 형언할 수 없이 날카롭고 육중한 압박감에 공야청의 안색이 딱딱하게 굳었다. 더구나 곧바로 이어지는 유룡회천(遊龍回天)의 기운은 아득함과 함께 죽음을 떠올리게 만들었다.

그 역시 단룡십팔검을 연성하였고 자유자재로 구사할 수 있었으나 공야소에 비하면 위력 면에서 틀림없이 손색이 있었다. 그만큼 십이성 대성을 이룬 단룡십팔검은 명성 그대로 절대적인 위력을 갖추고 있었다. 그러나 그에겐 비장의 한 수가 있었다.

속절없이 밀리기만 하던 공야청의 검에서 어느 순간 기이한 열기가 피어오르고 있었다. 그것은 곧 그의 검을 뒤덮고 공야청 자신을, 그리고 나아가 주변 공간을 점령하기 시작했다.

"그, 그것은!"

공야소가 비명과도 같은 경악성을 내질렀다.

조금씩 자신의 공세를 무력화시키며 수세에서 공세로 전환시키는 공야청의 무공이 무엇인지 알고 있기 때문이었다.

화양진천검(華陽震天劍).

단룡십팔검이 대외적으로 알려진 공야세가의 무공이라면 화양진천검이야말로 공야세가에서도 직계 중의 직계만이 익힐 수 있는 최고의 비전이었다.

근래 들어 화양진천검을 접할 기회를 얻을 수 있었으나 단룡십팔검에 매진하느라 성취도는 조금 낮았다. 그런데 언뜻 보기에도 공야청의 성취가 육성은 넘어 보였다.

화양진천검을 십성 이상 익힌 이는 오직 현 가주인 공야치뿐이었고, 육성 이상을 익힌 자들도 손에 꼽을 정도였다.

'한데 육성이라니!'

공야청의 나이가 약관임을 감안하면 실로 엄청난 성취였다.

공야청은 공야치로부터 직접 사사한 화양진천검으로 공야소의 매서운 공격에 맞섰다. 비록 단룡십팔검처럼 빠르지도, 날카롭지도, 강맹한 힘을 지닌 것도 아니었지만 죽음과 더불어 물려준 부친의 내력에 마치 만 년의 세월을 굽이쳐 드넓은 평야를 달린 강물처럼 빠르고 부드럽고 유려하게 이어지는 검의 움직임은 완벽할 정도로 그의 몸을 보호했다.

파스스스슷!!

꽈꽈쾅꽈쾅!!

귀청을 울리는 격렬한 충돌음과 함께 주변은 금세 난장판으로 변해 버렸다.

한 번. 두 번. 세 번. 네 번.

충돌이 많으면 많을수록 주변을 휘감는 충격파는 배로 커지며 주변을 휩쓸었다.

공야추와 공야소가 마주 앉아 술을 나누던 전각은 어느샌가 산산조각이 나 사라져 버렸고, 전각 주변에 우아한 자태로 자라고 있던 소나무들마저 뿌리를 드러내며 쓰러져 버렸다.

하늘 높은 줄 모르고 미친 듯이 솟구쳤던 흙먼지들이 서서히 가라앉고 그것들에 가려졌던 달빛이 다시 모습을 드러냈다.

다부진 자세로 검을 치켜세우고 있는 공야청.

입에선 연신 검붉은 핏물이 흘러나오고, 입고 있던 옷도 옷이라 하기에 민망할 정도로 찢겨져 나갔지만 그의 당당함을 감추지는 못했다.

그에 반해 제대로 중심을 잡지 못하고 비틀거리는 공야소의 모습은 안쓰럽기 그지없었다.

들고 있던 검은 산산조각이 나버렸고 넝마가 되어버린 옷 사이로 보이는 상처가 전신을 뒤덮고 있었다. 누가 보더라도 공야청의 승리였다.

"끝난 건가?"

이기의 말에 노맹이 고개를 흔들었다.

"글쎄. 아직도 해볼 생각이 있는 것 같은데."

"투지는 잃지 않았어요. 그런데 왜 싸운데요?"

어느새 그들과 합류한 곡운이 맞장구를 치며 물었다. 대답은 들려오지 않았다.

공야소는 비틀거리는 몸을 간신히 가누며 다시금 검을 치켜 올렸다. 하나, 자신의 검이 산산이 부서진 것을 의식하곤 신경질적으로 내던지더니 부러진 나뭇가지 하나를 집어 들었다.

그런 모습에 공야청은 다소 안타까운 눈빛을 보냈다.

무슨 일이 있어도 공야추를 보호하고 그를 해하려는 자는 가차없이 베라는 가주의 명을 받았지만 공야소 역시 따지고 보면 친척 어른이 아니던가. 잘못을 인정하고 물러나기만 한다면 가급적 목숨만은 보존해 주고 싶었다.

그러나 자신의 욕망을 위해 조카를 죽이려 했던 공야소에게 패배는 곧 죽음이나 다름없었다.

[깨끗이 보내주거라.]

갈등하는 공야청의 귓가로 노명의 전음이 날아들었다. 비로소 그의 존재를 눈치 챈 공야청이 슬그머니 고개를 돌리고 먼발치에서 자신을 보고 있는 노명과 이기 등을 발견할 수 있었다.

고개를 끄덕인 공야청이 천천히 발걸음을 옮기더니 무의미한 저항을 위해 나뭇가지를 들어 올리는 공야소를 향해 혼신의 힘을 다한 일검을 날렸다.

공야소의 머리가 허공으로 치솟았다.

무참히 잘린 머리에서, 주인을 잃은 목덜미에서 뿜어져 나온 핏줄기가 고운 달빛을 핏빛으로 물들였다.

툭.

머리가 땅에 떨어지며 주변을 붉게 물들였던 핏빛도 사라
졌다. 아울러 최고의 자리에 오르기 위해 조카를 암습하는 일
도 서슴지 않았던 한 인간의 욕망도 허망히 사라졌다.

*   *   *

"죽었다더냐?"

공야치가 물었다.

"예."

짧게 대답한 능자하가 공야청이 보내온 서찰을 공야치에
게 공손히 바쳤다.

"쯧쯧, 결국 그렇게 되고 말았군."

능자하가 올린 서찰을 읽어가던 공야치가 탄식성을 내뱉
었다.

"그나마 맹룡단주가 무사하다니 다행이라 여겨야 하나? 녀
석이 큰일을 해냈군."

"제가 살펴본 바로는 공야소의 능력이 상상 이상이었습니
다. 막내의 능력이 뛰어난 것은 알고 있었지만 솔직히 그를
꺾을 줄은 몰랐습니다."

능자하가 감탄 어린 표정을 지었다.

"내 그러기에 뭐라고 하더냐? 너나 노맹은 인정하기 싫어
했지만 현재 녀석의 무공은 너희들보다 조금 앞서 있다. 그리
고 그 차이는 점점 벌어질 것이야."

쾌나 흐뭇한지 공야치의 입가에 웃음이 걸렸다.

비록 부친에게서 많은 내력을 이어받았다지만 공야청에게
막대한 영향력을 끼친 사람은 청준거에 머무는 동안 틈틈이
그를 불러 무공을 지도한 공야치였기 때문이었다.

"그래, 녀석들은 지금 어디까지 왔다고 하더냐?"

"수삼 일 내에 도착을 할 것이라 합니다."

"금방이군. 아무튼 녀석들이 무사히 올 때까지 경계를 늦
추지 말라고 해. 피해는 잠룡단을 잃은 것으로 충분하니까."

"예."

"아참, 그자에 대한 언급은 없더냐?"

"그자라 하시면……."

"노맹과 이기에 앞서 난데없이 끼어들어 잠룡단을 구했다
는 괴노인 말이다."

"별 설명이 없는 것을 보면 막녀도 잘 모르는 사람인 모양
입니다."

"잘 모른다? 흠!"

잠시 생각에 잠겼던 공야치가 툭 던지듯 물었다.

"한데 곡운이 그 노인을 알고 있다고 했었지?"

"그리 알고 있습니다."

“어쩌면… 어쩌면 그럴 수도 있겠군.”

“예? 무슨 말씀이신지요?”

“확실한 것은 아니다만 짚이는 것이 있어.”

공야치는 더 이상 자세한 설명은 하지 않았다.

공야치가 답을 피하는 것 같자 능자하가 화제를 다른 곳으로 돌렸다.

“그들은 어찌 처결하실 생각입니까?”

“누구? 부맹주 말이더냐?”

“예.”

“글쎄다.”

대수롭지 않게 대답하기는 했지만 공야치는 몹시 심한 갈등에 사로잡혀 있었다. 칼날과도 같았던 과거의 성정이라면 일에 연루된 모든 이들을 가차없이 숙청했을 것이나, 지금의 그는 그렇게 모질지 못했다. 더구나 한 부모에게서 태어나 같이 늙어가는 동생과 그의 자식들을 냉정하게 대할 수는 없었다.

“너는 어찌 생각하느냐?”

공야치가 능자하에게 물었다.

“백인회합에서 많은 이들이 다쳤습니다. 다들 모른 체하지만 그 일의 원인이 부맹주 쪽에 있다는 것을 모르는 사람은 없습니다. 최소한 어떤 처분은 있어야 할 것입니다.”

“처분이라……”

"게다가 그들이 흘린 정보로 인해 황 숙부와 설란은 물론이고 잠룡단이 괴멸되었습니다. 이에 대한 책임은 반드시 물어야 합니다."

피를 나눈 형제보다 더욱 의리가 깊었던 십비가 목숨을 잃었기 때문인지 능자하의 태도는 전에 없이 강경했다.

그것을 알기에 공야치도 고민에 고민을 거듭할 수밖에 없었다.

한참 동안 고심을 하던 공야치가 마침내 입을 열었다.

"공야소가 죽었다. 사실상 이번 일을 주도한 사람이 바로 그 녀석이니 일단 모든 책임을 녀석에 지울 것이다. 그러나 네 말대로 다른 이들 역시 책임을 면할 수는 없을 터. 그들에게 스스로 무공을 전폐하고 지금의 자리에서 물러나 근신하라 전하라."

"순순히 따르겠습니까? 미약하기는 해도 여전히 그들을 지지하는 세력이 있습니다."

"따를 것이다. 만약 따르지 않는다면……."

말끝을 흐리는 공야치의 눈빛이 차갑게 가라앉았다.

"그리 전하겠습니다."

공야치의 눈빛을 본 능자하는 감히 토를 달지 못했다.

# 제74장

# 이제 정신이 드나요?

"**애**썼네."

철포혼은 짧은 말로 회군한 석류를 격려했다.

"한 것도 없습니다."

석류가 씁쓸한 웃음을 흘리며 고개를 흔들었다.

"궁금한 것이 있습니다."

철인사가 다소 흥분한 얼굴로 말했다.

"무슨 일로 갑자기 일월령을 발동하여 철군을 명했는지 말이냐?"

"예. 소자는 도무지 알 수가 없습니다."

"대충 설명은 된 것으로 아는데?"

“십비로 추정되는 두 명의 고수가 출현했고, 또 다른 지원군이 도착하고 있다는 얘기는 들었습니다. 예, 그자들은 과연 강했습니다. 십비다웠지요. 그래도 숙부님의 천마단과 제가 이끄는 오령이 두려워할 정도는 아닙니다. 잠룡단을 쓸어버렸고, 맹룡단을 쓸어버릴 기회였습니다. 어쩌면 그 지원군까지. 한데 철군이라니요! 비록 일월령이 발동되었다지만 저희들은 예외로 해야 하는 것 아닙니까? 이해할 수가 없습니다.”

철인사가 가슴을 탕탕 치며 호기롭게 소리쳤다.

혈기 넘치는 철인사의 모습에 철포혼은 가슴 한 켠이 뿌듯해짐을 느끼면서도 애써 드러내지 않고 타이르듯 말했다.

“천마단과 너를 믿지 못해서 그런 것이 아니다. 그저 잠룡단을 몰살시킨 것만으로 충분하다는 뜻이야. 물론 네 말대로 맹룡단까지 끝장을 낼 수 있다면 더욱 좋은 일이겠지만 모든 일이 뜻대로 이뤄지는 것은 아니다. 게다가 놈들을 잡는 일보다 더욱 급한 일이 있었다. 철군을 명한 가장 큰 이유가 되는 일이.”

“무슨 일입니까?”

석류가 물었다.

“의천맹에서 호천령이 발동되었네.”

“호… 천… 령이!!”

석류가 깜짝 놀라자, 아직 호천령이 무엇인지 정확하게 파악하지 못하고 있던 철인사가 고개를 갸웃거리며 물었다.

“호천령이 뭡니까? 뭐길래 그리 놀라시는 겁니까, 숙부님?”

석류가 대답 대신 다시 물었다.

“그래서 일월령이 발동된 것입니까?”

“그렇다네. 우상과 흑월단주가 참석하지 못하겠지만 내일 아침 회합이 있을 것이야. 그리고 그곳에서 난 천마령(天魔令)을 발동할 것이네.”

“그래야겠지요.”

석류가 당연하다는 듯 고개를 끄덕였다. 하지만 천마령이 어떤 것인지 너무 잘 알고 있었던 철인사는 이해를 하지 못했다.

“세상에! 천마령을 발동하신단 말씀입니까? 도대체 호천령이 무엇이기에 천마령까지 동원해야 하는 겁니까?”

천마령.

일월령이 마교의 모든 핵심 인물을 소집하는 령이라면 천마령은 마교의 영향력 아래에 놓여 있는 모든 세력의 총집결을 명하는 것으로 호천령과 마찬가지로 제일차 마정대전에서 딱 한 번 발동된 적이 있었는데, 의천맹의 호천령과 마찬가지로 그 위력이 막강함에도 잘 발동되지 않은 것은 천마령을 발동한 마교의 교주는 천마령의 발동이 끝나는 시점에서 즉시 교주의 직위를 내놓아야 한다는 불문율이 있기 때문이었다.

“천마령이 모든 마교인들을 모으는 것이라면, 호천령은 의천맹을 따르는 모든 정파인들을 모으는 것. 이해가 되느냐?"

"하면 저들이?"

"그래, 전면전을 준비하는 것이지. 조만간 대대적인 공세가 펼쳐질 것이다."

"음."

그제야 사태의 심각성을 파악한 철인사가 굳은 표정으로 입을 다물었다.

"천마령이라면 근래 들어 조금은 흩어진 힘을 하나로 모을 수 있을 것입니다."

석류의 말에 철포혼이 고개를 끄덕였다.

"물론이네. 하지만 천마령가지고는 부족해. 저들의 충성심, 아울러 분노를 극대화시킬 수 있는 뭔가가 필요한 시점이야. 그때처럼 말일세."

철포혼이 은근한 시선으로 석류를 바라보았다.

"사제라면 내가 뭘 얘기하고 싶은지 알 것 같은데?"

"곧바로 준비를 하겠습니다."

"지난번 사건으로 다들 예민해져 있는 터라 그리 쉽지는 않을 것이네. 이건 뭐, 아예 바깥출입을 하지 않을 정도니."

"그렇다고 방법이 없는 것은 아니지요. 적당한 시기를 찾아서 좋은 소식을 들려 드리겠습니다."

"역시, 사제만 믿도록 하지."

철포혼이 만족한 미소를 흘리며 고개를 끄덕였.

            *           *           *

공야치가 을파소가 깨어났다는 보고를 받고 그를 찾은 것은 정오가 넘은 시각이었다.

한걸음에 달려온 공야치는 침상에 앉아 멍한 눈으로 창밖 하늘을 보고 있는 을파소를 볼 수 있었다.

인기척을 느낀 을파소의 고개가 천천히 돌려지고 마침내 수십 년 세월을 격한 두 거인이 마주 보게 되었다.

공야치와 을파소의 시선이 허공에서 얽혔다.

안부를 묻는 인사 따위는 오가지 않았다. 그저 잠시 잠깐 과거를 떠올리는 정도였다.

처음, 공야치는 괴노인이 잠룡단을 구해줬다는 것과 그가 곡운과 아는 사이라는 것을 전해 듣고는 혹시 을파소가 아닌가 하는 생각을 했었다. 지난날 곡운으로부터 그가 묵조영의 부탁으로 을파소를 구한 뒤, 노룡탄 인근으로 몸을 피했다는 것을 떠올린 것이었다. 그리고 그 설마했던 것이 사실로 드러났다.

공야치는 괴노인이 을파소임을 확인하자마자 그 즉시 능자하에게 명을 내려 을파소를 과거 자신이 머물렀던 청죽거로 옮기도록 하였다. 아무래도 신분이 신분인지라 외부 사람들과 차단된 공간이 필요했기 때문이었다.

‘한때는 천하를 두고 검을 겨누던 상대였거늘.’

젊은 시절 아무도 모르게 대결을 펼친 적도 있었다. 간발의 차이로 이기기는 했어도 그 차이는 실로 종이 한 장 차이. 그토록 강했던 을파소의 몰락에 왠지 모르게 가슴이 아려왔다. 공야치의 눈빛에서 그것을 눈치 챈 을파소가 씁쓸한 미소를 흘렸다.

“부상은 어떻습니까?”

한참 만에 입을 연 공야치가 물었다.

“그럭저럭 견딜 만합니다.”

을파소가 대수롭지 않다는 표정으로 대꾸했다.

그가 맹룡단에게 구출받은 뒤 의천맹에 도착한 지도 벌써 닷새째. 조금 전, 깨어나기 전까지 고월에게 당한 치명적인 부상 때문에 그는 한동안 의식도 회복하지 못했다.

공야치의 특명으로 그를 돌보고 있는 약선당주 사도천(思道天)이 불철주야 애쓴 덕에 그나마 정신을 차린 것이지, 그렇지 않았다면 벌써 불귀의 객이 되어도 고개를 끄덕일 정도로 그의 부상은 심각했다. 그의 말대로 그럭저럭 견딜 만한 상처는 결코 아닌 것이다.

“한데 저 아이는 어떻습니까?”

을파소가 옆 침상에 죽은 듯이 누워 있는 추월령을 가리키며 물었다.

“저도 궁금해하던 차입니다. 약선당주.”

"예, 맹주님."

수일째 밤을 지샌 사도천이 퀭한 얼굴로 대답했다.

"검각의 아이는 어째서 깨어나지 않는 것이냐? 크게 부상을 당한 곳도 없다면서."

"부상은 무시해도 될 정도로 경미합니다만 일전에 말씀드린 대로 정신적으로 문제가 있습니다."

"그 얘기는 했다. 하지만 이삼 일 정도면 충분히 회복할 것이라 한 것 같은데?"

공야치가 다소 언짢은 기색으로 말했다.

"죄, 죄송합니다. 최선을 다했으나 워낙……."

"설마 고치지 못한다는 소리를 늘어놓으려는 것이냐?"

공야치의 눈빛이 서늘해졌다.

당황한 사도천이 쩔쩔매며 대답했다.

"아닙니다. 미약하기는 해도 븐명 차도가 있습니다. 적어도 사흘 이내엔 반드시 정신을 차릴 것입니다."

"약속할 수 있겠지?"

"예? 아, 예."

의원은 환자를 두고 약속을 하지 않는다는 것은 그야말로 평범한 진리. 그러나 공야치 앞에서 그따위 말을 내뱉을 수 없었던 사도천은 그저 고개를 끄덕일 수밖에 없었다.

"참, 그러고 보니 고맙다는 인사도 미처 드리지 못했습니다. 고맙습니다. 제 수하들과 이 아이를 구해줘서."

공야치가 을파소를 돌아보며 말했다. 을파소가 담담히 고개를 흔들었다.

"어차피 구해질 사람들이었습니다. 또한 저 아이만큼은 구해야 할 이유가 있기에."

을파소가 안쓰런 눈빛으로 희미하게 숨을 이어가는 추월령을 바라보았다.

"그렇잖아도 그 일로 드릴 말씀이 있습니다."

"무슨 말입니까?"

"묵조영이라는 아이를 아실 겁니다."

"……."

을파소가 흠칫 놀란 표정을 지었다.

"그리 놀라지 마십시오. 지금부터는 더욱 놀라운 이야기가 기다리고 있으니 말입니다."

넌지시 입을 여는 공야치의 눈빛은 무척이나 부드러웠다.

*        *        *

호천령이 발동된 이후, 의천맹은 그야말로 인산인해를 이루고 있었다.

의천맹 인근에서 가장 먼저 소식을 접한 각 문파의 수장들이 핵심 제자들을 이끌고 입성했고, 하루하루 지날수록 그 숫자는 기하급수적으로 늘고 있었다.

　　호천령이 발동된 지 정확히 칠 일 만에 창룡단을 앞세우며 문인세가를 지원하기 위해 떠났던 이들이 돌아왔다.

　　세가를 점령했던 은성궁을 몰아내고 과거의 위용을 되찾은 문인세가와 그들을 돕기 위해 나섰던 혁씨세가, 묵가가 뒤를 이었다.

　　사람들은 마교와의 싸움에서 혁혁한 전과를 올리고 돌아온 그들을 대대적으로 환영하며 승전을 축하했다.

　　하지만 그 누구보다 그들의 귀환을 기다린 사람은 의천맹의 맹주이자 무신으로 추앙받는 공야치, 바로 그였다.

　　"왔다고?"

　　묻는 음성에서 절로 떨림이 묻어났다.

　　"예."

　　"어디로 갔느냐?"

　　"일단 청죽거로 안내했습니다."

　　"잘했다."

　　"바로 가시겠습니까?"

　　능자하가 조심히 물었다.

　　잠시 생각에 잠겼던 공야치가 고개를 흔들었다.

　　"아니다. 우선은 혁소천 원로와 승리를 하고 돌아온 이들을 만나봐야겠지. 다들 고생했을 테니."

　　말은 그리해도 그의 마음은 이미 청죽거에 도착해 있었다.

　과거 공야치가 은거할 때 머물던 곳이나 지금은 공야치의 명으로 을파소와 추월령이 치료를 받고 있는 청죽거.

　묵조영이 좌능파의 안내로 그곳에 도착한 것은 태양이 이글거리는 한낮이었다.

　"이곳일세."

　묵조영은 의천맹에 들어서자마자 납치하듯 자신을 끌고 온 좌능파의 얼굴을 묵묵히 바라보았다. 이유라도 듣고자 함이었다.

　좌능파가 싱긋 웃으며 말했다.

　"들어가게. 자네를 기다리는 반가운 사람들이 있을 것일세."

　말이 끝나기도 전에 청죽거의 방문이 벌컥 열리며 한 사내가 얼굴을 내밀었다.

　"조영, 너냐?"

　곡운이었다.

　"곡… 운."

　곡운을 본 묵조영의 눈동자가 급격하게 흔들렸다.

　"이 자식! 역시 살아 있었구나!!"

　한달음에 달려온 곡운이 묵조영을 힘껏 껴안았다. 어찌나 세게 껴안는지 숨을 쉬기가 힘들 지경이었다. 환한 웃음을 짓던 묵조영의 얼굴이 점점 일그러졌다.

　"인마, 적당히 해둬. 계집애도 아니고."

순간 곡운이 묵조영의 몸을 확 밀어내며 소리쳤다.

"뭐가 어째? 계집애? 그게 오랜간에 만나 반가움을 표시하는 친구에게 할 소리냐?"

"숨 막혀 죽겠다고. 그러다 사람 잡겠다."

"망할 놈. 지금껏 소식 한 번 주지 않던 놈이 한다는 소리가."

곡운이 잡아먹을 듯 눈을 부라렸다.

"미안해. 어찌하다 보니 그리됐다. 그래도 네 활약상은 소문을 통해 전해 듣고 있었다."

"소문? 뭔 소문?"

"무당괴협. 흐흐흐, 지나가던 거에게 물어도 알 정도로 유명하더라."

"흥, 내가 누구 때문에 그런 별호를 얻게 되었는지 모르나 보지? 이렇게 살아 있는 것도 모르고 복수를 한답시고 그 난리를 피웠으니. 그 살벌한 계집이 아니었으면 지금도 그러고 있었을 것 아냐?"

"계집? 계집이라니? 살벌하다는 건 또 뭔 소리고?"

"네가 살아 있다고 일러준 계집인데 그 무공이 장난이 아니었다. 괜히 덤볐다가 저승 문턱까지 보고 왔다."

"허!"

그가 알기로 곡운의 무공은 결코 얕지 않았다. 게다가 무당괴협이라 불리며 명성을 떨칠 정도로 하루가 다르게 늘고 있

었다. 한데 그런 곡운이 고개를 절레절레 흔들 정도라면 실로
대단한 여인이 아닐 수 없었다.

"도대체 누군데?"

"마교 최고의 여고수라 불리는 패력도후(覇力刀后) 설련."

"설… 련?"

어딘가 굉장히 익숙한 이름이었다.

'설련? 설련이라…….'

그 이름을 몇 번 되뇌어보았다. 그러다 문득, 장강에서 만
난 한 여인의 얼굴이 떠올랐다.


"제 이름은 련이에요. 설련."


'아, 맞다. 그녀의 이름이 설련이라고 했었지.'

"그녀가 말하기를, 네게 얻어먹은 한잔 술의 빚을 갚는 것
이라 하더라. 도대체 뭔 소리냐? 언제 그런 계집은 만난 거
야? 술까지 마셨다면 보통 사이가 아니라는 말이야?"

"사이는 무슨, 아무런 사이도 아니야."

"그럼 뭔데? 네 이름을 댔더니만 나와 운학 사형의 목숨을
살려주더라. 우리 때문에 제 수하들이 수십이 죽어나갔는데
도 말이야. 그런데도 아무런 사이도 아니냐?"

꼬투리를 잡은 곡운이 집요하게 추궁했다. 그러나 장강에
서의 인연이 전부였던 묵조영으로선 당가로 향하던 배에서

그녀를 만났던 일 외에 별다른 얘기를 할 것이 없었다. 물론 그 이후에 마교에 단신으로 뛰어들었을 때도 그녀를 만난 적이 있으나 그때는 이미 제정신이 아니었던 상황이라 기억을 하지 못하고 있었다.

"그러니까 우연히 배에서 만나 며칠 동안 함께 여행하며 술 몇 잔 나누어 마신 것이 전부다?"

"그래."

"잤냐?"

곡운이 능글스런 표정을 지으며 묻자 묵조영이 펄쩍 뛰며 소리쳤다.

"넌 어째 생각하는 게 예전이나 지금이나 변한 게 없냐? 그런 헛소리는 제발 집어치워라."

"알게 뭐야. 내가 보질 못했으니."

"너 정말!"

묵조영이 정색을 하자 곡운이 슬쩍 꼬랑지를 내렸다.

"알았다, 알았어. 누가 뭐라냐? 아이고! 내 정신 좀 봐. 내가 여기서 뭐 하는 짓인지 모르겠네."

"뭔 소리야?"

"빨리 안으로 들어가자. 나 말고도 너를, 그리고 네가 정말 보고 싶어하는 사람들이 있으니까."

"보고 싶은 사람?"

묵조영이 고개를 갸웃거리며 청죽거 안으로 들어섰다.

몇 발자국이나 뗴었을까?

묵조영이 그 자리에서 얼어붙었다.

침상 위에 조용히 앉아 그를 기다리고 있는 을파소를 본 것이다.

"하, 할아버지."

"왔느냐?"

을파소가 담담한 미소로써 그를 반겼다.

"하, 할아버지!"

휘청이는 걸음걸이로 다가간 묵조영이 을파소를 향해 큰절을 올렸다.

"소손이 할아버지를 뵙습니다. 그간 강녕하셨습니까?"

"그래, 그래. 이 녀석, 못 본 사이에 훌쩍 컸구나. 그만 일어나거라."

감개가 무량했다. 을파소는 그 옛날, 추월령을 찾아 집을 떠나던 묵조영의 모습을 떠올리며 그의 어깨를 두드렸다.

"예."

묵조영이 무릎을 펴고 바닥에서 일어나자 을파소가 안쓰러운 시선으로 그의 전신을 훑었다.

"그간 고생 많았구나. 내 이 녀석에게 대강의 사연은 전해 들어 알고는 있다."

"고생은요. 저 때문에 할아버지께서 오랫동안 홀로……."

말을 하던 묵조영의 눈이 순간적으로 부릅떠졌다.

등잔 밑이 어둡다는 말대로 너무도 큰 부상이라 오히려 의식하지 못하던 을파소의 부상이 비로소 눈에 들어온 것이었다.

"하, 할아버지. 그 팔과 눈이……."

"그리 놀랄 것 없다. 무인으로 살다 보면 이런 일은 다반사지. 두 개 다 잃은 것도 아니고 그다지 불편한 것도 없다."

을파소가 대수롭지 않다는 듯 팔을 휘두르며 말했다.

묵조영은 울컥 치미는 무엇인가를 애써 억누르며 곡운에게 시선을 돌렸다.

"네가 천목산에서 놈들의 마수에 당하고 있을 때 할아버님도 마교 놈들에게 공격을 당하고 계셨다. 네 말대로 최대한 빨리 달려왔는데 그때는 이미… 미안하다."

곡운은 을파소의 부상이 마치 자신의 탓이라도 되는 양 고개를 들지 못했다. 그러자 을파소가 당치도 않다는 듯 고개를 흔들었다.

"그런 소리 말거라. 당시에 네가 오지 않았다면 지금 살아 있지도 못했다. 다 죽어가는 나를 구해낸 뒤 놈들의 포위망을 뚫기 위해 네가 어떤 고생을 했는지 누구보다 내가 잘 알고 있거늘. 네게 늘 고마워하고 있다."

"아닙니다, 할아버님."

"고맙다."

묵조영이 곡운의 손을 잡으며 말했다.

"놔라. 계집애도 아니고 손을 잡기는 왜 잡아? 그리고 그딴 소리는 하지도 마라. 손자로서 할아버지를 구하는 것은 당연한 것이지. 안 그렇습니까?"

곡운이 을파소를 돌아보며 물었다. 넉살스런 말투에 을파소도 고개를 끄덕였다.

"암, 그렇지. 그렇고말고."

"에휴. 그놈의 입은."

묵조영이 질린 표정으로 고개를 절레절레 흔들었다.

"그나저나 그동안 어찌 지낸 거냐? 천목산에선 어떻게 살아난 것이고?"

"후~ 얘기하자면 길다."

"남는 게 시간이야. 들을 준비는 충분히 되어 있으니까 어디 한번 말해봐."

"그래, 나도 궁금하구나. 게다가……."

을파소가 청죽거 밖에 서 있는 마상을 힐끗 바라보며 말을 이었다.

"마 공과 만난 이야기도 듣고 싶고."

과거 자신의 곁을 지키던 마상을 보니 그렇게 반가울 수가 없었다. 물론 마상은 그런 을파소의 마음을 알지 못할 테지만.

"알겠습니다."

고개를 끄덕인 묵조영이 천천히 입을 열기 시작했다.

"그러니까……."

천목산에서 뛰어내린 후, 한 마을의 노인에게 구함을 받은 것부터 시작된 묵조영의 이야기는 한참이 되도 끝날 줄을 몰랐는데, 특히 추월령을 구하러 마교에 단신으로 뛰어드는 대목에 이르렀을 땐 홀로 그런 위험을 감수한 무모함을 참지 못한 곡운이 욕지거리를 해대며 묵조영의 뒤통수를 후려치고 말았다.

하지만 을파소에게 가장 놀라운 말은 그가 마상을 얻고 그의 도움으로 성소에 들었다는 것이었다. 더구나 자신의 사부와 사숙들이 아직도 정정하게 살아 있다는 말을 들었을 땐 자신도 모르게 눈시울을 붉힐 정도였다.

파란만장한 묵조영의 이야기는 묵가에서 벌어진 참극을 넘어 창룡단과 함께 적에게 포위되었다가 구출받는 시점에서 끝이 났다.

"후아!"

숨 쉴 틈도 없이 묵조영의 이야기에 정신없이 빠져들던 곡운이 얘기가 끝나자 참았던 숨을 밸어냈다.

"무슨 놈의 팔자가 그러냐? 남들은 서너 번은 살아도 겪기 힘들 일을 그 짧은 시간 동안 한 번에 겪다니."

"그러게 말이다."

묵조영이 씁쓸한 웃음을 지었다.

"그런데 묵가에서의 일은 그 정도로 덮을 거냐? 난 아무래도 배후가 있는 것 같은데?"

곡운이 조심히 물었다.

"일단은. 그래도 아직 완전히 끝난 것은 아냐. 어차피 저쪽에서 끝낼 생각도 없을 것 같고."

묵조영이 원독에 찬 눈으로 자신을 쏘아보던 매설류를 떠올리며 한숨을 내쉬었다.

"신중을 기해야 할 것이다. 네 가문이며 가족이야."

을파소가 염려스런 표정을 지으며 말했다.

"예, 최대한 조심할 생각입니다."

대답을 하던 묵조영이 슬며시 건너편 방을 살폈다. 그것을 눈치 챈 곡운이 재빨리 핀잔을 주었다.

"흥, 누굴 찾는 거냐?"

"아, 아니. 그냥."

"아니긴 뭐가 아냐? 아까부터 눈동자를 이리 떼굴 저리 떼굴 굴리고 있으면서."

"내, 내가 언제?"

"흥. 시미치를 뗄 것을 떼라. 추 소저를 찾는 거냐?"

사실 잠룡단과 맹룡단이 마교에서 추월령을 구해왔다는 것은 그 역시 들어 알고 있었다. 그는 청죽거에 들어오면서부터 추월령의 모습을 찾았다. 다만 생각지도 못한 을파소와 곡운이 있어 내색을 하지 못했을 뿐이었다.

정곡을 찔린 묵조영이 난처한 웃음을 지었다.

“대충 좀 넘어가자.”

“그런데 이를 어쩌나? 추 소저는 지금 이곳에 없는데?”

“없어? 하면 어디에?”

을파소가 곡운을 대신해 대답했다.

“원래는 이곳에 있었는데 이틀 전, 다른 곳으로 장소를 옮겼다.”

장소를 옮겼다는 말에 묵조영이 심각하게 굳은 얼굴로 물었다.

“그렇게 상세가 심각한가요?”

“아니다. 오해는 말거라. 단지 이곳이 치료를 하기엔 불편해서 옮긴 것뿐이야. 더구나 그 아이를 치료한다고 많은 사람들이 드나들면 내 입장도 조금 곤란해지고. 해서 옮긴 것이다. 크게 나쁜 상태는 아니니 걱정하지 말거라.”

“그렇군요. 후~”

크게 안심을 한 묵조영이 안도의 한숨을 내쉬자 곡운이 그의 옆구리를 찔렀다.

“그렇게 당하고도 그녀가 그렇게 좋냐? 벌써 두 번이나 죽을 뻔했다면서?”

“너!”

“농담이다, 농담. 그렇게 정색할 것까지 뭐 있냐? 무안하게시리.”

곡운이 민망한 표정을 지으며 툴툴거렸다.

"쓸데없는 소리는 말고. 그녀는 지금 어디에 있어?"
"약선당."
곡운의 대답에 묵조영이 벌떡 일어났다.
"잠시 다녀오겠습니다."
하지만 당연히 허락을 해야 할 을파소가 조용히 고개를 저었다.
"잠시 앉거라. 그 아이보다 우선 만날 사람이 있다."
"예? 만날 사람이라니요?"
묵조영이 울상을 지으며 물었다.
사실 지금껏 참은 것도 꽤나 엄청난 인내력을 보인 것이었다. 한데 추월령이 코앞에 있음을 알고도 참으라는 것은 정말 견디기 힘든 말이었다.
"네가 얼마나 그 아이를 보고 싶어하는지 안다. 그러나 그 전에 꼭 만날 사람이 있어. 어쩌면 그 아이만큼이나 네게 소중하고 중요한 사람이다."
을파소가 정색을 하고 말하자 묵조영도 자리에 주저앉을 수밖에 없었다.
'소중하고 중요한 사람?'
묵가에서 자신을 유일하게 이해해 주고 사랑해 주었던 태상장로가 돌아가신 지금, 아무리 떠올려 봐도 추월령과 눈앞에 있는 을파소, 곡운을 제외하고 그렇게 불릴 사람은 아무도 없었다.

“온 모양이구나.”

을파소가 바깥으로 고개를 돌리며 말했다.

묵조영의 고개도 자연스레 따라 돌아가고 그는 곧 햇살을 등지고 나타난 한 노인을 볼 수 있었다.

“네가 묵조영이냐?”

다름 아닌 공야치였다.

*        *        *

“고생하셨습니다.”

“고생은 무슨. 교주를 뵐 면목이 없네.”

건위령이 허탈한 표정으로 고개를 흔들었다.

“이렇게 건강히 돌아와 주신 것만으로도 충분합니다.”

이미 좌상 범장을 비롯하여 마고의 핵심 고수를 여럿 잃은 철포혼에게 비록 큰 피해를 입기는 하였으나 건위령의 무사 귀환은 반가운 일이 아닐 수 없었다.

게다가 소득이 전혀 없었던 것도 아니었다.

황산묵가를 몰아내며 그 일대를 완벽하게 장악한 것과 그들을 돕기 위해 접근하던 검각까지 거의 궤멸하다시피 만든 것은 분명 큰 성과였다. 다만 아쉬운 것이 있다면, 역시 그 과정에서 묵조영에게 범장과 탁불승을 잃었다는 것이다.

“천마령을 발동했다 들었소.”

"그렇습니다."

"그런 결심을 해야 할 정도로 심각한 상황이오?"

소문을 통해서, 그리고 계속 전해오는 보고를 통해서 의천맹이 군웅대회를 열었다는 것을 알고는 있었지만, 그렇다고 철포혼이 한번 발동을 하면 이후 교주의 지위를 내어놓아야 하는 천마령까지 동원할 줄은 생각도 못했다.

"심각한 위기라면 위기일 수 있습니다. 솔직히 본 교에 내부적으로 약간의 분열이 있었던 것처럼 의천맹도 많은 문제점이 있었습니다. 일례로 며칠 전에는 공야치를 맹주 직에서 끌어내리려는 시도도 있었지요. 바로 그의 핏줄들이 말입니다."

"그 얘기라면 나도 들었소."

건위령이 고개를 끄덕였다.

"하지만 그들의 도전을 간단히 무마시킨 공야치는 그 기세를 살려 호천령을 발동했습니다. 한마디로 내부의 분열이 깨끗하게 정리가 되었으니 이제 본격적으로 우리와 싸우겠다고 선언한 것입니다."

"흠."

"호천령을 받은 자들이 속속 의천맹으로 집결하고 있습니다. 하나, 그건 이쪽도 마찬가지입니다. 어제만 해도 만수곡(萬獸谷), 흑염문(黑炎門), 혈화문(血花門)에서 근 이백에 달하는 병력이 도착했습니다."

“그들 역시 우리의 일맥. 힘을 보태는 것이 당연한 것이오.”

“또한 그동안의 싸움에서 많은 피해를 보았던 조직을 다시 재건하기 시작했고 한층 더 전력을 강화하고 있습니다. 저들이 무슨 수를 쓰더라도 결국 이번 싸움의 승리는 우리의 것이 될 것입니다.”

“교주의 말씀을 들으니 이 늙은이의 답답함이 확 가시는구려. 아, 그건 그렇고 한 가지 물어봐도 되겠소?”

“말씀하십시오.”

“같이 철군을 하던 흑월단주는 어디로 보낸 것이오? 내 기억으론 교주에게서 온 전갈을 받고 따로 움직인 것으로 아는데.”

철포혼이 의미심장한 미소를 흘리며 대답했다.

“큰 싸움을 앞두고 가장 바삐 움직여야 하는 곳은 정보를 담당하는 곳입니다. 하지만 때로는 그들보다 먼저 적의 움직임을 파악하고, 나아가 혼란을 주어 사기를 떨어뜨릴 필요가 있는 법이지요. 그만한 일을 맡기기엔 흑월단만 한 이들이 없습니다.”

“하면?”

“예, 의천맹으로 갔습니다.”

“괜찮겠소? 군웅대회인가 뭔가 하는 것으로 경계가 삼엄할 터인데?”

"군웅대회를 통해 한몫 잡아보겠다고 인근에 온갖 잡다한 인간들이 몰려든 이상 그들이 잠입하기로 마음먹으면 경계를 아무리 삼엄히 한다 해도 소용없는 일입니다. 흑월단은 일전에도 이미 혁혁한 공을 세운 적이 있습니다. 조건을 따져 보면 지금보다 차라리 그때가 훨씬 위험한 상황이었습니다. 아무튼 이번엔 흑월단주가 직접 나섰으니 틀림없이 큰 활약을 보여줄 것입니다."

"음, 교주가 그렇게까지 자신있어하는 것을 보니 믿어도 좋을 듯하구려."

"믿으셔도 될 겁니다. 제가 아는 한 흑월단주는 의천맹에 거대한 죽음의 그림자를 드리울 만한 능력을 지니고 있으니까요."

흑월단주인 엽사군에 대한 철포혼의 신임은 가히 절대적이었다.

*　　　*　　　*


"하아."

묵조영의 입에서 기나긴 한숨이 흘러나왔다.

공야치가 돌아간 후, 한동안 그는 정신을 차리지 못했다. 마치 기나긴 폭풍우를 뚫고 지나온 사람처럼 온몸에 힘이 빠졌다.

“하아.”

곁에 있던 곡운의 입에서도 한숨이 흘러나왔다.

“너는 왜?”

묵조영이 고개를 쳐들며 물었다.

“몰라, 그냥.”

“싱겁기는. 그런데 너는 미리 알고 있었냐?”

“그래. 언젠가 맹주님께서 갑자기 부르시더라. 솔직히 그때는 이놈 때문에 부르시는 줄 알았다니까.”

곡운이 묵조영이 목숨을 걸고 발견하고 지켜낸 간장검을 툭툭 치며 말했다.

“너답다.”

“한데 검이 아니라 너에 대해 이것저것 물으시면서 하시는 말씀이… 내가 그때 얼마나 놀랐는지 너는 모를 거다.”

“지금 보고도 그런 얘기가 나오냐? 난 기절하는 줄 알았다.”

당연했다.

만나자마자 공야치의 입에서 흘러나온 한마디.


“내가 너의 외증조부다.”


그 소리를 듣는 순간 얼마나 놀랐던가?

처음에 묵조영은 웬 이상한 노인이 나타나 장난을 치는 줄 알았다. 하지만 싱글싱글 웃고 있는 곡운과 을파소의 얼굴에서 뭔가 심상치 않다는 것을 느끼고, 이어지는 설명에서 공야치가 자신의 외증조부라는 사실이 확인되자 그 자리에 주저앉고 말았다.

천애 고아인 줄 알았던 어머니에게 할아버지가 있다는 것도 놀랐거니와, 게다가 그 할아버지가 바로 공야세가의 가주이자 의천맹의 맹주라는 것에 그는 기절할 듯 놀랐다.

그때의 황당함과 놀라움, 기쁨, 감동은 공야치를 보낸 지금까지도 계속 이어져 제대로 정신을 차리지 못하고 머릿속을 멍한 상태로 만들었다.

"하긴, 당사자도 아닌 내가 이렇게 놀랄 정도니 너는 오죽하겠냐? 그런데 괜찮아?"

"뭐가?"

"뭐, 이것저것. 모두 다."

"글쎄, 아직도 뭐가 뭔지 정신을 차릴 수가 없다."

"그럴 만도 하다. 뜬금없이 외증조할아버지는 뭐라냐? 옛날 어머님께서 그런 언질이라도 하신 적이 있냐?"

"아니. 한 번도 들어본 적이 없어. 물어도 그냥 웃기만 하셨다."

묵조영은 문득 어머니가 돌아가실 때 유품으로 받은 비취빛 목걸이를 떠올렸다.

'아, 그러고 보니 내가 그런 질문을 할 때마다 어머니는 목

걸이를 말없이 어루만지셨지. 그리고 난 그것을 추 소저에게… 추 소저?'

묵조영이 벌떡 일어났다.

"왜?"

"추 소저를 만나러 가야겠다."

외증조부를 만났다는 것도, 어머니의 과거의 행적에 대해 알게 되었다는 것도 중요했지만 그에겐 그 무엇보다 추월령을 만나는 것이 중요했다.

"알았다. 그렇잖아도 나도 걱정하던 참이다. 그나저나 약선당이 어디더라……."

곡운이 머리를 긁적이며 앞으로 걸어나갔다.


청죽거를 떠난 둘은 제법 긴 시간을 걸어 의천맹에서 청죽거만큼이나 외진 곳에 위치한 약선당에 도착했다.

진한 약 향이 코를 자극했다.

콩닥.

가슴이 뛰기 시작했다.

절로 호흡이 가빠졌다.

어느덧 이마에 땀방울이 맺히기 시작했다.

묵조영이 지그시 눈을 감았다.

'추 소저.'

지난날이 주마등처럼 뇌리를 스쳤다.

천목산에서 원독에 찬 눈으로 검을 휘두르던 그녀의 얼굴이 떠올랐다.

마교에서 두 눈에 아무런 초점도 없는 채로 살수를 휘두르던 모습도 떠올랐다.

하지만 그것은 그가 알고 있는 그녀의 모습이 결코 아니었다. 그에겐 오직 자신을 위해 시를 읊고 사랑스런 웃음을 지어주던 하선고의 얼굴만이 진짜였다.

문득 두려운 마음이 들었다.

곡운을 통해 그녀가 이미 기억을 찾았다는 것을 알고는 있었지만 그래도 불안한 마음은 어쩔 수가 없었다.

어쩌면 과거의 기억이 또다시 한 줌 재로 흩어졌을지도 모른다는 생각을 하자 발걸음이 떨어지지 않았다.

"뭐 해?"

곡운이 돌아보며 말했다.

"아, 아무것도 아니야."

떨리는 음성으로 대답을 한 묵조영이 간신히 발걸음을 뗐다.

"신방에 드는 새신랑도 아니고 뭘 그리 주저해? 빨리 와."

묵조영의 마음도 모른 채 곡운이 툭 쏘아붙였다.

'괜찮아, 힘내' 라는 격려까지는 바라지도 않았건만 그런 식으로 면박을 주자 야속하기까지 했다. 하지만 곡운은 이미 몸을 돌려 약선당으로 들어가고 있었다.

거침없이 약선당에 들어선 곡운은 그를 알아본 이의 안내를 받으며 손짓을 했다.

"빨리 오라고."

묵조영은 미친 듯이 뛰는 심장을 애써 억누르며 발걸음을 서둘렀다.

그들이 안내되어 간 곳은 약선당 내에서도 가장 깊은 곳에 위치한 곳이었다.

은빛 주렴이 발목까지 늘어져 있는 입구.

묵조영의 표정이 딱딱히 굳어지는 것을 본 곡운이 슬며시 자리를 내주었다. 그 역시 묵조영의 심정을 모를 리 없었다. 그저 내색을 하지 않았을 뿐이었다.

"들어가 봐라. 추 소저가 너를 기다리고 있다."

곡운이 묵조영의 어깨를 툭 치며 웃었다.

그 한마디에 왠지 모르게 가슴이 울컥했다.

눈가엔 어느새 눈물이 고였다.

묵조영은 입술을 꽉 깨물고 고가를 끄덕였다. 그리고 천천히 주렴을 걷었다.

자르르르.

주렴이 걷히는 소리가 그렇게 아름다울 수가 없었고 방 안에서 확 풍기는 약 내음 또한 그 어떤 향수보다 강렬했다.

그 모든 것은 그곳에 추월령이 있기에, 진하디진한 약 내음을 뚫고 오직 묵조영만이 감지할 수 있고 느낄 수 있는 추월령의 체취가 전해져 왔기 때문이었다.

"추… 소저."

마침내 추월령을 만났다.

비록 반가운 인사를 건넨 것도 아니고, 싱그러운 웃음을 보여준 것도 아니었다. 그 고운 입술로 사랑의 밀어를 속삭인 것도 아니었다. 추월령은 그저 침상에 누워 있을 뿐이었다.

그것만으로도 충분했다.

목숨을 바쳐 사랑한 추월령을 눈앞에서 볼 수 있다는 것만으로도 더 이상 바랄 것이 없었다.

"추… 소저."

묵조영이 침상으로 한 걸음씩 다가가며 추월령을 불렀다.

대답은 없었다.

그러나 그는 느끼고 있었다. 양팔을 벌린 추월령이 환한 웃음으로써 그를 반기고 있음을.

손을 뻗어 그녀의 이마를 살짝 짚었다.

열이 있는지 약간은 뜨거운 기운이 느껴졌다.

초승달처럼 고운 아미를 지나 눈꺼풀을 조심히 쓰다듬었다.

손가락의 압력을 이기지 못한 눈썹들이 파르르 떨렸다.

다듬은 듯 예쁜 콧날에 한참 동안이나 머물렀던 손가락이 서역의 양탄자보다도 부드럽고 포근한 볼을 어루만졌다.

그 손길이 그와 사랑의 밀어를 속삭이던 입술에 닿았을 때 묵조영은 더 이상 서 있을 수가 없었다.

"선… 고."

묵조영의 신형이 침상으로 무너져 내렸다.

"선고."

대답은 없다.

"선고, 내가… 내가 왔어요."

그녀에게선 여전히 아무런 대답이 없었다.

상관하지 않았다. 애당초 대답 따위가 중요한 것이 아니었다.

묵조영은 추월령의 이름을, 아니, 하선고의 이름을 부르고 또 불렀다.

그 모습이 어찌나 애잔하고 슬픈지 입구에 서 있던 곡운마저 떨어지는 눈물을 감추기 위해 그개를 쳐들 정도였다.

"빌어먹을! 무슨 약 내음이 이리 맵다냐!"

퉁명스레 내뱉은 곡운이 몸을 돌려 나가 버렸다.

둘만의 시간을 만들어주기 위한 그 나름의 배려였다.

곡운이 방을 나간 후, 침상 앞에 무릎을 꿇은 묵조영은 움직일 줄을 몰랐다. 다시는 놓치지 않겠다는 듯 양손으로 그녀의 여린 손을 꽉 움켜쥐고, 두 눈은 오로지 그녀의 얼굴에 고정되어 있었다.

묵조영은 그 자세로 하룻밤을 보냈다.

이튿날이 되어서도 묵조영은 하선고의 곁을 지켰다.

다음날, 그 다음날에도 그녀의 곁에는 언제나 묵조영이 있
었다.

그렇게 며칠이 흘렀다.

그사이 묵조영은 물을 제외한 그 어떤 음식도 입에 대지 않
았다.

잠도 자지 않고 그녀를 간호했다.

많은 이들이 그러다 큰일 난다고 달려와 그를 말렸지만 듣
지 않았다. 심지어 공야치가 간곡히 만류를 했지만 그의 고집
은 꺾지 못했다.

단 며칠 사이에 묵조영의 얼굴은 반쪽이 돼버렸다.

덕분에 약선당 당주 사도천도 죽을 고생을 하고 있었다. 묵
조영이 하루가 다르게 야위어갈수록 공야치의 노여움이 하늘
을 찔렀기 때문이었다.

"후~ 저 고집을 어찌할꼬?"

아침나절에 지난밤 묵조영이 애써 쒀 보낸 전복죽을 그냥
물렸다는 소식을 접한 사도천이 땅이 꺼져라 한숨을 내쉬었
다. 그동안 얼마나 심화를 끓였는지 그의 몰골 역시 묵조영
못지않았다.

한숨을 내쉰 사도천이 추월령과 묵조영이 머물고 있는 방
을 향해 걸음을 옮겼다.

묵조영이 퀭한 눈으로 그를 보곤 인사를 했다.

"오셨습니까?"

사도천이 건성으로 고개를 끄덕였다.

한데, 어느 순간 그가 두 눈을 반짝였다. 방 안에 묵조영 말고 낯선 사람이 있었기 때문이다.

"누구… 헛!"

질문을 하려던 사도천이 기겁을 했다.

낯선 사람이 추월령을 진맥하더니 그것도 모자라 침을 놓으려고 했기 때문이었다.

"무슨 짓이오!"

황급히 달려간 사도천이 그의 팔을 낚아채려 했다. 하지만 그가 괴인의 팔을 잡기도 전에 묵조영의 손에 제지를 받고 말았다.

"이게 무슨 짓인가, 묵 공자?"

"경황이 없어 미리 말씀드리지 못했습니다만 잠시 지켜봐 주시지요."

"어허, 자네 마음을 모르는 것은 아니나 이것은 아닐세. 자칫하면 환자가 다쳐. 영영 깨어나지 못할 수도 있다는 말일세. 어서 저자를 말려주게. 함부로 시술을 하면 큰일 나네."

추월령이 잘못되기라도 하는 날에 공야치에게 치도곤을 당할 것이 뻔했기에 사도천은 안절부절못했다. 그러나 묵조영은 그 괴인을 단단히 믿는 눈치였다.

"당주님께는 죄송합니다만 제가 그 누구보다 믿고 있는 분입니다. 또한 그만한 실력을 지니고 계시고요."

“허!”

사도천의 안색이 확 구겨졌다.

자존심이 상했다.

의천맹의 약선당에서 당주인 자신이 아니라 다른 의원을 믿는다는 말을 들을 줄은 꿈에도 몰랐다.

바로 그때, 추월령을 돌보던 괴인이 긴 한숨과 함께 웅크렸던 몸을 일으켰다.

“어떻습니까?”

“생각했던 것보다 괜찮아. 큰 탈은 없을 것 같구나. 맥이 조금 느리기는 했으나 일정한 것이 정상인과 다름없었다. 그렇다고 딱히 기혈이 막힌 곳도 없었고.”

“하면 무엇이 문제입니까?”

그러자 괴인이 가슴을 툭툭 쳤다.

“여기, 여기가 문제야.”

“무슨 말씀이신지?”

“가슴에 심마(心魔)가 끼어 있다는 말이지.”

“예?”

“몸은 정상이나 왠지 그녀의 의식이 깨어나기를 거부하고 있어.”

어두워지는 안색의 묵조영을 뒤로하고 괴인이 사도천에게 다가갔다.

“죄송합니다. 돌보고 계시는 환자를 허락도 없이 살피는 것은 예가 아니나 이 녀석과의 인연도 있고 해서 그랬습니다.
이해를 해주시지요.”

상대가 정중하게 사죄를 하고 나오자 사도천의 마음도 조
금은 누그러졌다.

“후~ 묵 공자의 답답한 마음을 풀어주지 못해 미안할 뿐
입니다. 한데 존성대명이 어찌 되시는지?”

사도천이 괴인의 이름을 물었다. 묵조영이 자신을 무시하
면서까지 치료를 맡길 정도라면 꽤나 이름 있는 의원이라는
생각 때문이었다. 그리고 그의 예상은 정확하게 들어맞았다.

“심건이라 합니다.”

“시, 심건이라 하시면… 혹 성수의가의……?”

“예.”

“그러셨군요.”

비로소 묵조영이 자신을 무시(?)한 이유를 알 수 있었다.
자존심이 상하는 일이기는 하나 천하 의술의 중심은 성수의
가에 있었고, 근래 들어 사람들에게 알려진 심건이라는 이름
은 성수의가에서도 그 빛을 발하는 존재였다.

“워낙 치료가 잘되어 있어 솔직히 제가 손쓸 것은 거의 없
었습니다. 함부로 손을 쓰기가 민망할 정도였습니다.”

뜻밖의 칭찬에 사도천의 얼굴이 밝아졌다.

“하하하! 무슨 말씀을. 과찬입니다. 제가 부족한 것이 어디
한두 가지여야 말이지요. 자, 이럴 게 아니라 자리를 옮기시

지요.”

어색했던 분위기가 심건의 몇 마디, 그리고 사도천의 웃음으로 확 풀렸다.

두 사람이 자리를 떠나자 묵조영은 추월령의 손을 가만히 잡았다.

“대체 무엇이 두려워서 깨어나기를 거부하는 건가요? 어서, 어서 일어나세요.”


추월령의 상세에 대해 진지한 토론을 나눈 사도천이 다시 병상으로 돌아왔을 때 밤샘 간호에 지쳤는지 묵조영이 침상에 머리를 묻고 잠들어 있었다.

“후~ 이렇다니까.”

한숨을 내쉰 사도천이 고개를 흔들었다.

“이보게. 이럴…….”

묵조영을 깨우려던 사도천의 손이 멈칫거렸다. 그동안의 행동으로 보아 지금 깨우면 잠을 청하기는커녕 지친 몸을 이끌고 다시 간호에 매달릴 것. 차라리 이런 식으로라도 잠을 자두는 것이 좋을 것 같다고 여긴 것이다.

사도천은 자신의 장삼을 벗어 조심스레 묵조영에게 덮어주었다.

바로 그때였다.

지금껏 그 어떤 미동도 없던 추월령의 얼굴에 미세한 움직임이 있었다.

"서, 설마!"

혹여 잘못 본 것은 아닌가 바싹 긴장을 하며 지켜보는 사도천. 그의 눈에 파르르 떨리는 눈꺼풀이 들어왔다.

"무, 묵 공자!"

사도천이 묵조영을 흔들어 깨웠다.

잠시 정신을 차리지 못했던 묵조영은 사도천의 음성에 담긴 다급함을 금방 깨닫고 추월령에게 고개를 돌렸다. 그리고 그 역시 사도천이 발견한 추월령의 변화를 볼 수 있었다.

"깨, 깨어나는 것입니까?"

"아직은, 아직은 모르겠네. 하지만 변화가 있다는 것만큼은 분명하네."

"선고! 선고!"

묵조영이 하선고의 손을 꽉 잡고 그녀를 불렀다. 그러자 사도천이 그를 말리고 나섰다.

"아까 심 의원님 말씀대로 내 보기엔 그녀 내면의 문제야. 외부에서 자극을 주는 것은 좋지 않을 것 같네."

묵조영은 사도천의 의견을 받아들였다. 그저 힘을 내라는 의미에서 간절히 기도를 할 뿐이었다.


어두웠다.

사방천지가 너무도 짙은 어둠으로 물들어 코앞의 사물도

알아보지 못했다.

저 멀리 한줄기 빛이 보였다.

그 빛을 따라 그저 걸었다. 왠지 그래야만 할 것 같았다.

빛의 중심, 절벽을 뒤로한 사내가 슬픈 얼굴로 서 있었다.

창백한 안색에 크고 작은 상처가 헤아릴 수도 없는, 얼마나 많은 피를 흘렸는지 창백한 안색과는 달리 의복은 붉은 피로 도배를 한 사람.

그의 단전엔 섬뜩한 검 하나가 관통해 있었다.

익히 아는 검이다.

어째서 자신의 검이 그의 단전에 박혀 있는지 알 수가 없었다.

그가 자신을 향해 걸어왔다.

물러나고 싶었지만 몸이 움직여지지 않았다.

그가 자신의 전포를 벗어주며 이해할 수 없는 말을 했다.

*"나는 못하지만 앞으로는 이게 당신을 지켜줄 겁니다."*

가슴이 아렸다.

그의 음성을 듣자 어찌 된 일인지 미칠 것 같은 슬픔이 밀려들었다.

그가 슬픈 미소를 지으며 다시 말했다.

"오늘 일은 잊으세요. 영원히 잊어야 합니다. 그리고 내 죽음
에 아무런 의미를 두지 마세요. 난 당신의 손에 죽는 게 아니랍
니다."


도대체 무슨 소리를 하는지 알 수가 없었다.
머리가 너무도 혼란스러워 정신을 차릴 수가 없다.
눈물이 흘러내렸다.
어째서? 무엇 때문에 흐르는 눈물인지 알 수가 없었다.
그가 갑자기 시를 읊었다.
너무도 익숙한 시였다.


"오제은양화(烏啼隱楊花)
군취유첩가(君醉留妾家).
까마귀가 울어 버들 꽃에 숨으면,
당신은 취한 김에 제 집에서 주두세요."


시를 읊는 그의 얼굴이 더없이 슬퍼 보였다.
그 슬픔이 가슴속을 파고들었다.
온몸이 떨려왔다.
주체할 수 없는 감정을 이기지 못하고 자신도 모르게 시를
따라 읊었다.
자신의 음성을 들었는지 그의 입가에 미소가 지어졌다.

그 미소에 비로소 기억 저편 깊숙이 묻혀 있던 이름이 기억
났다.

묵조영.

평생에 처음 찾아온 오직 한 번뿐이자 한 명뿐이었던 사랑.

그를 알아본 순간, 주변을 감싸고 있던 빛이 갑자기 엷어지
더니 그의 신형이 점점 사라지기 시작했다.

그를 잡아야 했다.

필사적으로 손을 뻗었다. 하지만 닿지 않았다.

절벽 아래 깊은 어둠 속으로 그가 완전히 사라졌다.

이름을 부르려 하였으나 나오지 않았다.

심장이 터질 것 같았다.

이대로 그를 보내야 한다고 생각을 하니 미칠 것 같았다.

결코 놓칠 수 없었다.

세상 그 무엇도 그와 자신을 갈라놓을 수는 없었다.

설사 그것이 죽음이라도.

그와 함께하기 위해 무작정 절벽 아래로 뛰어내렸다.

추락하는 느낌은 아니었다.

그저 허공을 유영한다는 느낌이 들었다.

아무것도 보이지 않았다.

그저 귓가를 스치는 바람 소리만이 느껴질 뿐이었다.

저 멀리 또 하나의 빛이 보였다.

그 빛이 점점 자신을 향해 다가왔다.

그 빛 사이로 누군가의 얼굴이 보였지만 너무도 눈이 부셔 도저히 알아볼 수가 없었다.

시간이 갈수록 빛은 엷어지고 주변 사물이 명확히 보이기 시작했다.

가장 먼저 눈에 들어온 것은 목숨까지 함께하려 했던 묵조영의 얼굴이었다.


"이제 정신이 드나요?"

묵조영이 떨리는 음성으로 물었다.

"……."

추월령은 그저 멍한 눈으로 그를 바라볼 뿐이었다.

"왜 그렇게 오래 걸렸어요? 기다리느라 너무 힘들었어요."

그의 눈에 맺힌 눈물이 그녀의 얼굴로 떨어져 내렸다.

차가웠다. 그리고 뜨거웠다.

혼란스럽기만 했던 정신이 번쩍 뜨였다.

"조영. 당신… 이군요."

추월령이 손을 뻗었다.

그의 머리카락을, 이마를, 콧잔등을, 입술을, 까칠한 턱을 어루만졌다.

변한 것은 아무것도 없었다.

그녀가 사랑했고 앞으로도 영원히 사랑할 사람, 그대로였다.

꿈이라면 정녕 깨지 않기를 바랐다.

"당신을… 잃은 줄 알았어요."

문득 떠올리기도 싫은 지난날의 기억이 떠올랐다.

꿈에서까지 나타나 그녀를 끝까지 괴롭혔던 천목산에서의 악몽!

얼굴 한가득 절망과 슬픔을 품고 절벽으로 추락하던 묵조영의 얼굴이 도무지 잊혀지지 않았다.

"미안… 해요. 정말 미안해요."

그녀의 볼을 타고 뜨거운 눈물이 흘러내렸다.

"그때……."

그녀가 무슨 생각을, 무슨 말을 하는지 알고 있었던 묵조영이 그녀를 가만히 안았다.

"아무 말도 말아요. 아무런 생각도 말아요. 변한 것은 없어요. 당신과 나, 여기 함께 있잖아요."

"내가, 내가 어떻게… 당신을……."

추월령은 슬픔에 목이 메어 말을 잇지 못했다.

"그만 아파해요. 지금까지로 충분해요."

묵조영이 추월령의 눈물을 닦아주며 말했다.

"이제는 더 이상 아파할 일도 슬퍼할 일도 없을 거예요."

"조… 영."

"이게 꿈이 아니기를!"

감격에 찬 표정을 짓던 묵조영이 추월령의 입에 입맞춤을 했다.

그리곤 조용히 속삭였다.

"사랑합니다."

추월령의 눈이 가만히 감겼다.

'사랑해요.'

그녀의 짙은 속눈썹을 타고 수정처럼 맑은 눈물이 흘러내렸다.

# 제75장

## 내 핏줄이오

호천령이 발동되고 군웅대회를 위해 정파무림인들이 의천맹에 모여든 지 어느덧 한 달이란 시간이 흘렀다.

그동안 수많은 이들이 의천맹에 도착했다. 정확한 집계는 이루어지지 않았지만 어림잡아 삼천은 족히 될 것이라는 소문이 돌고 있었다. 물론 그들 모두가 마교와의 싸움에 끼어들지는 않을 것이나 그만한 인원이 모였다는 것은 대외적으로 호천령의 권위를 세우고 정파의 기세를 올리는 데 크게 기여할 것은 틀림없는 사실이었다.

의천맹은 호천령의 부름을 받고 의천맹으로 입성한 이들의 접대에 최선을 다했다.

　명문정파에 우선적으로 좋은 숙소가 배정되기는 하였으나 가급적 모든 이들에게 평등한 대우를 해주려 애썼고, 인근 주변의 모든 숙수들을 높은 비용을 주고 고용하여 식사에 불편함이 없도록 배려하였다.

　때가 되었음에 공야치는 군웅대회의 시작을 정식으로 선포하였다. 그런데 사실 말이 좋아 군웅대회지 닷새 동안 열리는 군웅대회는 사실상 결전을 앞둔 이들의 사기를 높이기 위한 잔치와도 같은 것이었다.

　곳곳에서 크고 작은 술판이 벌어지고 특별한 상이 걸려 있는 비무대회도 열렸다.

　그사이 의천맹의 핵심 수뇌들과 각 문파의 우두머리들은 머리를 맞대고 마교와의 결전을 착착 준비해 나갔다.

　공격은 언제, 어디를 기점으로 할 것이며 얼마간의 병력을 투입할 것인지, 또 그들의 지원은 어떤 식으로 할 것인지, 각 문파의 제자들을 어떤 식으로 배치하고 활용할 것인지 격론을 벌여가며 심도있는 논의를 거듭했다.

　특히 그 모든 계획의 수립과 이행에 중추적인 역할을 해야 하는 것이 천뇌전이었기에 호천령이 발동된 이후 단 한숨도 편히 잠을 청하지 못해 시뻘건 눈을 하고 있는 천뇌전 전주 제갈솔은 때때로 공야치 이상의 강한 발언권을 인정받았다.

　"후~ 대충 결론은 난 것 같습니다."

　천뇌전에서 세운 계획에 대해 설명하고 또 설명하고 질문에 대한 답을 하느라 연신 진땀을 흘린 제갈솔이 기나긴 한숨을 내쉬었다.

"고생했네."

그간 제갈솔이 얼마나 고생을 했는지 다른 누구보다 잘 알고 있는 공야치가 그의 노고를 치하했다.

"제가 무슨 고생을 했겠습니까? 천뇌전의 다른 이들이 죽을힘을 냈지요."

"아닐세. 그들의 의견을 조합하여 이렇듯 훌륭한 계획을 수립한 것은 오로지 자네의 능력이 그만큼 크다는 것이야."

난감천이 공야치를 거들고 나섰다.

"무량수불! 노도가 보기에도 그렇습니다. 획기적이지는 않으나 무엇보다 안정적이군요. 한 치의 틈도 없이 공수의 연결이 유기적으로 이루어질 것 같습니다."

무당파의 장문인 천무 진인을 대신해 제자들을 이끌고 의천맹에 입성한 대장로 천상(天尙)이 불진을 부드럽게 어루만지며 덧붙였다.

"허허허! 천하의 의천맹에서 군사의 자리에 있는 사람입니다. 애당초 우리들이 그의 능력에 대해 왈가왈부한다는 것이 우스운 일이지요. 그렇지 않은가?"

근래 들어 거둔 승리로 어깨에 힘이 잔뜩 들어간 혁소천이 너털웃음을 터뜨리며 말했다.

"어르신까지 그러실 필요는 없습니다."

"됐네. 너무 겸양을 떠는 것도 좋지는 않아. 아무튼 그건 그렇고… 선봉은 누가 서게 되는 건가? 가장 위험하면서도 중요한 자리일세. 자네의 계획엔 선봉에 대해 언급이 없어."

모든 이들의 시선이 한곳으로 쏠렸다. 그런데 그 시선은 제갈솔이 아니라 중앙에 앉아 뜻 모를 미소를 짓고 있는 공야치에게 향해 있었다. 심지어 대답을 해야 할 제갈솔마저 그를 바라보고 있었다.

그제야 자신의 질문이 얼마나 어리석은 것인지 깨달은 혁소천이 민망한 웃음을 흘렸다.

"허허허! 나이가 들면 이게 문제야. 다른 사람은 다 보이는, 너무도 뻔한 것을 잊게 되니 말이야. 이보게, 군사."

"예, 원로님."

"당연히 공야세가겠지?"

"예, 선봉은 맹룡단이 책임질 것입니다."

제갈솔이 힘차게 대답하자 모든 이들이 그럴 줄 알았다는 듯 고개를 끄덕였다.

선봉.

목숨을 내놓아야 할 만큼 위험하지만 그만큼 명예롭기에 서로 차지하고 싶어하는 자리. 그러나 공야세가가 있는 한 그 누구도 넘보지 못하는 자리였다.


*         *         *

"월령은 검각에 갔느냐?"

을파소가 물었다.

"예. 아무래도 마음에 걸린다면서요."

"그렇겠지. 누가 뭐라 해도 그 아이는 검각의 하나뿐인 후계자야. 네겐 서운한 일일지 모르나 지금 그 아이가 있을 자리는 여기가 아니라 거긴 것 같구나."

"알고 있습니다."

"그러고 보니 오늘이 군웅대회의 마지막 날인가?"

"예."

묵조영이 주변의 소음이 점점 커지는 것을 의식하며 대답했다.

"잠시 후부터 대대적인 잔치가 열린답니다. 그동안 보이지 않았던 분들까지 모두 한 자리 차지하고 얼굴을 보인다던데요."

곡운이 재빨리 끼어들며 말했다.

"아직도 있었냐? 좀 가라."

묵조영이 핀잔을 주었으나 곡운은 신경도 쓰지 않았다.

"나는 자유인이야. 난 내가 가고 싶을 때 가고, 가고 싶지 않을 땐 가지 않아."

"너도 네 사문이 있다며? 무림에서 둘째가라면 서러운 무당파라는 거대한 사문이. 최소한 오늘 같은 날은 가봐야 되는 것 아냐?”

“호호호. 사문도 나의 자유는 막지 못하지. 운학 사형과 그렇게 약속도 했고.”

“에휴, 너 잘났다. 어쩌면 넌 날이 가면 갈수록 뻔뻔해지는 것 같냐?”

“흥. 그럴 수밖에. 하나밖에 없는 친구 놈이 지 애인 찾았다고 친구를 괄시하니 서러워서 그런다.”

“뭐? 내가 언제? 어디서 그런 말도 안 되는…….”

찔리는 것이 있는지 당황하여 반박하는 묵조영의 태도가 영 어설펐다.

“됐어. 네놈이 그렇게 야박하게 쫓아내지 않아도 사실 가 보긴 가봐야 하니까.”

“어딜? 저 난리통 속으로?”

묵조영이 다소 놀란 표정으로 물었다. 막상 간다니까 아쉬운 모양이었다.

“미쳤냐? 저런 난리법석을 떠는 곳에 가게. 나도 시끄러운 것은 딱 질색이야.”

“그럼 어딜 가는데?”

“어젯밤 뒤늦게 본산에서 내려온 어르신들이 나를 좀 보자고 그러신데.”

“무슨 일로?”

“나야 모르지.”

“뭐 잘못한 거 있냐?”

“한두 개가 아니라 솔직히 기억도 안 난다.”

“에라이~”

묵조영이 후려칠 듯 손을 치켜들겨 야유를 보냈다.

“그래, 잘됐네. 이참에 아예 치도곤이나 한번 당해봐라.”

“안됐지만 그럴 일은 없을 것 같은데? 나만 부른 게 아니라 운학 사형까지 불렀단 말이야.”

“운학 형님까지?”

그제야 조금 이상한 느낌이 들었다.

그러자 둘이 치고받는 말장난을 잠자코 지켜보고 있던 을파소가 조용히 물었다.

“누구라 하더냐?”

“예?”

“어제 온 무당파 도인 말이다.”

“아, 예.”

알았다는 듯 고개를 끄덕이던 곡운이 이맛살을 찌푸렸다.

“누구… 시더라.”

“에라이~ 이제는 사문 어른의 도호도 모르냐?”

“시끄러! 아, 생각났습니다. 선우(仙羽), 선상(仙爽) 태사조님들이라 하셨습니다.”

곡운은 대수롭지 않게 말했지만 듣는 을파소는 그렇지 못했다.

"그들이… 왔단 말이더냐?"

"예. 아… 시는 분들입니까?"

을파소의 기색이 심상치 않은 것을 느낀 곡운이 조심스레 되물었다.

"만난 적은 없다. 다만, 어떤 지위에 있다 보면 모르는 사람도 저절로 알게 되는 수가 있다. 한데 의외로구나. 그들은 웬만해선 무당파를 떠나지 않는 이들로 알고 있는데."

뭔가를 골똘히 생각하던 을파소가 또랑또랑하기보다는 다소 능청스러워 보이는 눈망울을 굴리고 있는 곡운을 잠시 응시하다가 고개를 끄덕였다.

"그랬구나."

"무슨 일인데요?"

곡운이 참지 못하고 물었다.

"가보면 자연히 알게 될 것이다."

"아니, 그런 말이……."

곡운이 다시 물으려는 것을 묵조영이 말렸다.

"가보면 안다고 하시잖아. 여기서 쓸데없이 궁금해하지 말고 빨리 가봐. 늦겠다."

"그래. 그게 훠~ 월씬 빠르겠다."

여간해선 궁금함을 참지 못하는 곡운이 몇 마디 말을 툴툴거리며 그 즉시 자리를 털고 일어나 바로 내달렸다.

곡운이 완전히 사라진 뒤 묵조영이 조금은 심각한 표정으로 물었다.

"무슨 일 있나요? 혹 녀석이 무슨……."

"아니. 걱정할 것 없다. 전혀 걱정할 일은 아니야."

"그럼 무슨……?"

"기다려 보면 알아."

묵조영이 잔뜩 궁금해하는 표정으로 물었으나 을파소는 쉽게 대답을 해주지 않았다.

'무당이선(武當二仙). 무당파의 수호신들. 그들이 벌써 우화등선(羽化登仙)의 준비를 할 때가 되었나? 세월도 참 빠르군.'

한때 마교의 교주였기에, 그 누구보다 각 문파의 사정에 밝았던 을파소는 무당이선에 대해 어쩌면 그들과 같은 길을 걷는 여러 정파 사람들보다 더 잘 안다고 할 수도 있었다.

'녀석. 그들의 도움을 받는다면 정말 강해지겠군. 몰라볼 정도로 말이야. 그래도!'

을파소의 시선이 턱을 괴고 생각에 잠겨 있는 묵조영에게 향했다.

"그래도 어림없지. 누가 무슨 짓을 하건 네 녀석을 따라올 수는 없다. 누가 뭐래도 네가 최고다!"

"예?"

묵조영이 화들짝 놀라 고개를 돌렸다. 조용히 읊조린 소리를 들은 모양이었다.

“최고라고.”

을파소가 흐뭇한 미소를 흘렸다.


*　　　*　　　*


“시간이 어찌 되느냐?”

능자하는 조금도 지체없이 대답을 했다.

“정오가 넘었습니다.”

“나가봐야 되겠구나.”

“예, 그렇잖아도 다들 기다리고 계십니다.”

공야치가 몸을 일으키자 능자하가 한 켠으로 물러나며 허리를 숙였다.

“참, 조영이는 지금 어디에 있느냐?”

“청죽거에 계신 것으로 알고 있습니다.”

“청죽거에?”

“예. 의천맹에 입성하신 이후로 청죽거를 떠나신 적이 없었습니다.”

“하긴, 아는 사람도 없을 것이고. 무엇보다 그가 그곳에 머물고 있으니.”

공야치가 거론하는 사람은 당연히 을파소였다.

현재 의천맹에서 을파소의 존재를 아는 사람은 극소수에 불과했다. 아무리 쫓겨났다지만 과거 마교의 교주였던 사람이 의천맹에 의지하고 있다는 것을 알고, 또 그 거처를 마련해 준 사람이 공야치라는 것이 알려지면 좋을 것이 없다고 여겨기 때문이었다. 그것은 또 묵조영과 을파소가 편히 지낼 수 있도록 나름의 배려를 한 것이기도 했다.

그런데 을파소를 거론하는 공야치의 입가에 쓸쓸함이 깃들었다.

명색이 외증조부건만 묵조영과의 관계가 피 한 방울 섞이지 않은 을파소보다 훨씬 못하다고 느끼고 있기 때문이었다. 물론 지나온 세월이 그리 만든 것이건만 서운한 것은 어쩔 수 없었다.

십비의 일원으로 공야치를 곁에서 모셔온 것만 벌써 이십여 년. 숨소리, 눈빛 하나만 보아도 공야치가 무슨 생각을 하고 있는지 알 수 있었던 능자하가 자신도 모르게 미소를 짓고 말았다.

공야세가의 가주이자 의천맹의 맹주, 나아가 천하제일인이라 추앙받는 공야치가 설마하니 질투 같은 것을 할 줄은 꿈에도 상상해 본 적이 없었다.

"재미있느냐?"

"예?"

능자하가 당황스러움에 어쩔 줄 몰라 하는 얼글로 허리를 꺾었다.

"죄, 죄송합니다."

“고얀 놈. 잔말 말고 곧 소식을 보내 군웅대회에 참석하라 전하거라.”

“사람들에게 두 분의 관계를 알리실 생각입니까?”

공야치가 고개를 끄덕였다.

“소란이 있을 수 있습니다.”

“뭐, 놀라기야 하겠지. 그래도 알 만한 사람은 다 알아.”

공야치가 제갈솔 등을 떠올리며 말했다.

“제가 말씀드리고 싶은 말은 그것이 아닙니다.”

“하면?”

“묵가가 이곳에 와 있습니다.”

묵가라는 말이 나오자 공야치의 낯빛이 확 변하고 눈빛에서 살기가 뿜어져 나왔다. 좀처럼 감정의 기복을 드러내지 않는 공야치로선 실로 놀랄 만한 일이었다.

“그자들이 문제를 일으킬 것이라 생각하느냐?”

“묵가야 그러겠습니까만, 매가가…….”

“죽으려면… 무슨 짓을 못하겠느냐?”

조용히 던지는 말에 능자하는 몸을 떨었다. 금방이라도 그렇게 될 것처럼 여겨졌기 때문이었다.

“참, 일전에 지시한 사항은 끝났느냐?”

“예. 어차피 당가에서도 호천령을 받아 이곳에 와 있고, 말씀하신 그자의 신병 또한 확보했습니다.”

“헛소리를 지껄이지는 않겠지?”

"그럴 리야 있겠습니까? 걱정하지 마십시오."

"그런데 뭐가 걱정이더냐? 그것이면 충분하지."

공야치는 그 한마디를 남기고 방문을 나섰다.

"결국 사단이 벌어지는군."

능자하의 입에서 깊은 한숨이 흘러나왔다.


군웅대회가 열리고 있는 연무장.

사방 오십 장이 넘는 거대한 공간이 수많은 인파로 발 디딜 틈도 없었다.

가장 상석에 의천맹과 각파의 수뇌들이 한데 어울려 술자리를 벌였고, 비무대가 설치된 중앙을 중심으로 그 좌우로도 역시 많은 술자리가 마련되어 있었는데 눈에 띄는 것은 아무래도 이름과 명성이 있는 문파들부터 상석과 가까이에 배치되었다는 것이다. 하지만 그것에 토를 다는 사람은 아무도 없었다. 무림에 발을 담근 자로서 강자존이라는 절대적 진리를 부정할 사람은 없기 때문이었다.

"와아!!"

어느 순간, 연무장이 미친 듯이 들끓었다.

마침내 닷새 동안 계속 이어졌던 비무대회의 승자가 나타난 것이었다.

"이번 비무대회 최후의 승자는 황산묵가의 묵언도 소협이오. 자, 단상으로 오르시오."

비무대회를 주관하고 있던 호법 서출이 묵언도의 우승을 선언하며 그를 불렀다.

서출의 외침에 자신에 의해 쓰러진 상대를 발아래에 두고 관객들의 환호성을 들으며 오연히 서 있던 묵언도가 천천히 단상으로 움직였다.

그의 한 걸음 한 걸음에 열광적인 박수와 함성이 터져 나왔다.

"재수없는 놈인데요."

공야열이 입꼬리를 비틀며 말했다.

"그래도 꽤나 강하던데. 설마하니 저 정도일 줄은 몰랐어. 아직 몸도 성치 않았을 텐데."

과거 묵조영에게 일방적으로 당하던 묵언도의 모습을 떠올린 공야일성이 놀랍다는 듯 말했다.

"흥, 어차피 비무대회에 뛰어든 놈들 중 제대로 된 녀석이 없었어요."

"네가 참가했다면 꼭 우승했을 것처럼 말한다?"

"당연한 것 아닙니까?"

"또! 그 자만심이 언젠가 너를 망칠 것이라 했지?"

공야일성이 정색을 하며 질책하자 공야열도 한 걸음 물러설 수밖에 없었다.

"누가 뭐라나요? 그냥 그렇다고요. 그저 저녀석에게 지지는 않을 거란 말을 하고 싶었어요."

“그래도 그런 자세는 좋지 않아.”

공야열이 볼멘소리를 하자 공야일성도 누그러진 음성으로 말했다.

“맹주님께선 이번 비무대회의 승자에게 황금 백 냥과 우승자에게 걸맞은 지위를 보장하셨소. 앞으로 더 나오게.”

묵언도를 불러 올린 서출이 단상의 중앙에 앉은 공야치를 바라보았다.

공야치가 천천히 자리에서 일어나더니 묵언도에게 충고를 했다.

“승리를 결정지은 마지막 한 수는 좋았다. 세밀함만 조금 더 갖춘다면 큰 발전이 있을 것이다.”

“과찬이십니다.”

“한데, 내 듣자니 큰 부상을 당했다고 하던데?”

“예.”

지난날 혁씨세가에서 묵조영에게 당했던 치욕스런 장면을 떠올리기 싫은지 묵언도는 별다른 설명 없이 짧게 대답했다.

그런데 공야치는 조금 더 듣고 싶은 모양이었다.

“그때 다친 곳이… 양다리와 팔…….”

“단전 쪽도 다쳤다고 했습니다.”

뒤에 시립하고 있던 능자하가 넌지시 덧붙였다.

“그래, 그랬지. 그만하면 부상도 보통 부상이 아니건만 어찌 이리 빨리 회복을 할 수 있었단 말이냐? 그 짧은 시간에.”

"세가의 어르신들께서 많이 애를 써주셨습니다."

사실 애를 쓴 정도가 아니었다.

묵연작의 특명으로 창룡단을 돕기 위해 움직인 이들을 제외하고는 묵가의 원로들 모두 묵언도에게 달라붙어 그의 치료에 힘썼다.

부러진 팔다리를 치료하기 위해 골절에 좋다는 모든 약을 동원하고, 그것도 부족해 아예 약초를 배합한 약물에서 살다시피 했다.

게다가 매일같이 추궁과혈이다 뭐다 하여 각자의 내력을 쏟아 붓다시피 하며 단전 쪽의 상처를 치료하니 상처는 순식간에 아물고 회복 속도 역시 상상을 초월할 정도였다.

이미 황산팔룡이라 하여 후기지수에서 손꼽히는 고수로 통했던 묵언도는 치료 과정을 거치며 과거완 비교도 할 수 없을 정도로 엄청난 내력을 얻었다. 비무대회에서의 우승은 어쩌면 당연한 결과인지도 몰랐다.

"그래, 다들 고생들을 했군. 아무튼 약속대로 너에게 인단의 부단주 지위를 주도록 하겠다. 부디 지금과 같은 실력으로 자리를 빛내거라."

공야치의 말에 이곳저곳에서 부러움 섞인 탄성이 터져 나왔다.

의천맹의 주력 전투단 중 하나인 인단의 부단주라면 결코 만만한 자리가 아니기 때문이었다.

그런데 웬일인지 묵언도는 아무런 대답도 하지 않았다.

"어째서 대답을 하지 않지? 마음에 들지 않느냐?"

"아닙니다."

"그럼 어째서?"

"허락하신다면 다른 것을 청하고 싶습니다."

서출이 깜짝 놀라 만류를 하려고 하였으나 공야치가 눈짓을 했다.

"오늘의 주인공은 비무대회의 우승자인 너다. 말해보거라."

묵언도는 조금의 망설임도 없이 대답했다.

"아시다시피 묵가는 지난 마교의 공격으로 상당히 큰 피해를 당했습니다. 많은 식솔들이 독숨을 잃었고, 전력 또한 전에 비할 바가 아닙니다."

"안타까운 일이었지."

공야치가 혀를 찼다. 한데 표정은 말과는 달리 그다지 안타까워하는 것 같지는 않았다.

"인단의 부단주라는 자리, 솔직히 너무도 과분한 자리입니다. 하나 큰 싸움을 앞둔 지금 저는 인단이 아닌 묵가의 식솔로서 그들과 함께 싸우고 싶습니다. 부디 맹주님의 호의를 거절할 수밖에 없는 입장임을 이해해 주시기 바랍니다."

"물론이다. 이해할 것도 없는 일이다."

"감사합니다."

"그러나 그 자리는 이미 약속된 비무대회의 승자에게 내정된 상이었다. 네가 그것을 거절했으니 다른 상을 주어야 할 터. 무엇을 원하느냐? 뭐든 말해보거라."

"말씀만으로도 감사합니다."

"빈말이 아니다. 어서 말해보거라."

"지금 당장은 생각한 것이 없습니다."

"그래? 그렇다면 잠시 생각을 해보거라. 기다리고 있겠다."

"감사합니다."

"허허, 어떤 것을 원할지 사뭇 기대가 되는군."

공야치가 읊조리듯 말했다. 다른 이들은 그것을 웃음으로 받아들였다. 하나, 능자하는 결코 그럴 수 없었다. 그는 승자의 당당함을 보이며 단상을 내려가는 묵언도가 안쓰럽기까지 했다.


"저, 저!"

묵성의 눈이 화등잔만 해졌다.

"무슨 일이더냐?"

많은 이들이 모인 자리에서 경망을 떤다고 여긴 묵연작이 다소 언짢은 음성으로 물었다.

"저, 저기를 보십시오."

묵성이 단상을 향해 천천히 걸어가는 한 사람을 가리키며 말했다.

“대체 뭣을 보았기에… 음!”

묵성의 손길을 따라 시선을 움직이던 묵연작이 안색을 딱딱히 굳히며 신음을 내뱉었다.

공야치의 부름을 받고 중앙 단상으로 향하는 묵조영을 본 것이었다.

“저 녀석이 어째서 이곳에 나타난단 말입니까?”

묵성이 분개하며 말했다.

“금룡신객이란 이름, 마교와의 싸움으로 꽤나 유명하지. 애당초 이번 군웅대회가 마교와의 결전을 앞두고 정파의 힘을 결집시키기 위해 준비된 것이라면 그리 놀랄 일도 아니야.”

묵성이 날카로운 눈빛으로 묵즈영을 살피며 말했다.

“그래도 그렇지요. 저 녀석이 우리와 어떤 관계인지 모르는 사람이 없습니다. 이건 우리 묵가를 무시하는 처사입니다.”

“무시한 것이라 생각할 필요 없다. 어차피 끊어진 인연. 우리는 그냥 술이나 마시며 무시하면 그만이다.”

묵연작이 분노로 몸을 부르르 떠는 묵성을 달래며 술잔을 들이켰다.

그사이 묵조영이 의천맹의 핵심 수뇌들과 각 문파의 어른들이 모인 곳에 도착했다.

공야치의 눈짓을 받은 장로 총우백이 벌떡 일어났다.

"여러분들께 소개해 드릴 사람이 있소이다."

조용히 내뱉은 말이었지만 심후한 내력을 바탕으로 퍼진 음성은 전 연무장을 압도할 만큼 우렁찼다. 일시에 모든 시선이 그에게로 향했다.

"그간 마교와의 싸움에서 많은 영웅호걸들이 나타났으나 근래 들어 지금 여러분께 소개해 드릴 사람만큼 인구에 회자되는 사람도 없을 것이오. 그의 손에 사라진 마교도는 이루 헤아릴 수가 없고, 또 그 면면을 살피다 보면 저절로 입이 벌어질 정도요. 마교의 좌상 범장과 그의 아들 호교단주 범우, 수많은 이들을 함부로 살상하여 악명을 떨치고 있는 광명단주 탁불승 등이 그의 손에 죗값을 받았소."

범장과 탁불승의 이름이 불릴 때마다 곳곳에서 탄성이 터져 나왔다. 그만큼 그들이 무림인들에게 주는 공포감이란 대단한 것이었다.

"그 누구도 해내지 못한 일을 그는 홀로 해냈고, 이후 사람들은 그를 일컬어 금룡신객이라 부르며 칭송하게 되었소."

총우백이 묵조영을 소개하자 가히 우레와 같은 박수가 터져 나왔다.

총우백의 소개가 있기 전부터 금룡신객이 의천맹에 있다는 소문이 파다하게 난 터, 어떤 인물일까 궁금해했는데 막상 소개를 받고 보니 이제 이십 중반 정도나 되었을까 하는 나이인지라 다들 놀라지 않을 수가 없었다.

군웅들은 젊은 영웅의 출현에 마음껏 박수를 보내고 환호를 보내주었다.

하지만 모든 사람들이 그렇지는 않았다.

묵조영이 많은 활약을 했음에도 불구하고 마교와 인연을 맺고 있다는 것을 알고 있던 몇몇 정파의 어른들은 불편한 심기를 드러냈고, 심지어 야유를 보내는 사람도 있었다.

묵가의 식솔들은 시샘 반, 적의 반을 드러내며 묘한 감정에 사로잡혀 있었는데 특히 자신에게 쏟아지던 관심을 한순간에 잃어버린 묵언도와 묵조영에게 가주를 잃은 주작매가의 사람들은 노골적인 적의를 넘어 살의까지 드러내고 있었다.

총우백의 소개와 군웅들의 거창한 환영에 잠시 당황하던 묵조영은 허리를 꺾어 몇 번의 인사를 한 후, 공야치가 기다리는 곳으로 걸어갔다.

바로 그 순간이었다.

"난 저자를 인정할 수 없소이다!"

그 음성이 워낙 컸기에 묵조영에게 보내던 환호성이 일시에 잦아들었다.

주작매가의 전대 가주이자 현 묵가의 태상호법 매규염이었다. 순간, 능자하가 슬그머니 공야치의 눈치를 봤다. 그리곤 기다렸다는 듯 눈빛을 빛내는 것을 보곤 한숨을 내쉬었다.

그런 능자하의 마음을 아는지 모르는지 매규염은 자신에

게 쏟아지는 시선을 의식하며 더욱더 언성을 높였다.

"금룡신객이 마교와 싸움을 하고 핵심 고수들을 죽인 것은 사실이오. 하나 그것이 의천맹과 정파를 위해서, 천하의 정의를 위해서 한 것이라고 말할 수는 없을 것이오."

총우백이 놀란 눈으로 공야치를 바라봤다. 공야치는 계속하게 놔두라는 눈짓을 보냈다.

"금룡신객의 뿌리가 묵가임은 모두들 알고 계실 것이오."

군웅들의 시선이 묵묵히 듣고 있는 묵연작 등에게 쏠렸다.

매규염이 언성을 높이는 순간부터 이미 일은 벌어진 것.

피할 수 있다면 좋았겠지만 매가의 입장을 모르지 않기에 묵연작도 말릴 수가 없었다.

"그러나 그에게 또 하나의 뿌리가 있소. 바로 마교라는 뿌리가."

전혀 예상치 못한 발언에 좌중의 분위기가 급변했다.

"어려서 묵가를 뛰쳐나간 금룡신객은 마교의 무공을 익혔고, 그들이 가장 신성시한다는 마교십병 중 천마조를 들고 있소이다."

매규염이 좌중을 둘러보며 묵조영이 들고 있는 천마조를 손가락으로 가리켰다.

이곳저곳에서 웅성거리는 소리가 커졌다.

"그 일은 지난날 이미 무혐의 판정이 난 것이 아닙니까? 마교 놈들의 음모로 끝난 것으로 압니다만."

운학이 참지 못하고 소리쳤다.

"물론. 노부 역시 마교 놈들의 음모가 개입이 된 것으로 아네. 하지만 중요한 것은 그가 마교의 무공을 얻고 그들의 신물을 얻었다는 것이지. 그게 변할 수는 없네."

"그렇다고 그것이 죄가 되지는 않을 것입니다. 어쨌든 그는 마교와 싸움을 했고, 우리에게 크나큰 도움을 주었습니다."

"그것을 부정할 생각은 없네. 다만 내가 이 자리에 선 것은 저자가 과연 그것만으로 이토록 많은 이들에게 영웅으로 추앙받아야 하는지 걱정이 되었기 때문일세."

묵가의 식솔들은 저마다 침을 꿀꺽 삼켰다. 사실 지금부터가 매규염이 좌중 앞에 나선 이유였기 때문이다.

입을 열기에 앞서 자꾸만 치솟는 감정을 애써 진정시킨 매규염이 천천히 입을 열었다.

"얼마 전, 우리 묵가가 마교 놈들에게 참담한 피해를 당한 것은 다들 아실 것이오. 그리고 몇 남지 않은 식솔을 저자가 구해왔다는 것도. 처음 그가 뒤로 처진 식솔들을 구출해서 도착했다고 했을 때, 묵가의 모든 이들이 나가 그를 반겼소. 비록 가문과 멀어졌다고는 하나 그 역시 묵가의 피가 흐르는 형제라고 감격해 마지않았소. 한데 그것이 전부였소. 그는 자신의 공을 내세우며 멀쩡한 사람을 공격하기 시작했소. 이번 비무대회에서 우승한 묵언도 공자를 갈이오."

사람들의 시선이 묵언도에게 향하고 묵언도는 다소 상기된 표정으로 대범함을 보여주려 애썼다.

"한데 그가 공격으로 내세운 이유가, 허! 그 누가 들어도 말도 안 되는 억지였소. 차마 옮기기에도 민망하고 참담하여 이 자리에서 거론하지는 않겠소이다. 그 말을 거론하는 것 자체가 죽을힘을 다해 마교도들과 싸웠던 묵언도 공자에 대한 철저한 모욕이니 말이오. 다만 확실히 말씀드릴 수 있는 것은 묵가의 그 누구도 그의 말을 인정하지 않았다는 것이오."

그의 말을 인정이라도 하듯 묵가의 식솔들은 저마다 고개를 끄덕였다.

"증인은 수없이도 많소. 혁씨세가의 식솔들도 그 자리에 있었고, 공야세가의 창룡단도 바로 그 자리에 있었소."

군웅들의 시선이 혁씨세가와 공야세가 등으로 이동을 했다.

"말도 안 되는 누명을 이유로 금룡신객은 묵언도 공자의 몸을 마음껏 유린했소. 뿐만 아니라 그것을 말리려는 가문의 어른들과 맞서기도 하였소이다. 하지만 그것은 시작에 불과했소."

매규염의 수염이 부르르 떨렸다.

군웅들은 바싹 긴장된 표정으로 그의 말을 기다렸다.

"그날 밤, 이 늙은이의 아들이자 주작매가의 가주인 매율현이 그를 불러냈소. 이유는 간단했소. 주작매가는 묵가를 떠

받치는 네 개의 기둥. 그가 낮에 보여준 태도는 묵가 자체를 무시하는 것이었고, 매가는 그것을 바로잡을 의두가 있었소. 내 아들은 과거에도 그를 조카로서 아껴왔소. 처음부터 싸울 의도는 결코 없었을 것이오. 그러나 그 결과는… 결과는… 그 자리에서 가주 이하, 삼십팔 명의 목숨이 사라졌소.”

매규염의 노안에 눈물이 흘렀다.

그것이 군웅들의 마음을 교묘히 파고들었다.

사람들은 매율현이 무엇 때문에 밤에, 그것도 한두 명이 아니라 수십을 동원해 가며 묵조영을 만났는지에 대해선 그다지 의식하지 않았다. 단지 그 결과로 수십 명의 목숨이 사라졌다는 것만이 중요했다. 더구나 그들은 남이 아니고 묵가와 피를 나눈 형제나 다름없는 이들이었다.

“우우우우.”

이곳저곳에서 야유가 시작됐다.

야유는 곧 군웅들 전체를 뒤덮었고 매규염의 모든 말은 사실이 돼버리는 듯했다.

묵조영은 아무런 대꾸도 하지 않았다. 일체의 반응없이 그저 쓸쓸한 표정을 지으며 자신을 그곳까지 불러낸 공야치를 응시했을 뿐이었다.

어느덧 분위기가 묵조영의 성토로 이어지는 듯하자 묵언도가 기다렸다는 듯이 일어났다.

“제가 맹주님께 한 말씀드려도 되겠습니까?”

묵조영에게 야유를 보내던 이들이 일시에 입을 다물었다.

평소 묵언도 정도의 위치라면 감히 말도 섞지 못할 정도였으나 지금 그에겐 비무대회 우승자라는 명함이 있었다.

"무슨 말이냐?"

"조금 전, 비무대회에서 우승한 제게 상을 내리시겠다고 하셨습니다."

"그랬지. 이제 생각이 난 것이냐?"

"그렇습니다."

사람들은 묵언도가 무슨 요구를 할지 무척이나 궁금해하는 눈치였다. 한데 그의 입에선 참으로 뜻밖의 말이 흘러나왔다.

"감히 부탁드리건대 맹주님께서 이번 일의 잘잘못을 따져주십시오. 제 억울한 누명은 거론치 않겠습니다. 다만 무참히 살해당한 이들의 원한은 풀어줘야 한다고 생각합니다. 애당초 무림은 강자존의 원리. 힘이 없어 당한 것이 잘못이라고 주장을 한다면 어쩔 수 없겠지만, 매규염 호법님 말씀대로 최소한 금룡신객이라는 허울 된 명성을 얻고 지금과 같이 추앙을 받는 일만은 없어져야 한다고 봅니다."

구구절절 옳은 소리였다. 더구나 할 말은 다 하면서 자신의 일은 슬그머니 뒤로 빼는 묵언도의 언변에 다들 박수를 보냈다. 그리고 그의 의견에 동조하여 공야치에게 결단을 촉구하는 목소리가 이곳저곳에서 터져 나왔다.

“흠.”

공야치가 묵언도의 얼굴을 직시했다.

평범한 듯 보이나 천하제일인의 눈빛이었다. 조금 위축이
될 만도 하지만 묵언도는 당당한 태도를 유지했다.

“원로들은 어찌 생각하시오?”

공야치가 이런저런 의견을 나누고 있는 원로들에게 질문
을 던졌다.

지난날의 책임을 지고 스스로 무공을 폐한 뒤 이미 원로의
자리에서 물러난 공야일기를 대신하여 새로이 원로원주가 된
난감천이 다소 곤혹스런 표정을 지으며 대답했다.

“그냥 넘어갈 수 없는 사안이기는 합니다만…….”

난감천은 그래도 집안일에 간섭하는 것은 문제가 있다라
고 말하고 싶었지만 좌중의 분위기가 워낙 심상치 않게 돌아
가자 뒷말을 흐리고 말았다.

그러자 흘러가는 분위기와 공야치의 안색을 찬찬히 살피
던 제갈솔이 조심스레 의견을 내놓았다.

“자칫 잘못하면 의천맹이 한 가문의 일에 참견을 하는 모
양새가 됩니다. 차라리 묵가의 가주께 여쭤보는 것이 어떻겠
습니까?”

‘역시 눈치를 챘군. 참 대단한 재주를 지닌 인물이야.’

제갈솔이 자신의 의중을 너무도 정확하게 파악하고 있다
고 여긴 공야치는 뜻 모를 웃음을 흘리며 고개를 끄덕였다.

"군사의 말이 옳을 듯하군. 이보시오, 묵 가주."

공야치가 지금껏 침묵으로 일관하고 있는 묵연작을 불렀다.

"예, 맹주."

"본 맹주가 어찌 처결했으면 좋겠소이까?"

"글쎄요. 우선 변변치 못한 가문의 일로 맹주님을 비롯하여 여러 동도님들의 기분을 언짢게 해드린 점에 대해 뭐라 할 말이 없습니다. 다만, 기왕지사 벌어진 일이라면 모든 것이 공평무사하게 처리되었으면 하는 바람입니다."

"하지만 금룡신객은 묵가의 장손입니다."

순간, 능자하는 자신도 모르게 몸을 떨었다. 공야치의 음성 저 밑바닥에 잠긴 노기를 느꼈기 때문이었다.

"이미 묵가와는 인연이 끊어졌습니다."

묵연작이 차갑게 대꾸했다.

"다시 한 번 묻겠소이다. 정녕 묵가와의 인연은 끊긴 것이오? 재고의 가치도 없이?"

"그렇습니다. 애당초 저 녀석 스스로가 가문을 버렸습니다. 이후 묵조영이라는 이름은 더 이상 묵가에서 존재하지 않을 것이며, 불리지 않을 것입니다."

숨죽여 그 말을 듣던 이들이 자신도 모르게 한숨을 내뱉고, 고개를 숙인 채 듣고 있던 묵조영은 발길에 채는 돌멩이 하나를 가볍게 툭 찼다.

"알겠… 소이다. 가주께서 그리 말씀하신다면, 이후 금룡
신객과 묵가는 아무런 상관이 없는 것으로 간주할 것이오. 또
한 본 맹주가 이 일에 끼어들어도 큰 문제가 없을 것이라 사
료되오만."

"예."

묵가의 가주에게서까지 허락이 떨어지자 군웅들의 시선이
묵조영에게 향했다.

일이 그 정도까지 진행되면 무슨 반응이라도 있을 것이라
여긴 것이다.

한데 그는 뭇 군웅들의 마음을 가볍게 배반했다.

그는 여전히 아무런 말도, 행동도 하지 않았다. 오히려 그
것이 죄를 시인하는 것처럼 비치기도 했다.

어쨌든 공은 의천맹, 그리고 맹주인 공야치에게 넘어간 상
태였다.

"사실 묵가에서 벌어진 참극은 당시 혁씨세가에 머물고 있
던 창룡단을 통해 본 맹주도 접해 알고 있었소. 당시 욱일승
천하던 금룡신객의 명성을 생각했을 때 결코 여사로이 넘길
일이 아니라 생각한 본 맹주는 은밀히 조사를 시켰소. 그리고
놀라운 사실을 알게 되었소. 물론 결론이 난 것은 아니오만
어느 정도 진위 여부는 파악할 수 있을 것이오."

이미 조사가 끝났다는 말에 묵연작은 물론이고 묵언도의
표정이 딱딱하게 굳었다.

군웅들의 시선은 어느새 의천맹의 모든 감찰을 책임지고 있는 태대총에게 향했다.

그런데 공야치가 부른 사람은 전혀 뜻밖의 사람이었다.

"능자하."

능자하는 십비 중 대외적으로 알려진 거의 유일한 인물이었으나 그래도 그가 전면에 나섰다는 것은 실로 놀라운 일이 아닐 수 없었다.

뭔가 일이 심상치 않게 돌아가는 것을 느꼈는지 군웅들도 동요하는 기색이 역력했다.

"우선 명확히 할 것은 이번 조사에 묵언도 공자의 일은 포함되지 않았습니다. 그가 누명을 쓴 것인지, 아니면 모함을 당한 것인지는 밝힐 수 없다는 말입니다. 우리 십비가 조사한 것은 묵조영 공자와 주작매가가 얽힌 일이었습니다."

능자하는 십비라는 말을 유난히 강조했다. 자신의 말에 신빙성을 더하기 위한 나름의 장치였다.

"매가와 얽히다니 뭔가 이상한……."

매규염이 발끈하여 소리치려 하였으나 공야치의 손짓에 의해 제지되었다.

"어떤 의견이든 조사에 대한 결과를 들어본 이후로 합시다. 계속하라."

"예. 이번 사건을 정확히 하기 위해선 전제로 깔아야 할 일이 있습니다."

능자하가 묵조영을 힐끗 바라보며 말을 이었다.

"그 전제란 지난날 병사하신 것으로 알려진 묵조영 공자의 부모가 독살되었다는 것입니다."

꽝!

엄청난 충격이 좌중에 휘몰아쳤다.

묵조영의 부모가 어찌 죽었는지 관심이 없던 대다수의 사람들은 그러려니 했지만 묵가의 식솔들에겐 엄청난 말이 아닐 수 없었다.

"말도 안 되는!"

묵연작이 벌떡 일어나 소리쳤다. 하나, 그의 음성은 계속되는 능자하의 말에 묻히고 말았다.

"그에 대해 밝혀주실 증인이 있습니다."

능자하가 증인으로 불러 세운 사람은 처음 묵조영에게 사실을 전해준 심건이었다.

심건은 최대한 객관적으로 그가 보고, 조사한 사실에 대해 설명하기 시작했고, 그때까지 흥분을 감추지 못하고 일어나 있던 묵연작 이하 묵가의 식솔들은 심건의 말이 끝날 즈음 힘없이 자리에 주저앉고 말았다.

"부모가 취몽산이라는 독에 독살당했다는 것을 알게 된 묵조영 공자는 그 범인을 추격하기 시작합니다. 당연히 독의 출처가 되는 당가를 찾았지요."

능자하는 곧 호천령을 받고 의천맹에 들어선 당가의 인물을 불러 세웠다.

독수옹 당초, 그리고 묵조영과 남다른 인연이 있던 천독수 당록이 당시 당가에서 벌어진 일을 자세히 설명했다.

당가에 막연한 두려움을 지니고 있던 군웅들은 묵조영이 단신으로 당가를 찾아 당가의 뭇 고수들을 쓰러뜨리고 가주인 당성추와 당당히 맞선 뒤, 당가의 치부라 할 수 있는 취몽산의 유출을 알아냈다는 대목에 이르러 감탄에 감탄을 거듭했다.

"취몽산이 당가에서 유출된 것을 확인한 묵조영 공자는 당가에서 취몽산을 빼내간 사람을 찾게 됩니다. 그리고 그자에게서 모든 일에 대한 자복을 받게 됩니다. 그 취몽산이 바로 묵조영 공자에게 목숨을 잃은 매율현 가주에게 넘어간 사실을 말입니다."

"그럴 리가 없다! 어디서 그런 누명을 씌운단 말이냐!"

매규염이 더 이상 참지 못하고 소리를 질렀다. 그러나 돌아온 것은 능자하의 싸늘한 조소뿐이었다.

"노국을 데려와라."

능자하의 명이 떨어지자 반백의 중년인이 모습을 드러냈다. 그는 수많은 시선이 자신을 향해 일제히 쏟아지자 두려움을 감당하지 못하고 덜덜 떨었다.

능자하는 노국이 도착했음에도 할 말이 더 있는 듯 계속 입을 열었다.

“묵조영 공자는 노국에게서 매율현이라는 이름을 듣고 떠
났습니다. 하지만 조사 과정에서 그 자리에 한 사람이 더 있
었다는 것이 밝혀졌습니다.”

순간, 숙이고 있던 묵조영의 고개가 벌떡 치켜 올려지고 화
산보다 더 뜨겁고 어쩌면 빙하보다 더 차가운 눈빛이 노국을
향해 쏘아졌다. 그 눈빛을 마주한 노국이 사시나무 떨 듯 떨
었다.

“거, 거짓말을 하려 한 것은 아, 아닙니다. 워, 워낙 오래되
었고 또 한 켠에 비켜서 있어서 기억이… 그, 그때는 기억을
하지 못했습니다.”

그 한마디에 군웅들은 능자하의 말에 신빙성이 있음을 직
감했다.

“그게 누굽니까?”

어느새 노국에게 다가간 묵조영이 물었다.

그 음성이 어찌나 냉랭한지 옆에서 듣고 있던 이들이 한기
를 느낄 정도였다.

“자, 잘 모릅니다. 그, 그저 곁에 한 사람이 더 있었다는 것
만을 기억할 뿐입니다.”

묵조영이 순간적으로 손을 뻗어 노국의 어깨를 움켜잡았
다.

“잠시만, 잠시만 참으시구려.”

행여나 무슨 사단이 날 것을 염려한 능자하가 묵조영을 말

리고 나섰다.

"그자의 정체는 제가 밝혀냈습니다."

묵조영의 고개가 홱 돌아갔다.

"누굽니까?"

능자하는 묵조영에게 대답하는 대신 군웅들을 둘러보며 입을 열었다.

"매율현 이외에 또 다른 이가 있다는 것을 확인한 우리는 그자를 밝히기 위해 최선을 다했습니다. 그리고 유력한 용의자 한 명을 찾을 수 있었지요. 당시 매율현은 낙성문 문주의 생일을 축하하기 위해 의창에 왔었고, 그 시간에 노국으로부터 취몽산을 얻었습니다. 중요한 것은 낙성문 문주의 생일을 축하하기 위한 사절로 매율현과 함께 온 사람인데 당시 낙성문의 성세는 그리 내세울 것이 없었습니다. 묵가에서 가주나 원로들이 나설 정도는 아니라는 말이지요. 그렇다고 묵가의 가신을 보내는 것도 예의는 아니었습니다. 결국 묵가의 피를 받은 직계 후손이 대표로 나섰어야 했습니다. 그리고 움직였습니다."

능자하가 잠시 말을 끊었다.

모든 이들이 잔뜩 긴장된 표정으로 그의 입을 주시했다.

능자하의 고개가 어느 한곳으로 향했다.

"그렇지 않습니까, 묵하상 가주님?"

능자하의 싸늘한 시선이 묵하상에게 꽂히자 다들 할 말을 잃고 말았다.

설마하니 묵가의 현 가주가 그런 참담한 일에 연루되었다고 그 누구도 상상하지 못한 것이다.

가장 크게 반발한 사람은 당연히 묵연작이었다.

"닥치게! 아무리 그래도 그런 말도 안 되는 소리를 하는 것인가!"

"어째서 말이 되지 않는다고 생각하십니까? 노가주께서도 기억을 더듬어보시지요. 당시 낙성문의 문주는 창천검(蒼天劍)이뢰라는 분이셨습니다. 그분의 생일을 위해 묵가에서는 분명 묵하상 가주와 매율현 가주를 축하 사절단으로 보냈습니다. 아닙니까?"

"그, 그건……."

희미하기는 해도 그런 기억이 남아 있었다.

"바로 그때, 매율현은 노국으로부터 취몽산을 건네받았습니다. 그리고 묵하상 가주가 그 자리에 있었습니다. 여기 이 사람이 증인입니다."

능자하가 노국을 가리키며 말했다.

"저자는 매율현과 함께 있던 이의 이름은 모른다고 했네. 결국 정확하게 기억을 하지 못한다는 뜻이네. 그런 부정확한 사실을 가지고 어찌 함부로 사람을 모함하는가? 게다가 난 매율현 가주가 그런 일을 했다는 것 자체에 의심이 가는군."

만약 능자하의 말이 맞는다면 묵가는 결국 패륜아를 가주의 자리에 앉힌 꼴이 될 것이고, 세상 사람들의 조롱을 살 터.

묵연작은 결코 물러설 수가 없었다.

"자신이 저지른 일을 묵조영 공자가 알고 있다는 것에 두려움을 느낀 매율현 가주는 처음부터 살인멸구를 할 생각이었습니다. 그래서 그 밤에 묵조영 공자를 공터에 불러낸 것이었습니다."

"그것은 낮에 벌어진 일에 대한 추궁을……."

매규염이 묵연작을 대신해 변명을 하려 했으나 씨알도 먹히지 않았다.

"주작매가의 최정예를 매복시킨 후 책임을 추궁하려 했다? 그것 자체가 말이 되지 않는 일이 아닙니까? 더구나 제가 조사한 바로는 그 일에 대해 정작 묵가에서는 아무런 사실도 몰랐다는 겁니다. 당시 묵가는 창룡단의 개입으로 묵조영과 묵언도 사이에서 벌어진 일을 불편함 속에서도 묵과하였습니다. 한데 어찌 주작매가가 나설 수 있단 말입니까? 묵가에서 공야세가의 체면을 생각해서 그냥 묻은 일을."

능자하의 말은 무척이나 설득력이 있었고 군웅들은 점점 의심의 눈초리로 묵가의 사람들을 바라보고 있었다.

"정리를 해보지요. 묵조영 공자의 부모님은 독살을 당하셨습니다. 그 독은 오직 당가에서만 만들어지는 물건이고, 당가에 확인한 바 노국이라는 자에게 유출된 것이 확실합니다. 한데 그 노국이란 자는 그 취몽산을 다시 매율현 가주에게 건넸습니다. 또한 그 자리에 누군가가 한 명 동행을 했는데 당시 매율현 가주와 함께 의창에 있던 사람은 오직 묵하상 가주뿐이었습니다. 그리고 그는 묵조영 공자의 부모님이 독살을 당한 후 묵가의 소가주가 되었고, 얼마 후에 가주가 되었습니다. 조금 다른 이야기지만 심 의원 말씀으론 묵조영 공자도 죽음의 고비를 몇 번이나 넘겼으며, 세가를 등진 이유도 바로 그 때문이라고 하시더군요. 당시 그의 나이 열한 살이었습니다."

군웅들은 묵조영에게 더 이상 화를 내지 않았다. 오히려 열 살 남짓한 어린 나이에 부모를 잃고 죽음의 위협에서 얼마나 두려움에 떨었을까란 동정의 눈빛으로 그를 바라보고 있었다. 그것은 곧 능자하의 말이 사실이라 생각하고 있음을 의미했다.

한데 그때까지도 묵하상은 말이 없었다.

자신이 모든 일의 원흉으로 지목을 받았음에도 그는 활활 타오르는 눈빛으로 자신을 노려보는 묵조영을 물끄러미 바라볼 뿐이었다.

"묵 가주께선 이에 대해 하실 말씀이 있으십니까?"

능자하가 그에게 변론의 기회를 주었다.

"……."

"뭣 하는 게냐? 당장 아니라고, 모든 것이 조작된 거짓이라고 말을 하여라!"

묵연작이 당황하여 그의 어깨를 흔들었다. 그런데 붉게 충혈된 눈에서 그는 이미 모든 상황을 제대로 파악하고 있는 것 같았다. 다만 도저히 믿을 수 없는 일이기에, 그 결과로 야기될 문제가 어떤 것임을 알기에 차마 인정할 수 없는 것이었다.

"어서 말을 하래⋯⋯."

묵하상을 매섭게 다그치던 묵연작의 얼굴에 갑자기 당황의 빛이 흘렀다.

묵하상의 몸이 힘없이 무너져 내렸기 때문이다.

"무, 무슨 짓을 한⋯⋯."

묵하상의 입가에서 검붉은 핏줄기가 흐르고 눈동자의 빛이 급격히 사그라드는 것을 보며 묵연작은 뭐라 말을 잇지 못했다.

능자하가 나설 때부터 이상하다 여긴 묵하상. 일의 전모가 조금씩 드러날 때마다 피가 나도록 입술을 깨물며 동요를 참던 그는 마침내 빠져나갈 구멍이 없다는 생각에 극단적인 선택을 하고 말았다. 스스로 모든 심맥을 끊어버린 것이었다.

"형님!"

당황한 묵성이 묵하상의 몸을 낚아채고 주변은 일대 혼란이 일었다.

"상아!"

"형님!"

묵연작과 묵성이 묵하상의 이름을 불렀으나 그는 오로지 묵조영에게 시선을 고정시키며 아무런 대답도 하지 않았다.

"내… 욕심… 이… 미… 안… 하……."

묵하상은 몇 마디 말도 남기지 못하고 그대로 절명하고 말았다.

그의 죽음으로 능자하의 말이 모두 사실임이 증명되었다. 스스로 목숨을 끊었다는 것 자체가 죄를 인정한다는 것이나 다름없는 것이기 때문이었다.

눈앞에서 자식의 죽음을 본 묵연작은 그 참담함에 가슴이 찢어지는 것 같았다. 무엇보다 형제간에 골육상쟁이 벌어졌다는 것은 실로 받아들이기 끔찍한 일이었다.

그러나 상황은 냉정하게 돌아갔다.

군웅들은 묵조영이 매율현을 죽인 것은 부모의 죽음에 대한 정당한 복수라는 것을 인정하였고, 오히려 살인멸구를 하려 했던 매가와 아무것도 모르고 있던 묵가에 조롱의 시선을 보냈다.

자식의 원통한 죽음을 갚아보고자 문제를 제기했던 매규엽은 오히려 드러난 끔찍한 진실 앞에 피를 토하며 스스로 목숨을 끊고 말았는데 누구 하나 동정하는 사람이 없었다. 오직 매설류만이 조부의 시신을 안고 서럽게 통곡할 뿐이었다.

반전에 반전을 거듭한 상황 속에서 장내는 깊은 침묵에 빠져들었다.

숨이 막힐 듯한 긴장감에 다들 몸을 떨며 공야치의 눈치를 살폈다. 왠지 이것이 끝이 아니라는 것을 본능적으로 느낀 것이었다. 그리고 그들의 예상대로 상황은 완전히 종결된 것이 아니었다.

"이것으로 금룡신객에 대한 억울한 누명은 밝혀진 것 같소만."

공야치의 말에 묵연작은 아무런 대답도 하지 못했다. 군웅들에게 시선을 던진 공야치가 조용히 물었다.

"이에 이의를 제기할 사람이 있소?"

묵하상이 스스로 죽음을 택함으로써 모든 정황이 사실로 드러난 지금 이의를 제기할 사람은 없었다.

"그러면 그 일은 이쯤에서 마무리 짓는 것으로 하고 이 늙은이가 여러분들께 한 가지 전하고 싶은 소식이 있소."

군웅들은 또 무슨 얘기가 나올 것인지 이목을 집중했다.

"아시는 분들은 아시겠지만 내겐 잃어버린 손녀가 있소. 수십 년간 난 그 아이를 찾기 위해 할 수 있는 모든 일은 다 했고, 마침내 그 아이를 찾을 수 있었소. 하나 내가 그 아이를 찾았을 땐 이미 이 세상 사람이 아니었다오."

담담한 음성에서 진한 아픔을 느낄 수 있었기에 많은 이들이 안타까움을 표시했다.

"그래도 하늘은 이 늙은이를 외면만 한 것이 아니었소. 다행히 손녀 아이에겐 핏줄이 있었소이다. 다행히도 난 그 아이를 통해 잃어버린 손녀의 기억을 다시 찾을 수 있게 되었소."

"감축드립니다, 맹주."

"불행 중 다행한 일이구려. 참으로 잘되었소이다."

원로들을 비롯하여 이곳저곳에서 축하의 함성이 터져 나왔다.

그들을 향해 가볍게 인사를 한 공야치가 묵조영을 슬쩍 바라보며 다시금 입을 열었다.

"해서 여러분들께 내 외증손자를 소개해 볼까 하오. 늙은 이가 주책을 부린다고 여기지는 말아주시오."

공야치의 직계가 단 한 명도 남아 있지 않다는 것은 세상 사람들이 다 아는 일. 외증손자라지만 어쩌면 그는 장차 무림에 폭풍의 핵으로 등장할 수 있었기에 군웅들은 다소 상기된 표정으로 공야치의 다음 말을 기다렸다.

"이리 오너라."

공야치가 묵조영을 부르고, 짧게 한숨을 내뱉은 묵조영이 공야치를 향해 걸어갔다.

군웅들은 눈앞의 상황을 잘 이해하지 못했다. 그러나 묵조영이 공야치의 곁으로 다가가고 공야치가 환한 웃음과 함께 그의 어깨를 부드럽게 어루만지는 것을 보며 비로소 상황을 인식할 수 있었다.

"세, 세상에! 금룡신객이 맹주의 외증손자란 말이오?!"

난감천이 벌떡 일어나며 소리쳤다.

"그렇소이다. 이 아이가 바로 외증손자. 나의 핏줄이오."

"허허, 허허허!"

화운로는 그저 황당한 표정으로 고개를 흔들 뿐이었다.

그들뿐만이 아니었다.

지금과 같은 상황을 전혀 예측할 수 없었던 군웅들 역시 멍한 표정으로 공야치와 묵조영을 바라보았다. 그리곤 곧 의천맹이 떠나가라 환호성을 지르며 축하를 해주었다.

하지만 대다수의 사람들이 진심으로 축하하는 그 자리에서 결코 좋아할 수도, 축하를 해줄 수도 없는 사람들도 있었다. 다름 아닌 묵가의 사람들이었다.

공야치가 난데없는 말을 꺼낼 때부터 이상한 불안감에 휩싸였던 묵연작은 참담히 일그러진 얼굴로 자리에 주저앉았고, 묵성을 비롯하여 묵가의 모든 식솔들 역시 경악에 찬 표정으로 어찌할 바를 몰라 했다.

환호성이 잦아들 즈음 공야치가 묵연작에게 정식으로 인사를 건넸다.

"인사가 늦었소이다, 사돈."

"예? 예."

묵연작이 황망히 인사를 했다.

"비록 내 손녀가 이미 세상을 등졌지만 그 아이의 핏줄이 이렇듯 장성을 했으니 우리 공야세가와 묵가의 인연 또한 계속 이어져야 한다고 보오만."

"그, 그렇겠지요."

묵연작이 얼떨결에 고개를 끄덕였다. 조금 전, 묵가와 묵조영이 아무런 관계도 없다고 선언한 것은 이미 그의 기억에 남아 있지 않았다.

"아무튼 우리 손녀를 참으로 많이 아껴주었다고 들었소이다. 그 점에 대해 뭐라 인사를 드려야 할지 모르겠소."

"그, 그것이……."

묵연작은 뭐라 대꾸할 말이 없었다.

애당초 마음에 들지 않았던 며느리였기에 스스로는 물론이고 다른 이들 앞에서도 온갖 멸시를 준 일이 비일비재했다. 또한 근본도 모르는 여자를 집에 들이게 되었다고 탄식하며 모진 시집살이를 시킨 것은 알 만한 사람은 다 알고 있었다.

문득 갖은 구박 속에서도 한결같은 자세를 유지했던 며느리의 얼굴이 떠올랐다. 오히려 그래서 더 미워했던 얼굴이었다.

'한마디, 공야세가와 연관이 있다는 한마디만 해주었더라면…….'

지금에 와서야 후회한들 아무런 소용이 없었다. 그녀는 이미 이 세상 사람이 아니었으니까.

군웅들은 난처한 지경에 빠진 묵연작을 묘한 표정으로 바라보았다. 어딘지 모르게 그러한 상황을 즐기는 것 같았다.

"정말로 열심히 찾았소이다. 정말로 열심히. 그리고 그 아이의 흔적이 묵가에서 발견되었을 때 얼마나 기뻤는지 모르오. 어디 가서 굶어 죽지는 않았는지, 혹 잘못된 것은 아닌지 걱정이 태산 같았는데 천하의 명문 황산묵가의 맏며느리라니. 허허허, 어찌 반가운 일이 아니겠소?"

공야치의 한마디 한마디가 비수가 되어 묵연작의 가슴을 헤집었다.

"후~ 안타깝게도 그 아이가 이 할아비를 버리고 먼저 갔다는 것을 알게 된 후, 처음엔 그저 하늘만 탓했소. 착하디착한 그 아이를 이 늙은이보다 먼저 데려간 하늘을 말이오. 참으로 원망스런 하늘이시오. 그렇지 않소이까?"

"……."

묵연작은 대꾸를 하지 못했다.

애당초 그의 동의를 얻고자 한 말이 아니었기에 공야치는 계속 말을 이었다.

"그렇게 하늘만 원망하던 나에게 또다시 놀라운 사실이 전해졌소."

순간 공야치의 기세가 삽시간에 변했다.

"그 아이가 독살을 당했다는 것이었소. 그것도 시동생에게. 허허허!"

공야치가 허탈한 웃음을 흘렸다. 하나, 그 누구도 그 웃음에 담긴 진한 살기를 눈치 채지 못하는 사람이 없었다.

"사돈은 참으로 운이 좋은 사람이오."

“…….”

묵연작이 영문 모를 표정으로 쳐다보자 공야치가 진한 살소를 흘렸다.

“만약 이 녀석이 눈물로 나를 말리지 않았다면, 또한 저자가 스스로 목숨을 끊지 않았다면 단언컨대 오늘 이 자리에서 묵가는 영원히 무림에서 지워졌을 것이오.”

아무리 면목없는 몸이라지만 그런 말을 듣고 가만히 있을 수는 없었다.

그런데 묵연작이 뭐라 하기 전에 묵성이 발끈하여 나섰다.

“말씀이 지나치시지 않습니까?”

“지나치다? 지나치다!!”

공야치의 노한 음성이 폭발하듯 터져 나오고 그 노호성에 담긴 기운을 감당하지 못한 이들이 곳곳에서 비명을 지르며 쓰러졌다.

“내가, 나 공야치가 그 정도 일을 못할 것 같으냐!”

공야치의 전신에서 실로 엄청난 기세가 뿜어져 나오기 시작했다. 공야치가 뿜어내는 기세가 온 연무장을 휩쓸며 지나가 정면에서 그 힘을 감당해야 하는 묵성의 얼굴은 고통으로 일그러졌다.

“하나뿐인 내 손녀를 죽여놓고 감히 지나치다 했느냐!!”

공야치의 기세가 더욱 살벌해졌다. 그럴수록 숨도 못 쉴 정도로 큰 압박감을 받고 있는 묵성의 상황은 심각해져 갔다.

그 짧은 순간에 내상을 당했는지 입에선 연신 피를 토해내고 있었다.

"부디 손속에 인정을……."

자칫하다간 눈앞에서 또 다른 자식을 잃을 것 같은 두려움에 묵연작은 체면 불구하고 공야치에게 매달렸다. 그러나 공야치는 콧방귀도 뀌지 않았다.

보다 못한 묵조영이 공야치를 말리고 나섰다.

"할아버님."

그제야 기세를 거둔 공야치가 애써 화를 억누르며 고개를 끄덕였다.

"오냐, 알았다. 그만 하마."

연무장을 휘감고 돌던 압도적인 기세가 언제 그랬냐는 듯 깔끔히 사라지고 묵성은 그 자리에서 정신을 잃고 쓰러졌다. 또한 숨 막힐 듯한 압박감에 떨었던 군웅들도 비로소 겨우 숨을 쉴 수 있었다.

그 한순간의 모습만으로도 공야치가 어째서 천하제일이라 일컬어지는지 여실히 알 수 있었다.

"어쨌든 죄를 받아야 할 사람들은 이미 죗값을 치른 것 같고, 묵가 또한 얘기치 않은 일에 많은 아픔이 있을 것이라 생각하오. 하니 이번 일은 이쯤에서 덮도록 하겠소이다."

"고, 고맙소이다."

참담한 표정으로 고개를 숙이는 묵연작의 모습을 보며 묵

조영의 마음은 가히 좋지 않았다. 아무리 인연이 끊어졌다고
는 하나 핏줄은 인륜이 아닌 천륜. 누가 뭐래도 그의 몸엔 묵
가의 피가 흐르고 있었기 때문이다.

그렇듯 떠들썩했던 군웅대회의 분위기가 일련의 상황을
거치면서 차갑게 가라앉아 버렸을 때 또 다른 비보가 날아들
었다.

"다, 단주님!"

멀리서 한 사내가 오만상을 찌푸리며 뛰어오고 있었다.

그가 자신이 속한 감찰단의 수하라는 것을 알아본 태대총
의 안색이 확 구겨졌다.

"무슨 일이냐?"

"고, 공야… 일기…….'"

숨이 차는지 사내가 말을 잇지 못하자 태대총이 신경질적
으로 소리쳤다.

"더듬거리지 말고 똑바로 말을 ㅎ-여라."

간신히 호흡을 고른 사내가 다급한 표정으로 말했다.

"고, 공야일기 어르신께서 변을 당하셨습니다.'"

"무, 무슨 소리냐? 그 어른께서 변을 당하시다니?"

태대총이 깜짝 놀라 되물었다. 사내가 대답을 하기도 전에
공야치가 다시 물었다.

"누가… 어찌… 되었다고?"

자신도 모르게 침을 꿀꺽 삼킨 사내가 다시금 입을 열었다.

"조금 전, 처소에서 칩거하고 계신 공야일기 원로님께서 싸늘한 주검으로 발견되셨습니다."

"스스로 목숨을 끊은 것이냐?"

"아닙니다. 살수에게 당하셨습니다."

"그것을 어찌 아는가?"

제갈솔이 침착히 물었다.

"온몸이 난자당해 돌아가신 그분의 몸 위에 검은 달의 그림이 놓여 있었다고 합니다."

검은 달그림자.

당금 무림에 그것을 증표로 삼는 곳은 오직 한 곳뿐이었다.

"흑월(黑月)!"

누군가가 놀라 부르짖었다.

군웅대회 마지막 날, 철포혼이 예견한 대로 죽음의 그림자가 의천맹을 뒤덮기 시작했다.

제76장

마지막 선물이다

군웅대회 마지막 날부터 시작된 흑월단의 살수행에 의천맹은 그야말로 벌집 쑤셔놓은 듯 혼란이 극에 달했다.

첫날, 공야일기를 시작으로 열아홉 명의 목숨이 사라졌고 그 다음날에는 장로 장압지를 포함 열세 명이 목숨을 잃었으며 셋째 날엔 군사인 제갈솔이 암살의 위협에서 극적으로 목숨을 건졌다.

단 사흘 만에 거의 오십에 육박하는 인원이 목숨을 잃자 군웅들의 분노는 극에 달했다.

대대적인 소탕 작전이 벌어졌으며 조금이라도 의심이 되는 사람은 철저한 조사를 받았다. 그러나 군웅대회로 인해 워

낙 많은 인원이 의천맹에 몰려들었기 때문에 성과는 여의치
않았다.

그래도 효과가 아주 없는 것은 아니어서 매일같이 서너 명
의 살수를 적발, 그 자리에서 목숨을 끊어버렸다. 또한 저마
다 극도로 조심을 하며 주의를 기울이니 흑월단에 당하는 이
들의 숫자는 점점 줄어들었다.

하지만 전력의 손실도 안타까운 일이었지만 의천맹으로선
군웅대회가 끝나고 정확히 사흘 후, 마교와의 일전을 위해 출
발하기로 되어 있던 정벌 계획이 모조리 어긋나고 말았다는
것이 무엇보다 뼈아팠다.

흑월단을 이용해서 의천맹에 모인 군웅들에게 혼란을 주
고 사기를 떨어뜨린다는 철포혼의 작전이 너무도 멋들어지게
맞아떨어진 것이었다.


을파소와 묵조영이 묵고 있는 청죽거.

저녁 무렵 묵조영이 곡운과 잠시 자리를 비운 사이, 추월령
이 찾아와 을파소의 말벗을 하고 있었다.

"그래, 검각에는 피해가 없더냐?"

을파소가 차를 따라주며 물었다.

"예, 아직까지는요."

"그래도 경계를 게을리 해서는 안 될 것이야. 흑월단의 살
수들은 뛰어난 실력을 지닌 데다가 집요하기까지 하지. 조금

이라도 방심을 하는 날엔 목숨을 잃을 수도 있어.”

“예. 몇 번이고 주의를 주고 있어요. 아무튼 그 일로 난리도 아니더군요. 하루에도 몇 명씩이나 목숨을 잃는지라 서로에 대한 불신이 상당해요.”

“처음부터 그런 효과를 얻기 위해 잠입한 녀석들이다. 철수 명령이 떨어지지 않는 한 죽는 순간까지도 살수를 뿌릴 놈들이지.”

말이 끝나기를 기다렸다는 듯 조용한 음성이 들려왔다.

“사부가 그렇게 가르치지 않았습니까?”

“누구냐!”

추월령이 방문을 확 젖히며 소리쳤다.

아무도 없었다.

음성의 주인공은 어느새 방 안에 들어와 그녀가 앉았던 의자에 앉아 있었다.

“향기가 좋군요.”

중년이라는 것이 믿기지 않는, 마치 여인처럼 아름다운 얼굴을 지닌 사내 엽사군이 그윽한 표정을 지으며 말했다.

“누구냐고 물었다.”

추월령이 그의 목에 칼을 들이대며 물었다.

“내려놔. 피는 어차피 봐야 하는 것이지만 사부와 몇 마디 대화쯤은 해야지.”

검날로 목을 지그시 누른 압도적으로 우리한 상황임에도

추월령은 높낮이가 조금도 느껴지지 않는 목소리에 움찔하고
말았다.

"내려놓거라. 네가 상대할 실력이 아니야."

을파소가 조용히 일렀다.

"하, 하지만……."

"어서."

을파소의 재촉에 추월령은 엽사군의 목에 들이댔던 검을
치웠다.

바로 그 순간, 그녀의 뒷덜미를 스치며 내려가는 무엇인가
가 있었다.

깜짝 놀라 뒤를 돌아본 추월령은 투명한 무엇인가가 자신
의 눈높이에서 꿈틀대는 것을 보고는 기절할 듯 놀랐다.

"무영은편. 마도십병의 하나다. 이제 알겠느냐? 내가 어째
서 검을 내리라고 한 것인지."

을파소가 씁쓸하게 말했다.

"그간 잘 계셨습니까?"

"네가 보기엔 어떠냐?"

"글쎄요. 뭐, 그럭저럭 잘 지내시는 것 같군요. 반반한 계
집의 수발도 받으시고."

"닥쳐랏!"

추월령이 발끈하여 소리쳤다.

"목소리도 들어줄 만하고."

엽사군이 야릇한 미소와 함께 추월령의 전신을 쓰윽 훑어
보았다.

추월령은 뱀이 온몸을 기어가는 듯한 느낌에 전신에서 소
름이 돋았다.

"쓸데없는 짓거리는 하지 말고. 나를 죽이러 온 것이냐?"

"솔직히 그건 아닙니다. 원래 돈표는 바로 계집이지요. 보
다 정확하게 말하자면 계집이 걸치고 있는 군림전포. 가급적
회수하라는 명을 받아서."

엽사군의 시선이 추월령이 걸치고 있는 전포에 닿았다.

"그런데 이거야 원, 더 큰 대어를 잡게 되었군요. 상상할
수도 없는 큰 대어를."

"홍, 누가 누구를 잡는지는 두고 보면 알겠지."

마음을 차분히 가라앉힌 추월령이 검을 꼬나들었다.

"좋은 자세군. 계집치고는 꽤나 강해 보이는구나. 하지만
어차피 내 상대는 아니야. 참, 네가 추자청의 딸이던가? 훗,
부녀가 내 손에 죽게 생겼군."

"네, 네놈이!"

비로소 눈앞의 상대가 흑월단의 단주이자 부친의 원수라
는 것을 파악한 추월령의 눈에서 살기가 번뜩였다.

"죽엇!"

추월령이 검을 움직이자 그 즉시 몸을 날린 을파소가 엽사
군의 배후를 파고들었다. 하지만 엽사군은 여유가 있었다.

비릿한 살소를 흘린 그가 몸을 빙글 돌리며 추월령의 검을 흘려보내더니 무영은편을 이용하여 을파소의 검을 쳐냈다.

"오는 것이 있으면 가는 것이 있어야겠지."

짧은 외침과 함께 은밀한 파공성이 울려 퍼졌다.

추월령은 당황했다.

눈에 보이는 것은 아무것도 없었다.

그저 막연한 느낌에 무엇인가가 자신을 노리며 다가온다고 여길 뿐이었다.

"위험해!"

을파소가 기겁을 하며 소리치고서야 추월령은 코앞에 이르러 투명하게 빛나는 무영은편을 발견할 수 있었다.

그녀가 본능적으로 몸을 틀었다.

목덜미를 노리며 접근했던 무영은편이 목덜미 대신 왼쪽 어깨를 꿰뚫어 버렸다.

"크으."

그녀의 입에서 고통의 신음이 흘러나왔다.

어깨에 박힌 무영은편을 타고 붉은 핏방울이 바닥으로 떨어졌다.

추월령이 이를 악물고 몸을 뒤로 뺐다.

엽사군은 그녀를 가소롭다는 듯 바라만 보았다.

"그냥 편하게 죽는 것이 나았을 텐데 말이야. 발악을 하면 할수록 고통은 커지는 법이야. 그렇지 않습니까, 사부?"

말이 끝나기가 무섭게 축 늘어져 있던 무영은편이 화려한
비상을 시작했다.

차르르르르.

소리가 이르는 끝에 을파소가 있었다.

을파소는 꿈틀거리며 밀려오는 무영은편을 피해 몸을 움
직였다.

꽝!

무영은편이 움직이는 방향에 놓였던 탁자가 산산조각이
나며 사방으로 흩어졌다.

엽사군은 무슨 방해물이든 상관치 않고 무영은편을 마음
껏 휘둘렀다.

그 어떤 것도 무영은편의 힘을 감당하지 못했다.

방 안에 있던 모든 물건들이 흔적도 없이 박살이 나버렸다.

그렇게 몇 번을 휩쓸고 나자 방은 물론이고 아예 청죽거 자
체가 날아가 버렸다.

더 이상 청죽거는 없었다.

그저 엽사군을 중심으로 무영은편에 박살난 잔해들만 주
변에 널려 있을 뿐이었다.

"하아. 하아."

을파소가 힘겹게 숨을 몰아쉬었다.

곳곳에 상처가 보이는 것을 보면 엽사군의 공격에 꽤나 많
은 부상을 당한 것 같았다. 물론 무영은편에 직접적으로 당한

것은 아니고 박살난 물건들이 하나의 암기가 되어 그를 공격한 것이었지만 그것만으로도 상당한 타격을 입을 정도였다.

추월령이라고 무사하지는 못했다. 오히려 그녀는 을파소보다 더욱 심각한 부상을 당했는데, 을파소의 안위를 걱정해 무영은편에 정면으로 맞선 결과였다.

무영은편에 당한 오른팔은 축 늘어져 검을 제대로 들 수가 없었고, 잠깐의 부딪침에 내상까지 당했는지 한줄기 선혈이 입술을 타고 흐르고 있었다.

그때, 힘겹게 숨을 몰아쉬고 있던 을파소가 추월령에게 전음을 보냈다.

[이대로 있다간 둘 다 당한다. 내가 놈을 막는 동안 너라도 이곳을 도망쳐라.]

말도 안 되는 소리였다.

[그, 그럴 수는 없어요.]

[고집 피울 시간 없다. 지금껏 무영은편의 움직임을 방해한 방패막이들이 사라진 이상 우린 본격적으로 활개를 칠 무영은편을 감당하지 못한다. 도움을 청해야 해.]

[그, 그렇지만…….]

[고집 피울 시간이 없대도. 빨리 움직여라. 가서 도움을 청해.]

을파소와 추월령의 대화는 계속 이어질 수가 없었다. 그들이 전음을 주고받는 것을 지켜보던 엽사군이 공격을 시작했기 때문이었다.

"작당 모의는 그만 하시지!"

무영은편이 순식간에 옆구리를 파고들자 추월령은 그 즉시 바닥을 굴렀다.

"훗!"

엽사군이 차갑게 비웃고 허공에서 급격히 방향을 튼 무영은편이 땅바닥을 구르는 추월령을 쫓았다.

"멈춰랏!"

을파소가 그녀를 구하기 위해 검을 휘둘렀다.

파스스스스!

강맹한 검기가 일직선으로 날아와 막 추월령을 노리던 무영은편을 쳐냈다. 그러나 잠시 흔들리는가 싶던 무영은편은 전보다 더욱 집요하게 추월령을 추격하더니 결국 그녀의 허벅지를 관통해 버렸다.

"아악!"

추월령이 비명을 지르며 쓰러졌다.

"이놈!"

을파소는 분노로 일그러진 얼굴로 엽사군을 맹렬히 공격했다. 추월령에게 연이은 공격을 하지 못하도록 하기 위함이었다.

일단 추월령의 목숨을 끊어놓고 을파소를 요리하려 했던 엽사군은 을파소의 공격이 생각보다 강맹하자 어쩔 수 없이 무영은편을 을파소에게 돌릴 수밖에 없었다.

취리리릿.

을파소의 공격을 상쇄하고 도리어 검신을 휘감아 오르는 무영은편의 기세는 가히 섬전보다 빨랐으며 먹이를 노리는 독사의 움직임보다 매서웠다.

을파소가 검을 비틀어 무영은편을 떨구려 했으나 좀처럼 쉽지가 않았다. 오히려 더욱 기세 좋게 꿈틀대며 접근했다.

게다가 무영은편을 통해 전해오는 압력이 장난이 아니었다. 과거였다면 그다지 문제될 것이 없었고, 아니, 오히려 간단히 물리치고 반격을 가할 수도 있었을 테지만 지금은 엽사군의 내력에 일방적으로 밀릴 수밖에 없었다.

그런 식으로 계속 밀렸다간 아무것도 못해보고 목숨을 잃을 것이라 생각한 을파소는 이를 악물었다. 그리곤 몸에 남은 내력을 일시에 끌어 모았다.

여유로운 표정으로 을파소를 압박하고 있던 엽사군이 갑작스레 밀려오는 힘에 당황하는 사이 검을 무력화시키고 있던 무영은편의 힘이 약간 느슨해졌다.

을파소는 그 즉시 검신을 휘돌려 무영은편을 떨구어냈다.

무영은편의 포박에서 풀린 검이 미친 듯이 춤을 추기 시작하고 혼신의 힘을 다한 을파소의 기운과 한데 어우러지며 사방에 검기를 뿌리기 시작했다.

파스스슷.

무수히 많은 검기가 날카로운 궤적을 그리며 엽사군을 향해 짓쳐들었다.

엽사군은 별다른 대응을 하지 못하고 자신에게 밀려드는 공격을 물끄러미 바라보았다.

만약 둘의 싸움을 지켜보는 사람이 있다면 을파소의 승리를 점칠 수도 있는 상황이었다. 그러나 정작 공격을 감행하고 있는 을파소는 불안했다. 체념한 듯 서 있는 엽사군의 눈빛이 반짝반짝 빛나고 있음을 보았기 때문이었다.

그래도 어느 정도 성과는 있으리라 생각했다. 최소한 절뚝거리며 달리고 있는 추월령이 도주할 시간은 벌어줄 수 있으리라.

그러나 엽사군의 싸늘한 일갈에 자신의 생각이 얼마나 우스운 것이었는지 깨달을 수 있었다.

"꽤나 애쓰십니다, 사부."

엽사군의 싸늘한 일갈과 함께 뱀의 눈처럼 가늘게 떠진 그의 눈에서 뿜어져 나오는 살기가 온 주변을 얼어붙게 만들었다.

"이 정도면 사제의 정은 충분히 나눈 것 같으니 그만 끝낼까요?"

엽사군이 무영은편을 좌우 대각선으로 휘두르기 시작하자 그를 중심으로 교차하며 만들어진 새하얀 그물막이 점점 그 영역을 확대하고, 을파소가 일으킨 검기들은 그 막에 의해 힘없이 사라지고 말았다.

어느 정도 예상은 했지만 죽을힘을 다한 공격이 너무도 힘없이 사그라들자 을파소는 이를 꽉 깨물었다. 아직 몇 번 정도는 더 공격을 할 여력이 남아 있었다. 물론 어느 정도 효과가 있을지는 미지수였지만 그래도 한가닥 남은 자존심을 지키기 위해서라도 뭔가를 보여줘야 했다.

하나, 이미 끝장을 보기로 결심한 엽사군은 아예 그런 기회조차 주려고 하지 않았다.

'저것은!'

을파소의 얼굴이 심각하게 굳어졌다. 엽사군이 지금 펼치려 하는 무공이 무엇인지 알아보았기 때문이다.

은사구환편(隱蛇九幻鞭).

무영은편의 위력을 제대로 볼 수 있는 무공.

제일초식인 비사추혼(飛蛇追魂)으로 시작하여 비사탈혼(飛蛇奪魂), 비사낙성(飛蛇落星), 비사단천(飛蛇斷天)으로 이어지는 연환 공격은 가히 환 무공의 극치라 할 수 있었다.

너무도 투명하여 그 모습을 제대로 간파할 수 없는 무영은편의 특성에 신비 막측한 변화까지 더해지면 공격을 당하는 이는 그저 뿌연 신기루가 자신의 눈앞에 펼쳐진다고 여기다 목숨을 잃고 말았다.

'연환이 시작되면 막을 방법이 없다.'

은사구환편의 특징 중 하나가 초식과 초식이 더해지고, 겹

쳐지면서 하나가 둘이, 둘이 넷이 되며 그 위력이 기하급수적으로 증가한다는 것이었다. 과거의 실력이라면 몰라도 지금의 실력이라면 삼초식의 변환도 감당하기가 힘들었다.

그나마 다행이라면 을파소 역시 은사구환편에 대해선 어느 정도 알고 있다는 것이었다. 그는 어깨와 옆구리에 깊은 상처를 입으면서도 은사구환편의 유일한 약점이라 할 수 있는, 초식과 초식이 연계되는 과정에 실로 잠시 잠깐 드러나는 하복부를 공격해 들어갔다. 제대로 적중만 하면 단번에 승리를 거둘 수 있겠지만 문제는 엽사군의 실력이 을파소가 생각하는 것보다 훨씬 뛰어나다는 것과 은사구환편을 익혀가는 과정 속에서 그런 약점을 이미 극복했다는 점을 몰랐다는 것이다.

"헉!"

엽사군의 단전에 최후의 일검을 찔러 넣던 을파소가 경악에 찬 신음을 내질렀다.

그의 검이 엽사군의 단전을 관통하려는 순간, 손에 느껴지는 차가운 감촉을 느꼈기 때문이었다. 그리고 그 감촉을 느꼈을 땐 무영은편에 잘린 손목은 이미 붉은 피를 뿌리며 허공을 홀로 떠돌고 있었다.

손목이 땅에 떨어지기 직전 발로 걷어차 멀리 날려 버린 엽사군이 조소를 보냈다.

"양팔을 다 잃었으니 이제야말로 제대로 병신이 되셨는

데… 뭐, 덕분에 계집은 구했군요. 그래도 상관은 없습니다. 어차피 제 손에 죽을 테니까요.”

그의 얼굴에 흐르는 진한 살소를 보며 을파소는 조용히 눈을 감았다. 더 이상의 반항은 무의미한 것. 차라리 깨끗한 죽음을 맞고 싶었다.

‘조영아.’

그의 뇌리에 환히 웃는 묵조영의 얼굴이 떠올랐다. 그런 그를 다정히 바라보는 추월령의 모습도.

‘그래도 난 최선을 다했구나.’

“자, 지금부터는 어찌 대항할 생각이십니까, 사부?”

엽사군이 또 한 번 조소를 보냈다.

“죽여라.”

을파소는 죽음 앞에서 실로 초연했다.

“잘 생각하셨습니다. 살려고 버둥거리면 버둥거릴수록 더욱 비참해지는 법이니까요.”

엽사군은 마음껏 을파소를 조롱했다.

하지만 그는 몰랐다.

바로 그 순간, 손목을 잃은 을파소의 팔이 어디를 누르고 있는지를.

을파소는 자신의 목숨을 취하기 위해 접근하는 무영은편의 기척을 느끼며 청죽거가 무너지기 바로 직전에 일부러 챙긴, 얼마 전 천록수 당록이 묵조영에게 다시는 사랑하는 여인

과 헤어지지 말라며 사용법과 함께 웃으며 건넸던 천리추종
향(千里追蹤香)의 주머니를 지그시 눌렀다. 비록 손목이 잘린
팔을 이용한 것이라 극히 미량의 가루만이 세상에 드러났을
뿐이지만 그것으로 충분했다.

　'조영아, 네게 주는 마지막 선물이다.'

　죽음을 맞이하는 순간, 을파소는 분명 웃고 있었다.


　일단의 무리들이 청죽거로 접근하고 있었다.

　피투성이가 되어 거의 기어오다시피 한 추월령의 연락을
받고 달려오는 의천맹의 무인들이었다.

　맨 뒤, 그러나 곧 맨 앞의 사람이 되어버린 묵조영이 불안
감에 당장이라도 심장이 터질 것만 같은 표정으로 달려왔다.
그의 바로 뒤에 곡운이 뒤따랐다. 그의 얼굴 역시 묵조영과
다르지 않았다.

　"할아버지!"

　청죽거에, 아니, 청죽거라 짐작되는 곳에 도착한 묵조영이
다급히 을파소를 불렀다.

　대답은 없었다.

　싸우는 소리, 말소리는 물론이고 숨소리조차 들리지 않았
다.

　묵조영이 빠르게 주변을 훑으며 격렬한 전투가 벌어졌다
고 예상되는 흔적을 따라 움직이기 시작했다. 그리고 마침내

청죽거에서 이십여 장 떨어진 곳의 나무 그루터기에 고개를
푹 숙이고 앉아 있는 을파소를 발견할 수 있었다.

"하, 할아버지."

을파소를 발견한 묵조영이 단숨에 달려갔다.

"할아버지."

을파소는 대꾸를 하지 않았다. 그 어떤 미동도 없었다.

"하, 할아버지."

묵조영이 떨리는 음성으로 손을 뻗었다.

한데 그의 손이 을파소의 몸에 닿자마자 푹 숙였던 목이 힘
없이 떨어져 내렸다.

너무도 기막힌 상황에 온 머릿속이 새하얗게 변한 묵조영
은 어찌 손쓸 생각도 못하고 멍하니 바라만 봤다.

"어, 어떤… 어떤 개자식이!"

뒤따라온 곡운이 울분을 토하며 황급히 을파소의 시신을
땅에 누이고 바닥으로 굴러 떨어진 목을 수습했다.

그때까지도 묵조영은 정신을 차리지 못하고 있었다.

쫘악!

곡운이 묵조영의 뺨을 후려쳤다.

"정신 차려! 뭣 하고 있는 거야! 당장 그 빌어먹을 놈을 잡
아 육시를 내야 할 것 아냐!"

때리는 힘이 보통이 아니었는지 묵조영의 볼이 금세 부어
올랐다. 그제야 흐릿했던 묵조영의 눈에 조금씩 생기가 돌아

오기 시작했다. 아울러 어릴 적 기억이 주마등처럼 스쳐 지나
갔다.


"이름이 무엇이냐?"
"가문에서 쫓겨난 너나 제자 놈들에게 쫓겨난 나나 다를 게 뭐
있겠느냐? 둘 다 똑같은 처지지."
"난 을파소다."
"마교에 전해져 오는 열 가지 무기를 마도십병이라 한다."
"인연이 네게 이어졌구나. 무려 천 년을 기다려 온 인연이."


"으으으으."
묵조영의 입에서 짐승과도 같은 신음이 흘러나왔다.
그 신음은 을파소를 잃은 울부짖음이고 을파소를 지키지
못한 자신에 대한 분노였다. 그리고 그건 곧 또 다른 누군가
에 대한 분노로 세상에 표출되었다.
"으아아아아아!"
묵조영의 입에서 터져 나온 함성이 그의 주변을 휩쓸고 곧
의천맹 전체로 퍼져 나갔다.
"죽… 인… 다."
신음처럼 내뱉은 한마디를 끝으로 묵조영의 몸이 허공으
로 치솟았다. 그리곤 폐부 깊숙이 파고드는 은밀한 향, 당록
으로부터 미리 그 쓰임을 배우지 못했다면 절대로 알아채지

못했을 천리추종향의 향기를 쫓아 의천맹의 중심부로 순식간
에 사라졌다.

"크으."

묵조영이 사라지자 그가 내뿜은 기세를 감당하지 못하고
온몸을 휘청거렸던 곡운이 간신히 중심을 잡았다.

그는 죽어라 머리를 붙잡고 땅바닥을 나뒹굴고 있는 의천
맹의 무인들과 사라진 묵조영을 번갈아 바라보며 고개를 절
레절레 흔들었다.

"후~ 무슨 놈의 기운이……."

한숨을 내뱉던 곡운의 표정이 갑자기 심각하게 굳었다.

자신이 조금 전 느꼈던 묵조영의 기운에서 그에게 뭔가 심
상치 않은 일이 벌어지고 있음을 느낀 것이었다.

"뭐였지?"

곡운은 판단을 하지 못했다. 하나, 그는 판단을 내리지 못
했지만 세인들은 묵조영이 일으킨 기운에 대해 한마디로 정
의한다.

'마기(魔氣)'라고.


의천맹 맹주 집무실.

태사의에 깊게 몸을 파묻은 공야치가 어두운 표정으로 제
갈솔과 대화를 나누고 있었다.

"오늘도 벌써 세 명이 당했습니다."

제갈솔이 힘없이 말했다.

"살수들은 어찌 되었나?"

"세 명 모두 그 자리에서 목숨을 잃었습니다. 양패구상을 한 듯 보입니다."

"양패구상이라… 그래도 세 놈 모두 잡았으니 다행이라 해야 하나?"

"그렇지는 않습니다. 그들에게 당한 이들의 면면을 살펴보면 이쪽에 너무도 뼈아픈 손실이 생겼습니다."

"누가 당했기에?"

"천추수 장로와 무당의 명정 진인(明淨眞人), 그리고 은영전의 공야… 천로 부전주가 당했습니다."

"천… 로가?"

"예."

"음."

공야치가 묵직한 신음을 내뱉었다.

백인회합 사건으로 인해 공야일기를 비롯하여 그의 핏줄들이 스스로 무공을 폐하고 물러나게 되었을 때 후계자로 내정된 공야추와 그 능력을 인정받은 공야천로만이 무사할 수 있었다. 한데 그 공야천로가 한낱 살수에게 허무하게 목숨을 잃고 말았다는 것이었다. 안타깝기가 이루 말할 수가 없었다.

"지금까지 잡은 살수가 몇 명인가?"

"사로잡은 살수가 셋, 추살한 자가 서른아홉입니다."

“마흔이 넘었군. 그렇다면 대강 정리된 것이 아닌가?”

“그렇게 보셔도 무방할 것 같습니다. 다만 한 가지…….”

제갈솔이 걱정스런 낯빛으로 말꼬리를 흐렸다.

“마음에 걸리는 것이라도 있는 것 같군.”

“그렇습니다.”

“무엇인가?”

“아무래도 이번 일에 흑월단의 단주가 직접 나선 것 같습니다.”

“무슨 이유로 그리 생각하는가?”

“어젯밤 목숨을 잃은 화산의 일검자는 일개 살수에 당할 사람이 아닙니다. 잘 알려져 있지는 않지만 그의 무공은 이미 화산에서도 다섯 손가락 안에 꼽힐 정도로 대단하다 합니다. 그런데 그의 방에선 격투를 벌인 흔적을 찾을 수가 없었습니다. 한마디로 손도 써보지 못하고 당했다는 말입니다. 흑월단의 살수라면 일검자를 죽일 수는 있습니다. 하나, 그렇듯 완벽하게 살해할 수는 없습니다. 그만한 실력이라면 오직 흑월단주뿐입니다.”

“흠, 여우 사냥은 거의 끝났으나 아직 호랑이가 살아 있다? 결국 그자를 잡기 전엔 의천맹의 그 누구도 안심할 수 없다는 말이로군.”

공야치의 뇌리에 언젠가 자신을 찾아왔던 흑월단주의 얼굴이 떠올랐다.

"제법 만만치 않은 실력을 지니고 있는 녀석이야. 후~ 이 밤도 길겠군."

바로 그때였다.

엽사군의 모습을 잠시 떠올리던 공야치의 고개가 좌측 창문을 향해 획 돌아갔다.

"느꼈나?"

"예?"

영문을 모르는 제갈솔이 눈을 동그랗게 뜨며 되물었다. 공야치의 안색이 딱딱하게 굳은 것을 보고 깜짝 놀란 것이었다.

"뭔가 일이 벌어졌네. 아니면……."

더 이상 말할 여유도 없다는 듯 벌떡 일어난 공야치가 문을 박차고 나갔다.

그와 동시에 이곳저곳에서 몇몇 장로들과 호법이 당황한 얼굴로 뛰쳐나왔다. 그들의 특징이 있다면 의천맹의 그 누구보다 무공이 높은 사람들이라는 것이었다.


을파소의 죽음을 목도한 묵조영은 가히 폭풍과도 같은 기세로 의천맹을 휩쓸고 있었다.

흉수가 엽사군이라는 것은 이미 들어 알고 있었지만 그따위 이름은 머릿속에서 사라진 지 오래였다. 그는 오직 을파소의 시신으로부터 이어진 향기, 천리추종향을 쫓고 있었다.

앞뒤 가리지 않고 질주하는 그의 무례함에 화를 내는 사람들이 있었으나 전신에서 뿜어져 나오는 묵조영의 마기와 그 마기에 연동하여 함께 움직이고 있는 마상의 살기에 기가 질려 금세 꿀 먹은 벙어리가 되고 말았다. 특히 마상의 창에 이미 핏물이 흐르는 것을 보면 누군가는 분명 목숨을 잃은 것 같았다.

"이게 무슨 짓이오, 묵 공자."

노맹이 묵조영의 앞을 가로막았다. 하지만 묵조영은 아무런 대꾸도 하지 않았다.

노맹의 얼굴이 순간적으로 일그러졌다.

노맹은 더 이상 청소를 하는 하인의 신세가 아니었다.

맹룡단을 마교의 손아귀에서 무사히 구해내는 시점에서 그의 진정한 정체가 세상에 드러났고 초혼객이라는 별호, 그리고 십비라는 이름은 그 누구에게도 함부로 무시당할 수 있는 것이 아니었다.

"무슨 짓이냐고 물었소."

이미 하인의 신분을 벗어던진 그였기에 다른 사람이었다면 두 번 묻지 않고 당장에 손을 썼을 터. 그러나 아무리 기분이 나쁘다고 해도 공야치의 외증손자에게 그럴 수는 없었다.

묵조영은 이번에도 대답하지 않았다. 그냥 그를 무시하고 조금씩 진해지는 천리추종향을 따라 움직이려 했다.

"이런 식이라면 이 늙은이도……."

말을 잇던 노맹의 얼굴이 딱딱하게 굳었다.

그를 적으로 간주한 마상이 추혼귀창을 찔러왔기 때문이
었다.

귀곡성과 함께 밀려오는 추혼귀창의 압력에 깜짝 놀란 노
맹이 본능적으로 방어를 했으나 단숨에 몇 걸음이나 밀려나
버렸다.

마기를 풀풀 내뿜으며 접근하는 마상을 보며 노맹의 전신
에 살기가 깔리기 시작했다.

바로 그때였다.

"멈춰랏!"

웅후한 음성과 함께 공야치가 모습을 드러냈다.

그의 뒤로 무수히 많은 원로, 장로들이 모습을 보이고 묵조
영과 마상이 일으킨 소란을 듣고 달려온 군웅들도 순식간에
늘었다.

공야치가 멈추라는데 제아무리 화가 난 노맹이라도 함부
로 움직일 수는 없었다.

노맹이 지그시 입술을 깨물며 뒤로 물러나고 마상 역시 묵
조영의 손짓으로 움직임을 멈췄다.

을파소를 잃은 슬픔과 분노에 천마호심공의 마기가 폭발
하기는 하였으나 그의 이성이 완전히 사라진 것은 아니었다.

"조영아, 이게 어찌 된 일이냐?"

묵조영이 마성에 빠졌다는 것을 한눈에 알아본 공야치가
음성에 정명한 기운을 실어 물었다.

“흉수를… 흉수를 쫓고 있습니다.”

묵조영이 슬픔에 찬 얼굴로 말했다.

“흉수? 무슨… 일이 벌어진 것이더냐?”

공야치가 안색을 굳히며 되물었다.

“할아버지가… 할아버지께서… 으아아아아!!”

을파소의 죽음을 언급하던 묵조영의 마기가 다시 폭발했다. 공야치마저 깜짝 놀라며 뒤로 물러날 정도였다.

주변을 온통 채운 질식할 것만 같은 마기에 모두의 얼굴이 심각하게 변했다.

더구나 조금 전, 마상에게 목숨을 잃은 자들의 소식이 전해지면서 상황은 더욱 급박하게 변해갔다.

“아무래도 마성에 빠진 것 같소이다. 일단은 막아야 하지 않겠소?”

난감천이 조심스레 말했다.

“묵 공자가 데리고 다니는 수하의 기세도 만만치 않습니다. 이미 피해자가 발생했고 이대로 두었다간 앞으로 얼마나 많은 일이 벌어질지 모릅니다.”

대장로 주호륜이 걱정된 표정으로 덧붙였다.

“음.”

공야치의 입에서 짧은 신음이 흘러나왔다. 그들의 말이 틀리지 않다는 것을 알면서도 쉽게 결정을 내리지 못했다. 그러나 상황이 점점 더 심각하게 변하자 어쩔 수 없이 허락을 하게 되었다.

"그렇게 하시구려."

공야치의 허락이 떨어지자 난감천이 이미 준비를 갖추고 있던 이들에게 고개를 끄덕였다.

세 명의 장로와 두 명의 호법이 나섰다. 금룡신객이라는 명성이 최근 무림을 진동시켰지만 그들 개개인의 실력은 무림에서 거의 적수를 찾아볼 수 없을 정도로 고명한 것이었다.

모든 이들이 금방 제압당해 쓰러지는 묵조영의 모습을 상상했다. 그리고 당연히 그리될 것이라 생각했다. 불편한 표정으로 지켜보는 공야치 역시 같은 생각이었다.

하지만 묵조영이 지닌 힘은 그들의 예상을 간단히 비웃을 정도로 엄청난 것이었다. 비록 일시적으로 마성에 빠진 상태이기는 하였으나 오히려 그 덕에 지난번, 천마호심공을 대성할 때 하나로 융합을 했으되 아직까지 완벽하게 흡수하지는 못했던 음양쌍두사와 천년홍학의 마지막 힘까지 완벽하게 자기 것으로 만들었다. 마기로 인해 천마호심공의 힘이 워낙 강해지자 견제를 하고자 움직였던 두 힘이 오히려 제대로 흡수된 것이었다.

"크헉!"

"크으으으!"

묵조영을 제지하기 위해 움직였던 두 장로가 고통스런 표정을 지으며 휘청거렸다. 천마조에 실린 막강한 힘에 정면으로 맞서다 부상을 당한 것이다. 물론 묵조영이 공야치의 외증 손자라는 이유 때문에 최선을 다할 수 없다는 이유가 있기는 했지만 단 한 번의 충돌에 그리 밀릴 줄은 누구도 상상하지 못했다.

끼요요오오오!

마상이 들고 있는 추혼귀창에서 귀곡성이 울리기 시작했다.

미약하나마 이성이 남아 있던 묵조영에 비해 오직 성소지환의 주인을 보호해야 한다는 일념으로 지금껏 존재해 온 마상의 공세는 너무도 위협적이었다. 게다가 지난날 그의 애병이었던 추혼귀창까지 손에 쥔 그는 어쩌면 묵조영보다 위협적이었다.

"저, 저럴 수가!"

묵조영을 막기 위해 움직였던 이들이 오히려 공세를 감당하지 못하고 쩔쩔매자 난감천은 당황하지 않을 수 없었다.

그렇다고 공야치가 바로 옆에 있는 지금, 최선을 다해 살수를 쓰라고 말할 수도 없었다.

바로 그 순간, 뜻밖의 상황이 벌어졌다. 자신을 가로막는 이들을 거세게 공격하던 묵조영이 문득 움직임을 멈추고 어느 한곳에 시선을 고정시킨 것이었다.

그의 갑작스런 행동에 모두의 시선이 그곳으로 쏠리고 기회를 잡은 장로들이 묵조영을 공격하려는 순간, 공야치가 그들을 말렸다.

묵조영과 주변에 모인 이들의 시선이 쏠린 곳.

그곳은 이번 군웅대회에 참가하기 위해 모인 장천문의 문도들이 한데 어울려 있는 곳이었다.

군웅들의 시선이 자신들에게 쏠리자 장천문주 음수신(蔭修愼)을 비롯하여 장천문의 문도들은 당황하기 시작했다.

"무, 무슨 일이오?"

묵조영이 숨도 쉬지 못할 마기를 뿜어내며 걸어오자 음수신이 뒷걸음질치며 물었다.

그러나 묵조영은 지금 그를 보고 있는 것이 아니었다.

그의 이글거리는 눈빛은 문도들의 맨 뒤에서 팔짱을 끼고 있는 한 청년에게 향해 있었다. 그리고 모두들 두려워하는 상황에서도 그 청년은 표정 변화가 없었다.

제77강

# 시산혈해(屍山血海)

"엽… 사… 군!!"

묵조영의 입에서 악귀의 음성과도 같은 외침이 터져 나오자 그 이름의 의미를 깨달은 군웅들의 눈이 보름달처럼 커졌다.

"여, 엽사군이라면……."

"흑월단주! 흑월단주다!!"

그러자 가장 당황하는 사람은 엽사군을 자신의 제자라고 여기고 있던 음수신이었다.

"여, 엽사군이라니… 무, 무슨 소리를 하는……."

음수신은 더 이상 말을 잇지 못했다. 묵조영에게 엽사군이

라 지목받은 청년이 어느새 그의 목을 틀어쥐며 단숨에 꺾어
버렸기 때문이었다.

우두둑.

뼈가 부러지는 소리와 함께 음수신의 몸이 축 늘어졌다. 그
의 시신을 바닥으로 팽개친 청년이 얼굴에 쓰고 있던 인피면
구를 찢어버렸다.

그러자 드러나는 얼굴.

이미 사십대의 중년인이지만 이십대 청년 못지않은 매끈
한 피부와 뛰어난 용모를 자랑하는 엽사군의 얼굴이었다.

"저, 저!"

"세상에!"

설마하는 얼굴로 지켜보던 이들이 눈앞에서 벌어진 참혹
한 일에 다들 놀람을 금치 못했다.

그들이 놀라거나 말거나 엽사군이 신경 쓰는 사람은 오직
묵조영뿐이었다.

"흠, 완벽한 줄 알았는데… 어찌 알았지? 아까부터 신경 쓰
이는 냄새가 있더니만 그 냄새를 쫓아온 것이냐?"

엽사군이 코를 옷에 대고 킁킁거리며 물었다.

"죽… 인… 다!"

"병신같이 마성에 빠진 것인가? 재미있군."

차갑게 비웃은 엽사군이 오른손을 늘어뜨리자 언제 나타
났는지 무영은편이 그의 주변에서 꿈틀거렸다.

엽사군을 지켜보는 군웅들의 눈빛이 살기로 번뜩거렸다.

그렇잖아도 흑월단이라 하면 치를 떠는, 게다가 며칠간의 살수행으로 수많은 친구와 식솔, 동문을 잃은 군웅들은 당장에라도 엽사군을 공격할 기세였다.

하지만 그들은 움직일 수가 없었다. 은연중 그들을 제지하는 공야치 때문이기도 했지만 엽사군을 향해 다가가는 묵조영의 기세가 워낙 대단했기 때문이었다.

묵조영에게 정체가 들통나는 순간, 엽사군은 이미 도주하는 것을 포기했다.

죽음을 각오한 자에게 두려움 따위가 있을 리 없었다.

엽사군의 손목이 꿈틀거리고 동시에 무영은편이 땅에 널브러져 있던 음수신의 다리를 휘감았다.

"타핫!"

힘찬 기합성과 함께 무영은편을 휘두르자 음수신의 몸도 허공으로 띄워져 묵조영에게 날아갔다.

묵조영은 자신을 향해 날아오는 음수신을 향해 천마조를 휘둘렀다.

퍽!

가죽 터지는 소리와 함께 음수신의 몸이 형체도 없이 사라졌다. 핏물이 뿌려지며 잘게 찢겨 나간 살과 뼈가 사방으로 흩어졌다.

엽사군은 그 틈을 이용하여 혼란스런 군웅들 사이로 숨어

들었다.

묵조영은 엽사군이라 예상되는 그림자를 향해 천마조를 뻗었다. 그러나 그것은 엽사군의 잔상에 불과한 것이고 그는 이미 다른 곳으로 이동을 했다. 문제는 엽사군의 잔상을 친 천마조가 멀뚱히 서 있던 군웅들을 휩쓸어 버렸다는 것. 천하에 짝을 찾을 수 없는 막강한 내력을 지닌 묵조영과 그 내력의 훌륭한 동조자인 천마조에 의해 십여 명이 넘는 인원이 피해를 당했다. 그중 두 명은 그 자리에서 목숨을 잃고 말았다.

묵조영의 공격을 유도한 엽사군의 신형은 어느새 반대편으로 이동하고 있었다.

마성에 휩싸인 묵조영에게 피를 흘리며 쓰러지는 군웅들의 모습이 눈에 들어올 리가 없었다.

또다시 엽사군을 노린 천마조가 움직이고 그 길에 놓여 있던 이들이 피를 뿌리며 쓰러졌다.

"피해랏!"

"다들 멀리 물러나!!"

난감천과 제갈솔이 안타까이 부르짖었다. 하지만 그사이에도 엽사군은 군웅들 사이를 헤집고 다녔고 그를 쫓는 묵조영에 의해 무수히 많은 피해자가 발생했다. 물론 엽사군을 막아보고자 한 사람이 없는 것은 아니었다. 그러나 엽사군은 마교에서 내려오는 최고의 신법과 보법이자 묵조영도 일찍이 깨우친 고신척영과 만뢰구적을 이용해 그들의 공격을 간단히 피해 버렸다.

바로 그때였다.

"헛!"

군웅들을 헤집으며 묵조영의 손을 이용해 그들을 유린하던 엽사군이 갑자기 접근하는 기운, 전신의 세포 하나하나까지 곤두서게 만드는 기운에 황급히 몸을 틀었다.

그를 압박하는 기운의 주인은 그가 생각하는 것보다 훨씬 뛰어난 인물이었다.

연거푸 세 번이나 몸을 비틀고 무영은편을 휘두르며 방어를 했지만 결국 어깻죽지에 일격을 허용하고 말았다.

"크으으."

엽사군은 어깨에서 시작되어 전신으로 퍼지는 충격에 입을 쩍 벌리며 믿을 수 없다는 표정으로 상대를 바라보았다. 아무리 기습적인 공격을 당했어도 그토록 재빠르게 반응을 했고 무영은편으로 역습까지 가하면서 피했건만 어찌 된 일인지 상대는 조금도 개의치 않았다. 도대체 그런 능력을 지닌 사람이 누구인지 궁금했다. 그리곤 곧 수긍하지 않을 수가 없었다.

단 한 번의 공격으로 엽사군의 움직임을 봉쇄한 사람은 다름 아닌 공야치, 그가 더 이상 참지 못하고 나선 것이었다.

한데 엽사군의 움직임을 멈추게 만든 공야치는 자기가 할 일은 다 했다는 듯 또다시 뒤로 물러났다.

엽사군은 그 이유를 금방 알 수 있었다. 묵조영이 코앞에서 그를 노려보고 있었기 때문이었다.

"그래, 좋다. 끝장을 보자."

일부러 그런 것인지 아니면 단순한 우연인지 공야치에게 다친 어깨는 오른쪽이 아니라 왼쪽, 더구나 생각보다 부상이 심하지 않았다.

엽사군이 무영은편을 움직이기 시작했다.

츠츠츠츠츠.

처음엔 땅을 긁던 무영은편이 곧 허공을 유영하기 시작했다. 그리고 을파소를 쓰러뜨렸던 바로 그 무공, 은사구환편을 펼치기 시작했다. 한데 그때와는 조금 다른 것이, 투명하기만 했던 무영은편이 달빛을 받으면서 핏빛으로 변해가며 요사스런 기운을 뿜어내기 시작한다는 것이다.


은은한 달빛이 무영은편을 비출 때 투명하게 빛나던 수정들이 감췄던 요성을 드러낼 것이니 그때야 비로소 무영은편의 진정한 위력을 보게 될 것이다.


무영은편의 전수자들이 사부에게 듣던 말을 떠올리며 엽사군은 은사구환편의 제일초식인 비사추혼을 펼쳤다.

순간, 무영은편에서 붉은빛의 기운이 뿜어져 나오더니 주변을 서서히 핏빛으로 물들이기 시작했다.

　무영은편으로부터 전해지는 요성에 자극을 받은 묵조영의 마성도 더욱 짙어졌다.

　무영은편과 천마조의 낚싯줄이 서로 탐닉이라도 하듯 허공에서 얽혔다가 떨어지기를 반복했다.

　그사이 엽사군은 비사탈혼과 비사낙성, 비사단천으로 이어지는 초식을 구사하며 묵조영을 압박했다.

　초식이 거듭될수록 위력은 더욱 강해지고 화려해졌으며 환상적인 변화를 보여줬다.

　무영은편에서 뿜어져 나온 혈무는 모든 이들의 시선에서 둘의 모습을 사라지게 만들었다.

　그 혈무를 뚫고 안에서 벌어지고 있는 싸움을 바라볼 수 있었던 사람은 오직 공야치뿐이었다. 심지어 원로인 난감천도 혈무를 꿰뚫어 보지 못했다.

　"어찌 되고 있소?"

　난감천이 초조한 표정으로 공야치에게 물었다. 그 음성엔 묵조영의 안위도 걱정이었지만 무엇보다 흑월단주를 놓치면 안 된다는 절박함이 있었다. 하나, 공야치는 그저 고개를 흔드는 것으로 대답을 대신했다. 둘의 싸움이 워낙 급박하게 돌아가는 바람에 뭐라 얘기를 할 틈이 없는 것이었다.

　그사이 엽사군은 은사구환편의 여덟 번째 초식을 사용하고 있었다. 최후의 단계로 접어든 그의 무공은 가히 하늘을 무너뜨리고 땅을 뒤집을 만했다. 하지만 그에 대항하는 묵조영도 만만치는 않았다.

이미 그의 주변은 천마조의 끝에서 튀어나온 금룡이 은사구 환편에서 흘러나오는 요기를 밀어내며 그를 보호하고 있었고, 수백의 백룡이 혈무 속을 헤집고 다니며 엽사군을 압박했다.

"으아아아아!"

엽사군의 입에서 비명과도 같은 외침이 터져 나오고 그의 몸을 중심으로 수백의 혈환(血環—핏빛 고리)이 생기더니 묵조영을 향해 날아들었다.

그것이야말로 무영은편의 마지막 초식 비사폭멸(飛蛇爆滅)이었으니 무영은편을 이루는 수백의 수정들이 하나의 강환(罡環)이 되어 그야말로 주변을 초토화시키는 것이었다.

"어서 십 장 밖으로 물러나시오."

엽사군의 공격을 본 공야치가 군웅들에게 경고를 하자 깜짝 놀란 이들이 화급히 뒤로 물러났다.

혈환은 주변을 휘감고 있는 백룡들을 차례로 굴복시키며 묵조영을 향해 짓쳐들었다.

그때 묵조영의 기세가 갑작스레 바뀌기 시작했다.

죽음의 위기에서 십이성 대성을 했으되 그에 걸맞는 내력이 뒷받침되지 않으면 진정한 위력을 드러낼 수 없었던 천마호심공이 마침내 극성으로 펼쳐진 것이었다. 순간, 힘을 잃고 쓰러지던 백룡들이 일제히 승천을 하기 시작했다. 또한 은백의 빛들이 서서히 금빛으로, 그리고 핏빛으로 변하더니 마침내 묵빛으로 바뀌기 시작했다.

그것을 본 공야치의 두 눈이 경악으로 물들었다. 동시에 공야세가의 가주에게만 은밀히 전해 내려오는 이야기 하나를 기억해 냈다.


백룡이 금룡에서 혈룡으로, 그리고 최후엔 묵룡으로 변할 것인즉, 그것이 바로 생사평에서 열아홉 명의 목숨을 앗아간 천마무의 최후 초식 시산혈해(屍山血海)다. 이후, 우리 공야세가의 비원(悲願―비장한 소원)은 시산혈해를 깨는 것이니 만약 그것을 깨뜨릴 무공을 얻지 못했다면 어떠한 일이 있더라도 충돌을 피해라. 그 무공은 진정 인간의 것이 아닌 터 부끄러울 것도 없다.


그 옛날, 생사평에서 천마 조사가 사용한 시산혈해에서 유일하게 살아남은 인물이 있었으니 당시 정파 최고 고수라 칭송받으며 열아홉 명의 고수들을 이끌고 천마 조사를 상대했던 그의 이름은 공야조(公冶朝), 공야세가의 삼대 가주가 바로 그였다.

'위, 위험하다.'

만약 묵조영이 펼치려는 무공이 시산혈해가 맞다면, 그리고 그 위력이 전해 내려오는 것과 다름이 없다면 지금 주변에 모여 있는 상당수의 군웅들이 목숨을 잃을 것이다.

“피하랏! 당장 도망쳐!”

공야치가 다급한 얼굴로 경고를 보냈다.

지금껏 그렇게 급박했던 모습을 본 적이 없던 십비들이 놀라 서로의 얼굴을 쳐다볼 정도였다.

“어서! 빨리 도망쳐라!”

어찌 된 영문인지 모르는 사람들이 제때에 움직이지 못하자 공야치가 다시금 호통을 쳤다.

그사이 혈룡에서 묵룡으로 탈피하고 묵조영을 위협하던 혈환마저 물어뜯어 완벽하게 제압한 용들이 사방으로 비산하기 시작했다.

파스스스스스.

묵룡이 지나가는 자리엔 풀 한 포기, 돌멩이 하나가 남지 않았다.

둘의 모습을 감추었던 혈무는 이미 사라지고 없었다.

오직 혈무를 집어삼키고 여전히 넘치는 힘을 감당하지 못해 폭주하는 묵룡의 광란만이 남아 있을 뿐이었다.

가장 먼저 묵룡의 희생양이 된 사람은 무기를 잃은 채 비틀거리고 있는 엽사군이었다.

그는 자신을 향해 입을 쩍 벌리고 달려드는 묵룡을 보며 허탈한 미소를 흘렸다.

“제길, 먼저 보낸 사부가 쌍수를 들며 기다리고 있겠군.”

그 말을 끝으로 엽사군은 그 자리에서 온몸이 난도질당해 절명하고 말았다.

엽사군의 목숨을 끊은 묵룡이 또 다른 목표를 향해 움직이기 시작했다. 그리고 그 목표는 다름 아닌 주변의 군웅들이었다.

"피, 피해랏!"

"도망쳐!"

그제야 공야치가 경고했던 의미를 파악한 이들이 미친 듯이 도주를 했지만 묵룡들은 가차없이 그들을 공격했다.

바로 그 순간, 공야치가 나섰다.

그가 검을 꺼내 들자 웅후한 검명이 울려 퍼졌다.

공야치는 군웅들을 집어삼키는 묵룡을 향해 검을 겨눴다. 그러자 검끝에서 청아한 기운이 응집되기 시작했다.

"하아앗!"

공야치의 입에서 한줄기 기합성이 터지고 우에서 좌로 움직이는 검의 방향을 따라 수십, 수백 가닥의 강기가 촘촘한 그물망을 구축하기 시작했다.

꽝!

묵룡과 부딪친 강기가 커다란 충돌음을 냈다.

그것이 시작이었다.

공야치가 발출한 강기는 끊임없이 묵룡들과 부딪쳤다.

한 번. 두 번. 세 번.

처음엔 그다지 타격을 받지 않는 것 같던 묵룡도 끊임없이 밀려드는 강기의 파도에 조금씩 힘을 잃더니 결국 하나둘 사라지기 시작했다.

공야치의 개입으로 겨우 목숨을 구하고 초조한 심정으로 멀리서 둘의 대결을 지켜보던 군웅들이 공야치가 승기를 잡는 것처럼 보이자 환호성을 보내기 시작했다.

"타하합!"

온몸의 힘을 쥐어짜는 듯한 외침과 함께 조금 전과는 비교도 되지 않을 커다란 강기가 하늘로 치솟더니 곧 하나의 검을 만들어냈다.

검을 쥔 자들이 꿈에도 그린다는 검강의 경지. 하지만 일반적으로 알려진 검강과는 애당초 수준이 달랐다.

공야치의 손길에 따라 조종되는 검강이 최후의 몸부림을 치고 있는 묵룡의 숨통을 끊기 위해 날아갔다.

그때, 힘에 겨워하는 묵룡들 사이로 찬란한 금룡이 솟아올랐다. 금룡은 검강으로 만들어낸 검을 단숨에 집어삼키더니 거기에 더해 공야치를 향해 불길을 내뿜으며 날아들었다.

그 순간, 갑자기 한줄기 고함 소리와 함께 검 하나가 날아들었다.

"미친놈!"

묵조영이 마지막에 보여준 마기에 내내 걱정을 하고 있다가 을파소의 시신을 수습하고 급히 달려온 곡운이 공야치의 위기(?)를 보고는 아무런 생각도 없이 들고 있던 간장검을 던진 것이었다.

얼마 전, 운학과 함께 우화등선을 한 무당이선으로부터 그
들이 지닌 내력을 이어받은 곡운의 실력은 이미 과거의 그가
아니었고 죽을힘을 다해 던진 검의 위력 또한 엄청난 것이었
다. 거기에 천하에 다시없을 간장검의 공능까지 합쳐지자 공
야치를 향해 짓쳐들던 금룡은 끝까지 비상을 하지 못하고 결
국 멈춰지고 말았다.

툭.

공야치를 노렸던 금룡의 정체는 놀랍게도 낚싯대, 마성에
빠진 묵조영이 최후의 공격 수단으로 사용한 것은 바로 마도
십병의 수위였던 천마조였다.

"푸하!"

간발의 차이로 공야치의 위기를 막아낸 곡운이 그 자리에
서 주저앉아 버렸다.

이성을 잃은 상태에서 외증조부의 목숨을 노렸던 묵조영
도 정신을 잃고 쓰러져 버렸다.

그런 묵조영을 바라보던 공야치가 짧은 한숨과 함께 묵조
영이 펼친 최후의 공격에 대비하여 끌어올렸던 전신 공력을
조용히 거둬들였다.

군웅들은 눈앞에서 펼쳐진 광경에 할 말을 잃그 말았다.

묵조영과 공야치의 대결로 인해 주변은 초토화가 되어버
렸다. 무너진 전각만 다섯 채요, 전각을 꾸미기 위해 동원된
돌과 부러진 나무 등은 헤아릴 수가 없을 정도였다.

하지만 그런 외양적인 것들은 아무것도 아니었다.

무엇보다도 그들을 충격으로 몰아넣은 것은 천하제일인이라 불리는 공야치가 잠시나마 위기에 몰렸다는 것이었다. 물론 그 상대가 외증손이라는 이유로 최선을 다할 수 없었다는 점은 감안되어야 했고 곡운이 끼어들지 않았다 해도 어떤 결과가 나올지는 아무도 예측할 순 없었다. 그렇다 하더라도 묵조영이 보여준 실력은 경악 그 자체였다.

그러나 문제는 묵조영이 사용한 무공이 바로 마교의 무공이라는 것과 그가 마성에 빠져 버렸다는 것이었다.

*　　　*　　　*

엽사군의 죽음 이후에도 흑월단의 암살 위협은 끊이지 않았다. 하지만 언제까지 그들만을 색출하고 있을 수 없었던 의천맹은 묵조영과의 싸움에서 가벼운 내상을 당한 공야치가 내력을 회복한 직후, 전격적으로 공격을 시작했다.

마교가 총단으로 삼은 악양을 공략하기 위해 의천맹이 동원한 인원은 모두 천이백.

한꺼번에 우르르 몰려가는 것은 그다지 좋지 않았기에 병력은 각기 두 개로 나뉘어 움직였는데, 각 병력의 책임자로는 원로원의 수장인 난감천과 혁소천으로 결정되었다.

선봉은 당연히 공야세가의 맹룡단이었지만 그들과 함께

선봉에 선 이들이 있었으니 다른 누구보다 악양의 지리에 능통한 신도세가의 무인들이었다. 그것은 현재 마교가 총단으로 삼고 있는 장소가 바로 과거 신도세가임을 감안한 공야치의 배려였다.

이에 맞선 마교는 태상 곽홍을 우두머리로 하여 난감천을 막게 하였고, 지난날, 천주산에서 당한 치욕을 갚기 위해 자원한 우상 건위령이 혁소천을 상대하기 위해 움직였다.

공야치가 그렇듯 교주인 철포혼은 후방에 물러나 전반적인 싸움을 지휘하기로 하였다. 원래는 전면에 나서 직접 수하들을 이끌려고 했던 그를 곽홍이 극구 말렸는데, 이유는 의천맹의 맹주가 나서지 않는 상황에서 마교의 교주가 직접 움직이는 것은 수세를 보이는 것을 떠나 수치스럽고 격이 맞지 않는 일이라 주장했기 때문이었다.

그렇게 대결전의 분위기는 무르익고 의천맹을 떠난 맹룡단의 고수들이 초립평(草笠坪)에서 그들을 상대하기 위해 나선 금기령의 고수들과 조우를 하면서 사활을 건 전쟁이 시작되었다.

처음 기세를 잡은 쪽은 의천맹이었다.

서전이라 할 수 있는 맹룡단과 금기령의 싸움에서 공야세가의 차기 가주로 내정되었다는 소문이 돌기 시작한 공야추와 그를 옆에서 보필하는 공야청은 철인사가 홀로 고군분투한 금기령을 완벽하게 제압함으로써 기세를 올렸다. 특히 적의 배후에 홀로 잠입해 들어간 공야청의 활약은 두고두고 인구에 회자되었다.

서전을 기분 좋게 장식한 맹룡단은 신도세가의 핵심 고수들의 안내를 받으며 악양을 향해 파죽지세로 진격을 했다.

당황한 곽홍이 은기령과 동기령을 추가로 동원하며 철인사를 지원했지만 창룡단의 지원까지 등에 업은 맹룡단의 기세는 좀처럼 꺾일 줄을 몰랐다.

게다가 제갈솔과 천뇌전 최고의 두뇌들이 수많은 밤을 지새우며 수립한 정벌 계획은 한 치의 오차도 없이 들어맞으며 분위기는 의천맹 쪽으로 급격히 기울었다.

서전이 벌어지고 삼 일 후, 의천맹의 무인들은 악양에서 고작 백여 리 떨어진 곳까지 진격을 하며 마교를 압박했다. 그런 상황을 지켜보며 말하기를 좋아하는 호사가들은 이미 싸움은 끝이 났다며 떠들어댔다.

하지만 그 누구도 예기치 못한 사건이 발생하면서 상황은 급변하게 된다.

마교엔 두 개의 하늘이 있으니 하나는 무력을 장악한 교주였고 다른 하나는 신도들의 믿음에 영향을 끼치는 성녀였다.

비록 언제부터인가 마교의 성향이 오직 힘만을 추구하는 쪽으로 바뀌면서 성녀의 역할과 지위가 급전직하하기는 하였으나 성녀는 여전히 많은 마교도들의 정신적 지주였다.

그런 성녀가 의천맹에서 보낸 자객에 의해 무참히 살해당한 사건이 벌어진 것이었다. 그것도 수많은 사람들이 지켜보는 자리에서.

　범인은 분노한 마교도들에 의해 오체분시가 되었지만 그
들의 분노는 좀처럼 가라앉지 않았다. 더구나 성녀의 살해 소
식이 전 중원으로 번져 가며 마교의 전신이라 할 수 있는 광
명미륵교를 추종했으나 점점 변질되어 버린 마교에 염증을
느끼고 떠나 버린 이들까지 싸움에 참여하는 결과까지 가져
왔다. 그 결과 마교의 전력은 단 며칠 만에 두 배 이상으로 상
승했다. 이에 놀란 의천맹이 맹에 남아 있던 이들과 각 문파
에 또다시 지원군을 요청하여 전력을 늘렸지만 그들이 늘어
나는 것 이상으로 마교의 전력도 계속해서 증가했다.

　하루에도 수십 명씩의 사망자가 발생하고 그보다 훨씬 많
은 인원이 부상을 당했다. 그러면서도 싸움은 끊이지 않고 벌
어졌는데, 사망자나 부상자가 생기면 그들을 대체할 인원이
곧바로 충원됐기 때문이었다.

　이후, 그들의 싸움은 하늘도 알 수 없을 만큼 혼전에 혼전
을 거듭했다.

　맹룡단과 금기령의 서전이 벌어진 지 어느덧 한 달, 어느
쪽도 우위를 잡지 못한 채 지지부진한 싸움은 여전히 계속되
고 있었다.


＊　　　＊　　　＊

"적이다!"

갑자기 날아든 화살에 한 사내가 목을 부여잡고 쓰러지자 좌우 절벽 사이의 외길을 따라 맹호령(猛虎嶺)을 넘던 승검당의 무인들은 그 즉시 걸음을 멈추고 서로서로에게 경고를 보내며 뒷걸음질치기 시작했다.

"공격하랏!"

승검당의 무인들이 뒤로 후퇴를 시작하자 때를 같이하여 좌측 언덕에서 공격 명령이 떨어졌다.

쿠쿠쿠쿵!

언덕에서 무수한 돌덩이가 떨어져 내리며 승검당의 퇴로를 차단시켰다. 동시에 무수한 화살이 날아들었다.

승검당의 무인들이 맹호령을 넘는다는 정보를 입수하고 함정을 판 뒤, 무려 이틀 동안이나 꼼짝없이 지키고 있던 수라문은 악에 받친 모습으로 화살을 당겼다.

쐐애액!

날카로운 파공성과 함께 날아든 화살이 승검당의 무인들을 무차별적으로 학살하기 시작했다.

"정신들 차려라! 적은 많지 않다!"

승검당주 오천(吳遷)이 날아드는 화살을 쳐내며 소리쳤다.

오천이 연거푸 화살을 쳐내며 주변을 돌아보았다. 벌써 상당수의 수하들이 목숨을 잃었다. 절로 얼굴이 일그러졌다.

무슨 수를 쓰더라도 반격의 계기를 마련하지 못하면 그대로 전멸할 수밖에 없는 상황이었다.

오천이 좌측 절벽을 향해 뛰기 시작했다. 그를 향해 집중적으로 화살이 날아들었다.

투투투툭.

칼에 막힌 화살이 떨어지는 소리가 빗방울 떨어지는 소리처럼 요란했다. 더러는 칼을 피해 몸 곳곳에 상처를 입기도 했지만 이를 악문 오천은 결국 절벽 아래까지 도착할 수 있었다.

"타핫!"

힘찬 기합성과 함께 몇 번의 도약 끝에 단숨에 절벽 위로 뛰어오른 오천이 대각선으로 칼을 쳐올렸다.

파스스슷.

상처 입은 맹수의 포효가 이러할까?

땅바닥을 가르며 뿌려지는 검기의 빠름과 날카로움은 뭐라 말로 표현할 수 없을 정도였다.

"큭!"

그와 가장 가까이에 있던, 오천이 절벽을 오르는 것을 보며 공격을 하던 사내가 검기에 적중당하고 몸이 양단되어 쓰러졌다.

"막아랏!"

지난날, 천주산 싸움에서 장압지에 목숨을 잃은 서측을 대신해 수라문의 문주가 된 서각(西覺)이 수하들에게 소리쳤다.

그러나 승검당의 당주를 맡고 있는 오천은 의천맹에서도

인정을 받는 뛰어난 인물로 어떤 이의 말로는 그의 상관이라
할 수 있는 의인단주보다 한 수 위의 실력을 지니고 있다고
할 정도였다.

그런 그가 수하들의 목숨을 구하기 위해 적진에 홀로 뛰어
들었다. 그 기세는 가히 폭풍과 같았다.

파스스슷!!

"크아악!"

"아악!"

검기의 파도 속에 이어지는 끔찍한 비명들. 수라문의 문도
들은 변변한 대항도 해보지 못하고 힘없이 쓰러졌다.

고작 반 각 만에 오천은 십여 명이 넘는 적을 베어 쓰러뜨
렸다. 그 덕에 절벽 아래, 적에게 완벽히 노출되었던 승검당
의 무인들도 숨통이 틔게 되었다. 더러는 오천을 따라 절벽을
오른 이들도 있었다.

"으으으."

수하들을 무수히 베어 넘기는 오천을 보며 서각은 수치심
에 몸을 부르르 떨었다. 고작 의천맹에서도 하부 조직이라 할
수 있는 승검당 당주 따위에게 수라문이 농락당하는 것이 그
렇게 분할 수가 없었다. 수라문은 과거에도 그리 약한 문파는
아니었다. 부친인 서촉만 하더라도 꽤나 알려진 고수였다. 그
러나 지난 천주산에서 입은 피해는 수라문이 최소 삼십 년은
봉문을 하고 애를 써야 복구가 될 정도로 심각한 것이었다.

다만 마정대전이라는 소용돌이 속에 수라문은 그럴 여유를 가질 수가 없었고 그저 마교에서 내려오는 명령에 충실히 따라야 하는 사냥개 신세로 전락을 한 것이었다.

"흑호 아저씨."

흑호라 불린 중년인이 냉큼 달려왔다.

"예, 문주."

"그거 얼마나 있어요?"

"그거라면… 아!"

서각이 무엇을 말하는지 눈치를 챈 흑호가 놀란 눈을 치켜 떴다.

"사용할 생각입니까?"

"사용하라고 준 것이니까요."

"그래도……."

흑호는 왠지 꺼려하는 기색이 역력했다.

"놈들에게 우리의 무서움을 똑똑히 보여줘야겠어요. 우선 저놈부터. 당장 준비를 하세요."

"알았습니다."

흑호가 어쩔 수 없다는 표정으로 고개를 끄덕이며 물러났다.

흑호가 물러나자 서각이 여전히 미쳐 날뛰는 오천을 노려 보며 말했다.

"네놈이 자초한 것이야."

그의 말이 끝나기가 무섭게 지축을 울리는 굉음과 함께 절벽 아래 곳곳에서 폭발이 일어났다.

"아, 안 돼!!"

오천이 폭발에 휩싸인 곳을 바라보며 놀라 부르짖었다. 그렇지만 상황은 이미 돌이킬 수가 없었다.

쿠쿠쿠쿵!!

폭발의 힘을 이기지 못한 절벽의 한쪽이 무너져 내리고 여지없이 비명성이 뒤따랐다.

위에서 쏟아지는 화살을 피해 땅바닥을 구르고 나무 뒤로 숨으며 필사적으로 반격의 실마리를 찾던 승검당의 무인들은 어찌 손도 써보지 못하고 허무하게 목숨을 잃고 말았다.

연속적인 폭발이 끝나고 하늘을 가리고 있던 먼지구름을 뚫고 내비치는 한줄기 햇살에 폭발이 가져온 참상이 드러났다.

초토화, 그리고 지옥도(地獄圖).

다른 그 어떤 설명으로도 설명이 불가능했다. 무려 사십이 넘는 시신들이 형체도 알아볼 수 없을 정도로 짓이겨져 사방에 흩어져 있었다.

수하들의 처참한 시신을 보며 오천은 입술을 질끈 깨물었다. 눈에선 피눈물이 흘러내렸다. 뒤를 돌아보니 그를 따라 절벽에 오른 수하들의 얼굴이 보였다.

오십의 인원 중 고작 여섯뿐이었다.

"죽음으로 갚는다! 가자!"

짧게 외친 오천이 서각을 필두로 서서히 포위망을 좁히며 다가오는 수라문의 무인들을 향해 달려갔다.

그때까지도 절벽 아래, 동료들의 시신을 살피던 숭검당의 생존자들이 붉게 충혈된 눈으로 오천의 뒤를 따랐다.

"죽여랏!"

수라문주 서각이 사 척의 장검을 치켜들며 소리쳤다.

*　　　*　　　*

"스, 숭검당이 당했단 말이냐?"

난감천이 당황한 음성으로 물었다. 그러자 소식을 전하기 위해 달려온 은영전의 대원이 조심스레 대답했다.

"그렇습니다. 이곳으로 오던 중 매복한 적에 의해 모조리 목숨을 잃었다고 합니다."

"모조리? 단 한 사람도 살아남지 못했단 말이냐, 오천까지?"

"예."

"허!"

평소 오천을 눈여겨보았던 난감천은 그가 목숨을 잃었다는 말에 안타까운 탄성을 내질렀다.

"그래, 어떤 놈들이냐?"

난감천의 곁에 있던 호법 조정(趙昷)이 누런 이를 드러내며 물었다.

"수라문으로 알고 있습니다."

"수라… 문?"

"그렇습니다."

"놈들은 지금 어디에 있지?"

조정은 지금 당장에라도 달려가 요절을 내겠다는 기세를 뿜어내며 다시 물었다.

"회군한 것으로 알고 있습니다만 굳이 쫓을 필요는 없을 것 같습니다."

"쫓을 필요가 없다? 어째서?"

"비록 매복 공격을 당해 제대로 손도 써보지 못하고 당했지만 당주 오천을 비롯하여 몇몇 생존자들이 엄청난 활약을 보여주며 수라문에 막대한 타격을 입혔기 때문입니다. 게다가 이어 올라온 보고에 따르면 운검당이 그들을 코밑에서 뒤쫓고 있다 했습니다."

"흠, 의인단주가 아주 제대로 열을 받은 모양이군."

조정이 사십 줄을 넘어섰음에도 여전히 열혈의 피를 자랑하는 의인단주 광성(曠醒)을 떠올리며 고개를 끄덕였다.

"후~ 어쨌건 생각지도 못한 피해야. 병력 보충이 시급한 상황인데. 참, 군사에게 연락은 취했느냐?"

"이곳보다 먼저 보낸 것으로 압니다."

"알았다. 소식이 전해졌다면 군사가 알아서 조치를 취하겠지."

# 제78장

# 출(出), 구(求)

**한** 노인이 여산의 한 능선에 위태롭게 뻗어 있는 소로를 따라 걷고 있었다.

그의 발밑으로 펼쳐진 계곡은 아름답기로만 따지자면 천하제일이었으나 워낙 험한 데다가 일 년의 대부분이 짙은 운무로 휩싸여 사람들은 물론이고 짐승들까지 감히 접근하기를 꺼려한다는 금수곡이었다.

금수곡의 입구라 할 수 있는 사자암에 도착한 노인은 두 마리 사자가 사납게 싸우는 형상을 하고 있는 바위 앞에서 멈춰 잠시 어루만지더니 조금의 주저함도 없이 운무 아래로 몸을 던졌다.

"젠장!"

여곤이 신경질적으로 장기판을 엎어버렸다.

그런 여곤에게 사도명이 껄껄껄 웃음을 터뜨리며 약을 올렸다.

"그러게 처음부터 차를 떼든 포를 떼든 해야지. 아니면 차 포를 떼고 두든지. 어디서 되도 않는 실력을 가지고 덤벼."

"다시 해."

여곤이 도끼눈을 뜨며 흩어진 장기말을 주섬주섬 집어 들었다.

"우선 술이나 가져오시지."

"이번 판 끝나고."

"장기에 일수불퇴란 말이 있어. 한 번 두면 끝이라는 말이야. 내기 역시 마찬가지. 내기를 걸고 패했으면 당연히 약속을 지켜야 하는 거야. 냉큼 가서 술이나 가져와."

"이!"

"이봐, 저 친구가 술로 담근 하수오가 얼마나 오래된 놈이라고 했지?"

사도명의 물음에 공손초가 냉큼 대답했다.

"한 이백 년 되었다나."

"호~ 그 정도면 영약의 반열에 들어선 놈이잖아. 오랜만에 보신 좀 하겠군."

사도명이 뿌듯한 표정을 지으며 어깨를 으쓱거렸다. 공손초가 덩달아 맞장구를 쳤다.

"암, 제대로 할 수 있을 게야."

둘의 대화를 지켜보는 여곤의 속은 약이 올라 부글부글 끓고 있었다.

바로 그때였다.

저 멀리서 그들을 향해 천천히 걸어오는 사람이 있었다. 조금 전, 금수곡으로 뛰어들었던 노인이었다.

한참 내기 장기에 열을 올리던 여곤 등은 낯선 자의 침입을 금방 알아챘다.

"누구냐?"

공손초가 싸늘한 음성으로 소리쳤다.

웬만한 사람은 듣기만 해도 오금이 저릴 정도로 날카로웠으나 노인은 조금도 신경 쓰지 않았다. 오히려 콧방귀를 뀌었다.

"흥, 내일모레 뒈질 늙은이가 무슨 살기를 그리 뿌려대누. 아직도 생에 미련이 남은 것이냐?"

"응?"

공손초가 머리를 갸웃거렸다.

어디선가 많이 듣던 음성에 말투였다.

가만히 기억을 더듬어보았다. 자신을 향해 그따위 말을 던질 사람은 함께 은거한 사대천마뿐이었다.

'아! 한 놈이 더 있었군.'

무공은 쥐뿔도 약한 것이 오히려 큰소리만 뻥뻥 쳐대던 늙은이. 그러나 그 누구보다 마교를 사랑했던 늙은이.

"신로, 설마하니 자네인가?"

공손초의 말에 여곤과 사도명이 두 눈을 크게 뜨고 벌떡 일어났다.

"서, 설마?"

그러자 검은 천으로 얼굴까지 칭칭 감았던 노인이 천을 풀고 고개를 끄덕였다.

"오랜만이야, 다들."

오 척 단구에 세월을 알 수 없을 정도로 주름진 얼굴을 지닌 노인. 마교의 성지 성소에 발을 들여놓은 사람은 다름 아닌 신로였다.


"환영쇄혼진은 이 늙은이의 발길을 막을 수 없습니다, 교주."

"하긴, 그도 그렇군. 어차피 그 진법을 설치한 사람이 바로 한참 위의 신로였으니 말이야."

마천량이 빙그레 웃으며 말했다.

"자, 오랜만에 만났으니 일단 술이나 한잔 나누세."

"교주, 제가……."

"일단 받으라니까."

마천량이 여곤이 내기로 걸었다가 사도명에게 빼앗겨 버린 하수오주를 잔 가득 따라주었다.

"들게. 말을 들으니 꽤나 좋은 술인 것 같네."

마천량의 말에 여곤의 안색이 일그러졌다.

신로는 단숨에 잔을 비웠다.

"좋군요."

"한 잔 더 하게."

신로는 거절하지 않고 연거푸 두 잔의 술을 더 마셨다. 그리고 마천량에게 잔을 넘긴 후 공손히 술을 부었다.

지그시 눈을 감은 채 그 향을 감상하던 마천량이 천천히 잔을 내려놓으며 물었다.

"자네가 여기는 어쩐 일인가?"

본론이 나온다는 생각에 사대천마도 조금은 긴장한 표정으로 신로의 말을 기다렸다.

"우선 이것을."

신로가 품에서 곱게 접은 흰 천을 건넸다.

"이것이 무엇인가?"

"보십시오."

마천량이 의구심 어린 눈으로 천을 펼쳤다.

천에는 두 글자가 각각 적혀 있었다.


출(出), 구(求).

피로 쓴 글씨.

마천량의 얼굴이 심각하게 굳었다.

"당대의 성녀가 피로써 교주님께 도움을 청하는 글입니다."

"음."

"도대체 밖의 상황이 어찌 돌아가기에……."

"상황이 그렇게 좋지 않은 것이냐?"

여곤과 사도명이 동시에 물었다.

"정확하게 설명을 해보게."

마천량이 천을 내려놓으며 말했다.

"지난번 묵조영이란 아이가 이곳에 다녀간 것으로 알고 있습니다."

"그랬지. 자네가 보내지 않았나? 물론 자넨 다른 뜻이 조금은 있었겠지만 말이야."

마천량이 살짝 웃음을 보였다.

"예. 제 생각과는 다르게 상황이 흘러갔지만 말이지요. 아무튼 그 아이가 전반적인 상황에 대해 말씀드렸을 것으로 압니다."

"대충은."

"그럼 거두절미하고 말씀드리겠습니다. 근래 들어 제삼차 마정대전이 격화되고 있습니다. 그리고 양측에 엄청난 피해가 발생하고 있습니다.”

“원래 전쟁이란 그런 것이지.”

마천량이 그다지 대수롭지 않다는 표정으로 대꾸했다.

“처음엔 마교의 일방적인 수세였습니다.”

“무슨 소리를 하는 거야? 어째서 일방적으로 밀려? 머저리 같은 놈들!”

여곤이 발끈하여 소리쳤다. 천상 그도 마교의 사람이었다.

“어쩔 수 없어. 당금 마교의 핵심은 교주인 철포혼과 광명단, 흑월단, 호교단을 이끄는 그 녀석의 사제들이었는데 그 녀석들이 모조리 목숨을 잃었으니까. 고작 한 놈에게.”

“그게 누군데?”

여곤이 놀란 눈으로 물었다.

“묵조영.”

신로의 말에 다들 고개를 끄덕일 수밖에 없었다. 이미 그의 실력이 어떤지 보았기 때문이었다.

“쯧쯧, 하필이면… 재수도 없었군.”

여곤이 혀를 차며 말했다.

“게다가 좌상 범장까지 그 녀석에게 목숨을 잃는 바람에 힘의 약화는 어쩔 수 없었지.”

“범장도?”

과거 범장의 사부였던 사도명이 얼굴을 찡그리며 묻더니 여곤과 마찬가지로 혀를 찼다.

“재수도 없지.”

“이해가 가는군. 그만한 핵심 고수를 잃었으면 밀릴 만도 하지. 결국 성녀가 내게 원하는 것은 그들을 대신해 의천맹을 막아달라는 것인가?”

마천량이 물었다.

“아닙니다.”

신로가 단호히 고개를 흔들었다.

“아니면?”

“성녀는 현 마교의 지도부를 막아달라고 말씀드리는 겁니다.”

“그게 무슨 소린가? 마교의 지도부를 막아달라니?”

“놈들에 의해 허수아비처럼 세워진 성녀이고, 사실 역대 성녀들에 비해 영적인 자질이 떨어지는 것은 틀림없습니다만 교인들을 사랑하는 마음만큼은 결코 뒤지지 않습니다. 성녀는 교주 등의 헛된 야욕으로 교인들의 아까운 목숨이 사라지는 것에 늘 마음 아파했습니다. 그러나 성녀에겐 교주를 막을 힘이 없었습니다.”

“음.”

비로소 성녀가 보낸 글귀의 의미를 이해한 마천량이 무거운 신음을 내뱉었다.

“제가 이곳으로 오기 전 전해 들은 바로는 이미 삼천 이상의 교도들이 목숨을 잃었습니다.”

순간, 사대천마가 기겁을 하며 소리쳤다.

"사, 삼천이라니!"

"그런 말도 안 되는 숫자가……."

그러자 신로의 얼굴에 착잡함이 묻어났다.

"거짓말이 아니야. 이 마당에 뭣 하러 거짓말을 하나."

"하지만 이해가 되질 않아. 어떻게 그 많은 수의 인원이 목숨을 잃을 수가 있지?"

여곤이 잔뜩 의심 어린 표정으로 물었다.

"변변한 무공도 모르는 교인들까지 싸움에 끼어들었으니까."

"뭐라고? 그럼 철포혼인가 뭔가 하는 놈이 무공도 모르는 이들까지 싸움에 참여시켰단 말이야? 전세가 조금 불리하다고?"

공손초가 버럭 소리를 질렀다.

"아니, 그건 아니야. 그들은 모두 자발적으로 싸움에 참여한 것이지 결코 강제가 아니었어. 그게 더 큰 문제지만."

"이해할 수가 없군. 어째서 그런 문제가 발생한 것인가?"

사태의 심각성을 깨달은 마천량이 착 가라앉은 음성으로 물었다.

"성녀가 죽었기 때문입니다."

꽝!

전혀 예상치 못한 말에 마천량은 물론이고 사대천마도 꽤나 큰 충격을 받은 얼굴이 되었다.

"전세의 불리함을 역전시킬 방법으로 교주 쪽에선 성녀를 희생시킬 계획을 세웠습니다. 이미 얼마 전에도 그런 시도가 있었지만 천만다행으로 목숨을 구한 적이 있지요. 아무튼 그때 이후로 성녀는 행동에 무척이나 조심을 했지만 거듭되는 지도부의 강압에 못 이겨 어쩔 수 없이 외부 활동을 시작했습니다. 그리고 수많은 교인들이 보는 앞에서 의천맹에서 보낸 자객에 의해 처참히 목숨을 잃고 말았습니다."

"난리가 났겠군."

"후~ 안 봐도 뻔해."

사대천마는 비로소 앞서 신로가 말한 숫자가 이해된다는 듯 고개를 끄덕였다.

"정말 의천맹에서 보낸 것인가? 내가 알기로 공야치는 그렇게 어리석은 자가 아니야."

마천량이 의심 어린 눈으로 물었다.

"예. 당연히 아닙니다. 성녀의 목숨을 빼앗은 이들이 의천맹의 사람이긴 하지만 그들은 이미 제정신이 아니었으니까요. 이 늙은인 천마단주 석류가 칠현마금으로 놈들의 이성을 제압한 것을 똑똑히 보았습니다. 게다가 그자들이 움직였을 때 성녀를 보호하기로 되어 있었던 호위들은 단 한 놈도 움직이지 않았습니다."

"철저하게 계획된 일이었군."

"그렇습니다. 성녀의 죽음을 이용해 마교의 모든 힘을 응축하려는 교주 놈의 더러운 술책이었습니다."

"한데 그걸 모두 믿는단 말이야? 조금만 생각해 보면 충분히 의심을 할 만한 일인데도?"

공손초가 답답하다는 듯 가슴을 쳤다.

"물론 믿지 않는 자들도 상당수지. 하지만 이미 성녀는 목숨을 잃었고 성녀의 목숨을 빼앗은 자들이 의천맹 소속이라는 것은 엄연한 사실이지."

"젠장! 언제부터 우리 마교가 그런 잔재주를 부렸단 말인가?"

사도명이 불같이 화를 냈다.

"하면 그 글귀는 언제 쓴 건데?"

지금껏 침묵을 지키고 있던 강상이 물었다.

"성녀가 목숨을 잃기 바로 전날에 나를 불러 전해준 것이야. 아마 자신의 운명을 예감했는지도 모르지."

"결국 성녀는 자신으로 인해 수많은 교인들이 목숨을 잃을 것을 알았단 말이군. 그리고 자신의 힘으론 막을 수 없다는 것도 알았고. 그래서 신로 자네를 불러 교주님께 도움을 청한 것이고."

"강상, 자네는 하나도 변하지 않았군. 그저 성급하기만 한 저 인간들하고는 달라."

신로가 씩씩거리며 노기를 드러내고 있는 여곤 등을 가리키며 말했다.

"뭐라고?"

사도명이 발끈하여 소리를 지르려 하자 마천량이 손을 들어 그들을 제지했다.

"모두 자리를 비켜줬으면 좋겠군. 생각을 좀 해봐야겠어."

좀처럼 심각하게 말하는 법이 없던 마천량이 전에 없이 굳은 표정으로 말을 하자 사대천마는 감히 입을 열 생각을 못하고 조심스레 방을 나섰다.

그들을 따라 방문을 나서기 전, 신로가 차분히 몇 마디를 덧붙였다.

"성소지환에 얽힌 약조는 이 늙은이 또한 알고 있습니다. 하지만 생각해 보십시오. 이 성소가 생긴 이유가 무엇입니까? 당시의 성녀를 지키지 못했다는 지도의 자책으로 생긴 것입니다. 그리고 지금, 당대의 성녀가 죽음으로써 요청을 했습니다. 자신으로 인해 헛되이 사라질 많은 인명을 구해달라고 말입니다. 성녀의 나이 이제 겨우 이십에 불과했습니다."

신로는 그 말을 끝으로 몸을 돌렸다.

마천량은 탁자 위에 올려놓은 천을 가만히 응시했다.

흰 천에 성녀의 피로 쓰여진 두 글자가 커다랗게 확대되면서 눈에 박혔다.

*　　　*　　　*

악양을 코앞에 둔 의천맹 주둔지.

본격적인 싸움이 시작된 이후, 의천맹에서 그 누구보다 바쁘게 움직인 사람은 의천맹의 모든 정보를 관장하는 은영전주 좌능파와 개방의 장로 황정(黃鄭)이었다.

"또 당한 모양입니다."

좌능파가 급보로 날아온 서찰을 읽고 시두룩하게 말했다.

"당했다면……."

"천지문(天池門)과 양선문(楊仙門), 그리고 이십 명의 지단 대원들이 모조리 목숨을 잃었다고 합니다."

"허! 그렇게 많이."

칠십 명이 넘는 인원이 목숨을 잃었다는 말에 황정이 깜짝 놀라며 안타까워했다.

"대체 누구에게 당한 것이랍니까?"

"패력도후."

"음."

좌능파의 대답에 황정은 그저 짧은 신음만을 흘릴 뿐이었다.

본격적인 싸움이 시작되기 전, 은영전과 개방은 서로의 정보를 공유하며 마교에 대해 철저한 해부를 시작했다. 이미 많은 것들이 조사되어 있었지만 모래알 하나만큼이라도 더 철저하게 파악하려는 노력의 일환이었다. 그리고 은영전과 개방의 완벽한 공조로 마교의 모든 것이 속속들이 파악되었다.

하지만 오직 한 가지, 그들 모두 완벽하게 오판을 한 것이 있었으니 다름 아닌 패력도후 설련의 능력이었다.

이미 오래전부터 패력도후란 별호가 붙었고, 운학과 곡운이 합공을 했다가 패한 적이 있다는 것이 알려지기는 하였지만 그래도 그녀의 무공은 마교 최고의 수뇌진들보다는 한 단계 아래 수준으로 분류되었다. 그만큼 다른 이들보다 비중이 떨어질 수밖에 없었는데 막상 뚜껑을 열고 보니 설련의 무공은 아직 정확한 무공 수위가 드러나지 않은 철포혼을 제외하고 마교의 그 어떤 고수보다 강한 것으로 판명되었다.

의천맹은 그녀와 다섯 차례의 대결에서 모조리 패했고 그 결과로 장로 둘에 네 명의 호법이 목숨을 잃었다. 무수히 많은 당주와 단주 급을 따지면 실로 그녀 한 명에게 엄청난 인원의 고수들을 잃은 셈이었다.

"후~ 걱정입니다. 무슨 특단의 대책을 세우지 않으면 큰일 나겠습니다."

황정의 말에 좌능파가 동의를 표했다.

"그러게 말입니다. 하지만 저리 번번이 패하고 돌아오니… 일단 보고를 해야겠습니다."

"예."

하지만 그들이 대화를 나누는 순간에도 설련의 활약은 계속되고 있었다.

설련이 무적뇌도의 도신을 부드럽게 어루만지며 마음을
가다듬고 있었다.

우우우웅.

주인의 마음을 감지한 것인지 무적뇌도에서 은은한 도명
이 흘러나왔다.

"적이 도착을 했다고 합니다."

마송이 다소 긴장한 표정으로 보고를 올렸다.

무적뇌도를 쓰다듬으며 적을 기다리던 설련이 천천히 일
어나며 내공을 일으켰다.

우우우우웅.

조금 전과는 분위기 자체가 다른 도명이 사위에 울려 퍼지
고 주변에서 그녀의 명을 기다리고 있던 호교단원들의 얼굴
에 자신감이 어렸다. 그녀가 있는 한 패배란 있을 수 없는 일
이라 여긴 것이었다.

'정말 대단한 여장부야.'

범우와 범장이 잇달아 목숨을 잃는 바람에 설련이 몇몇 수
하를 데리고 감찰단에서 호교단의 단주로 올 때까지 한동안
호교단을 책임지고 이끌어왔던 사마천은 사기충천한 수하들
을 돌아보며 감탄을 금치 못했다.

'하긴 그럴 만도 하지.'

사마천은 수하들의 반응이 당연한 것이라 여겼다.

의천맹과의 치열한 격전이 벌써 다섯 차례.

한데 호교단은 모든 전투에서 압도적인 승리를 거뒀다. 막대한 피해를 입고 도주한 의천맹과는 다르게 그들이 입은 피해는 그다지 크지 않았다.

그 모든 것이 수하들의 선두에서 싸움을 진두지휘한 설련의 활약 때문이었다.

의천맹의 어떤 고수도 설련의 공격을 감당하지 못했다. 가장 오래 버틴 자가 장로 전수(全朱)였는데 그 역시 이십 초를 넘기지 못하고 목이 떨어져 목숨을 잃었다.

우우우웅.

무적뇌도에서 일기 시작한 도명이 사위를 휘감기 시작하고, 어느 순간 도끝에서 시퍼런 강기가 뿜어져 나오기 시작했다.

파파파파팍!

무적뇌도가 일으킨 강기에 수목이 잘려 나가며 울창했던 숲에 하나의 길이 만들어졌다.

그녀가 그 길을 따라 느긋하게 움직였다.

"적이다!"

그렇잖아도 난데없이 갈라진 숲으로 인해 잔뜩 긴장해 있던 이들은 그곳에서 한 여인이 모습을 드러내자 지체없이 공격을 개시했다.

"타핫!"

기세 좋게 달려드는 사내는 신도세가에서 차출된 무인이었다.

설련의 무적뇌도가 느릿하게 움직이며 그녀를 향해 짓쳐들던 검을 막아냈다.

창!

경쾌한 마찰음과 함께 사내의 비명이 터져 나왔다.

"크악!"

휘두른 검과 함께 가슴이 갈라져 쓰러지는 사내는 어처구니없는 표정으로 설련과 그녀가 들고 있는 무적뇌도를 바라보았다. 공격한 사람은 자신이고 그녀는 그저 가볍게 막았을 뿐인데 어째서 그런 결과가 나왔는지 이해를 하지 못하겠다는 표정이었다.

그녀가 살기를 드러내며 자신을 노려보는 의천맹의 무인들을 보며 무적뇌도를 치켜들었다.

우우우우웅.

웅장한 도명과 함께 도에서 뻗어 나온 기운이 사방을 점령하기 시작했다.

마교 사상 최고의 도법으로 일컬어지는 구뢰패극참혼결(九雷覇極斬魂訣)이 펼쳐진 것이었다.

꽈꽈꽈꽝!

거칠 것이 없었다.

"으아악!"

"크악!"

가히 추풍낙엽이었다.

설련의 단 일수로 열둘의 인원이 쓰러졌다.

도기가 휩쓸고 간 곳에 멀쩡히 서 있을 수 있는 사람은 아무도 없었다. 목숨을 부지한 자들도 치명적인 부상을 면하지 못했다.

패력도후라는 그 명성 그대로 그녀는 엄청난 무력을 보여 줬다.

"막아랏!"

"공격해랏!"

전열이 흐트러질 것을 걱정한 호법 낭첨(郎籤)이 노호성을 터뜨리며 달려나왔다.

"쳐랏!"

설련의 뒤를 따르며 호교단을 지휘하던 사마천이 명을 내리고 우렁찬 함성과 함께 공격이 시작됐다.

순식간에 근 팔십 명에 이르는 인원이 한데 뒤엉키고 반 각도 되지 않아 이십 명이 넘는 인원이 피를 뿌리며 쓰러졌다. 그들 대부분이 기습 공격을 당해 당황한 지단의 고수들이었지만 호교단의 피해도 만만치는 않았다.

"신도천(申屠泉)!"

호법 낭첨과 함께 무리를 이끌고 있던 신도선(申屠宣)이 다급한 음성으로 신도천을 불렀다.

"옛!"

"네가 지휘해라. 난 낭 호법을 돕겠다."

"하지만……."

"낭 호법 혼자선 얼마 버티지 못한다. 그리되면 끝장이야. 어서."

"알겠습니다."

신도천에게 지휘를 맡긴 신도선이 거의 일방적으로 밀리며 목숨을 잃기 일보 직전의 낭첨을 구하기 위해 달려갔다.

한데 바로 그 순간, 갑자기 우렁찬 함성과 함께 일단의 무리들이 모습을 드러냈다.

부단주 야율소(耶律蔬)를 필두로 한 지단의 고수들이었다.

그들은 호교단의 퇴로를 끊고 포위 공격을 시작했다.

갑작스레 급변한 상황에 호교단의 무인들은 당황했다. 순식간에 두 배로 늘어난 적을 맞아 필사적으로 싸우기는 했지만 급격히 위축되는 것은 어쩔 수 없었다.

"함정… 이었나?"

수하들의 비명 소리를 들으며 설련의 표정이 굳어졌다.

"마송."

그녀가 지척에서 싸우고 있는 마송을 불렀다.

"예."

"잠시만 막아봐."

이미 그녀와 보낸 시간이 얼마던가. 다른 말은 필요없었다.

"알겠습니다."

"조심하고."

"빨리 오기나 하십시오. 그때까지는 죽어라 버티고 있을
테니까요. 고정, 동소! 내게 따라붙어."

설련은 마송의 믿음직스러운 대답을 들으며 몸을 돌렸다.
그녀의 눈앞에 금방이라도 쓰러질 것 같은 낭첨과 그를 돕기
위해 달려온 신도선, 그리고 막 도착한 지단의 부단주 야율소
가 서 있었다.

"네년이 패력도후라 불리는 년이겠지?"

야율소가 검을 치켜들며 물었다.

설련은 무적뇌도로서 대답을 대신했다.

"헛!"

야율소는 설마하니 설련이 그런 식으로 전격적으로 공격
을 할 줄 몰랐다는 듯 깜짝 놀라 물러나며 칼을 휘둘렀다.

촤창!

무적뇌도와 야율소의 칼이 부딪치며 요란한 소리를 만들
어냈다.

설련은 야율소의 공력이 생각보다 만만치 않다고 여기면
서 다음 공격을 이어갔다.

신도선과 낭첨도 가만있지는 않았다. 처음부터 그녀를 홀
로 상대할 수 없다는 것을 알고 있기에 체면 불구하고 합공을
시작했다.

하지만 설련의 무위는 알려진 것보다 훨씬 더 강력했다.

그녀는 상대의 움직임, 변화와는 상관없이 오직 그녀 자신만의 속도로 적을 압박했다. 한데 묘한 것이 그녀의 움직임에 오히려 합공을 하는 이들이 쩔쩔매고 있다는 것이었다.

의천맹에서도 상당한 무위를 자랑하고 있던 그들 셋이 함께 합공을 하면서도 결코 우위를 점하지 못했다. 아니, 우위를 점하지 못한 정도가 아니라 완벽하게 밀리고 있었다.

얼마 지나지 않아 이미 부상을 당했던 낭첨이 옆구리에 치명적인 부상을 당하며 쓰러지고 갑자기 무너진 합공의 허점을 노린 설련의 연속적인 공격에 신도선과 야율소마저 크고 작은 부상을 당했다.

우우우웅.

맹렬한 기세로 밀려드는 강기를 보며 신도선의 얼굴이 암담하게 변해 버렸다. 이미 몇 번의 충돌로 손아귀는 걸레 쪽이 돼버린 지 오래고 지금은 겨우 검을 들고 있는 상태였다. 거기에 오장육부에도 심각한 타격이 왔는지 목구멍을 통해 잘린 내장 조각이 올라오기도 했다.

그렇다고 멀쩡히 서서 당할 수는 없었다.

검을 몸으로 끌어당기며 최후의 내력을 주입했다.

피가 묻어 나오도록 입술을 질끈 깨문 신도선이 혼신의 힘을 다해 밀려드는 강기에 정면으로 맞섰다.

그런 신도선의 반격이 생각 밖으로 강했기에 설련의 몸이 잠시 흔들렸다.

호시탐탐 기회를 노리고 있던 야율소가 그 즉시 칼을 찔러왔다. 설련의 실력을 감안한다면 어쩌면 지금이 유일한 기회일 수 있었다.

신도선 역시 같은 생각인지 그는 설련의 강기에 어깨 살이 뭉텅 잘려 나가고 옆구리가 터져 내장이 보일 정도의 큰 상처를 입었음에도 물러나지 않았다.

무슨 수를 써서라도 설련의 움직임을 막아 야율소의 공격이 성공하도록 도와야 했다. 그래야 목숨을 잃더라도 편히 눈을 감을 것 같았다. 그것만이 최소한의 자존심을 살리는 길이었다.

죽음을 각오하고 집요하게 물고 늘어지는 신도선의 공세에 야율소의 공격이 점점 날카로워지면서 기세를 타기 시작하자 설련도 조금은 당황한 듯했다.

"음."

설련의 고운 아미가 살짝 찌푸려졌다.

옆구리에서 상당한 통증이 밀려들었다.

야율소의 칼이 그녀의 옆구리를 살짝 베면서 지나간 것이었다.

"하아앗!"

처음으로 공격을 성공시킨 야율소가 기세 좋게 파고들었다.

‘끝장이다.’

곧 손끝을 통해 묵직한 쾌감이 밀려들리라!

야율소는 나름의 확신을 가지고 있었다.

하지만 어느 순간, 자신을 쏘아보는 서늘한 기세에 기겁을 하고 말았다.

설련이 냉기가 풀풀 날리는 눈으로 자신을 노려보고 있는 것이 아닌가?

무적뇌도가 그를 향해 움직였다.

야율소는 그 즉시 자신이 너무 성급하게 승리를 확신했음을 뼈저리게 후회했다. 그러나 후회는 아무리 빨리 해도 항상 늦는 법이었다.

야율소가 본능적으로 검을 틀어 무적뇌도를 닥으려 했다.

땅!

설련의 분노가 담긴 무적뇌도는 야율소의 검은 물론이고 그의 몸을 깨끗하게 양단해 버렸다.

비명은 없었다.

부러진 검이 먼저 땅에 떨어지고 하체가 무너지며 잘려 나간 상체가 바닥에 처박혔다.

“죽어랏!”

야율소가 그처럼 무참히 쓰러지는 것을 보면서도 어찌 손쓸 방법이 없었던 신도선이 고함을 지르며 달려들었다. 하지만 큰 부상을 당하고 기운이 빠질 대로 빠진 그는 설련이 휘두른 무적뇌도에 의해 변변한 힘도 써보지 못하고 야율소와 같은 신세로 변해 목숨을 잃었다.

자신을 합공했던 세 명의 고수를 단숨에 물리친 설련이 수적인 열세로 인해 고전을 면치 못하고 있는 수하들을 구하기 위해 전장으로 달려갔다.

설련의 가세는 힘에 겨워하던 호교단으로선 가히 천군만마와 같은 위력을 발휘했다.

전세는 단숨에 역전되었다.

얼마 후, 어느 정도 승부의 추가 기울었다고 판단한 설련이 잠시 움직임을 멈추자 조금 떨어진 곳에서 맹활약을 펼치고 있던 마송이 그녀의 곁으로 달려왔다.

"괜찮으십니까?"

"괜찮아."

"부상이……."

"조금 스친 것뿐이니 그리 야단 떨 것은 없어."

설련이 옷으로 상처를 대충 찍어 누르며 대꾸했다.

그사이 싸움은 거의 끝이 나고 있었다.

처음 신도선과 낭첨이 이끌던 지단의 인원과 이후 부단주인 야율소가 직접 이끌고 도착한 지단의 인원이 도합 백십여 명. 그에 반해 설련이 이번 싸움에 데리고 나온 호교단의 인원은 육십에 미치지 못했다. 그러나 설련의 맹활약으로 낭첨, 신도선, 야율소가 목숨을 잃으면서 지단은 거의 전멸에 가까

운 피해를 입었다. 간신히 목숨을 건져 도망친 인원이라 봐야
고작 십여 명에 불과했다.

"피해는 얼마나 되나요?"

설련이 가쁜 숨을 몰아쉬며 다가오는 사마천을 향해 물었
다.

"아직 정확히 파악하지는 못했습니다만 어림잡아 삼십 명
은 당한 것 같습니다."

삼십이면 이번 싸움에 출정한 호교단 인원의 절반에 해당
하는 전력이었고 전체로 따져도 오분지 일에 해당하는 숫자
였다.

"삼십이면… 너무 많군요."

설련이 조금 어두운 표정으로 말했다.

"그래도 대승입니다. 적의 숫자를 생각한다면 승리한 것
자체가 기적이지요."

"그래도 너무 많아요."

설련은 스스로를 자책했다. 만약 조금만 더 빨리 낭첨 등을
쓰러뜨렸다면 피해를 훨씬 더 줄일 수 있었다고 생각한 것이
었다.

"일단 돌아가서 전열을 정비해야겠어요."

"예."

허리를 꺾으며 대답을 한 사마천이 생존자들을 둘러보며
명을 내렸다.

“돌아간다. 최대한 빨리 동료들의 주검을 수습해라.”
“와아아아!”
호교단의 대원들은 거센 함성으로 명을 받았다.
그것은 곧 또다시 승리를 거두었다는, 그리고 살아남았다
는 환호이기도 했다.

# 제79장

## 악양대회전(岳陽大回戰)

"녀석의 탕약이냐?"

심건의 물음에 여종이 공손히 허리를 숙이며 대답했다.

"예."

"이리 가져오너라."

"제가……."

"아니다. 어차피 가는 길이야."

여종에게 탕약과 약을 떠먹일 은수저를 받아 든 심건이 다소 무거운 표정으로 자운각을 향했다.

'도대체 언제 깨어날지 알 수가 없구나. 내상은 이미 치유가 되었고 기경팔맥의 흐름 또한 아무런 이상이 없거늘.'

　마성에 사로잡혀 엽사군의 목숨을 끊어버리고 심지어 공야치까지 공격했던 묵조영은 마지막 공격을 끝으로 정신을 잃고 말았다.

　다들 내력의 급격한 고갈로 인한 혼절이라 단정지었지만 당시 그의 몸을 살피다가 전신을 휘감고 도도히 흐르고 있는 막강한 내력을 느낀 심건은 묵조영이 정신을 잃은 이유를 다른 곳에서 찾고자 했다.

　우선 을파소의 죽음으로 인한 충격 때문일 수도 있고, 아니면 마성에 빠지는 것을 막기 위한 내면의 몸부림일 수도 있다고 생각했다. 그리고 심건은 후자에 많은 가능성을 두고 있었다.

　"그나저나 참으로 대단한 인연이야."

　얼마 전 추월령도 비슷한 이유로 한참 동안 정신을 차리지 못한 일이 있음을 상기한 심건이 고개를 절레절레 흔들고 말았다. 인연도 그런 인연이 없다고 여긴 것이다.

　"그래도 마성은 사라진 것 같으니 그만한 다행도 없지. 이제는 깨어나는 일만 남았는데… 그렇지 않느냐, 조영아! 오늘은 힘 좀 내서 자리를 박차고 일어나……."

　방문을 열고 기분 좋게 묵조영의 이름을 부르던 심건.

　한데 무엇을 본 것일까?

　마치 석상처럼 굳어버린 그는 들고 있던 탕약마저 놓치고 말았다.

쨍그랑!

탕약 그릇이 깨지며 내는 요란한 소리에 퍼뜩 정신을 차린 심건이 황급히 정신을 수습하고 묵조영이 누워 있던 침상으로 달려갔다.

"대, 대체……."

당황한 심건은 말을 잇지 못했다.

정확히 한 시진 전만 해도 죽은 듯이 누워 있던 묵조영의 모습이 감쪽같이 사라진 것이었다. 그리고 침상 끝 방문 앞에서 언제고 우뚝 서 있을 것 같았던 마상의 모습 또한 보이지 않았다.


*        *        *


한낮에 맹위를 떨치던 태양의 기운이 급격히 쇠락하며 산등성이로 사라지고 있을 즈음, 악양을 코앞에 둔 의천맹 주둔지에선 이번 원정길의 책임을 맡고 있는 난감천과 혁소천, 그리고 급히 달려온 제갈솔의 주재로 대대적인 회의가 벌어지고 있었다.

"더 이상 시간을 끌어선 안 될 것 같소이다."

난감천이 화제를 던졌다.

"명령이 떨어진 겁니까?"

얼마 전 한쪽 눈을 잃고 더욱 괄괄한 성격으로 변해 버린 호법 유지하(琉智荷)의 물음에 난감천이 고개를 끄덕였다.

순간, 좌중의 분위기가 무겁게 가라앉았다.

"지금까지도 그랬지만 앞으로도 결코 쉽지 않은 싸움이 될 것이오. 성녀의 죽음으로 똘똘 뭉친 저들은 목숨을 도외시하고 덤비고 있소. 죽음을 두려워하느냐와 그렇지 않느냐의 차이는 생각보다 크오. 웬만한 각오로는 승리하기가 힘들 것이고 설사 이긴다 하더라도 막대한 피해를 각오해야 할 것이오."

보름 전, 북쪽 진격로를 이용하여 마교가 구축한 다섯 개의 방어진을 부순 뒤 난감천과 합류한 혁소천이 주위를 둘러보며 말했다.

"저들과 치열한 전투를 치른 지금, 그런 생각을 가진 사람은 없을 것입니다."

대장로 주호륜이 담담히 대꾸했다.

"당연히 그래야 할 것이오. 자, 이제부터는 군사가 나설 차례군. 놈들을 제압할 계획을 말씀해 보시게나."

난감천이 제갈솔을 응시하며 말했다.

주변 지형도를 한 아름 들고 나와 모든 사람이 편히 볼 수 있도록 벽에 건 제갈솔이 작은 막대기 하나를 들고선 설명을 시작했다.

"우선 이번 계획에 지대한 도움을 주신 신도세가 여러분께 진심으로 감사를 드립니다."

“무슨 말씀을.”

신도세가의 가주 신도권(申屠卷)이 포권을 하며 겸양을 차렸다.

마주 인사를 한 제갈솔이 신중한 어조로 말을 이었다.

“은영전과 개방의 조사에 따르면 현재 악양에 위치한 마교의 전력은 약 이천오백에 육박합니다. 총단으로 삼고 있는 이곳에 절반인 약 천이백이 주둔해 있고, 주변 요충지 곳곳에 나머지 천삼백이 배치되어 있습니다.”

생각보다 많은 인원에 잠시 동요가 있었다.

“우선적으로 제압해야 할 곳은 바로 이곳.”

제갈솔이 마교의 총단 동북쪽에 위치한 야산 하나를 가리켰다.

“패력도후 설련이 지키고 있는 곳으로 요충지 중의 요충지입니다. 만약 이곳을 점령하지 못하면 총단을 공격할 때 반드시 배후에 역습이 있을 것입니다. 문제는 그곳을 공략하기가 결코 쉽지 않다는 것입니다.”

다들 인정하는 분위기였다.

다른 곳에선 연승을 거뒀지만 오직 그곳에서만 연패를 거듭하며 엄청난 피해를 입고 있었다.

“그곳은 내가 직접 갈 것이오.”

혁소천이 다소 비장한 음성으로 말했다.

벌써 수도 없이 많은 고수들의 목숨을 날려 버린 패력도후 설련의 실력에 천하에 두려울 것이 없다는 의천맹의 원로 혁소천이 긴장하고 있었다.

"황산묵가와 혁씨세가, 검각, 그리고 인단을 지원할 것입니다."

제갈솔의 말에 주호륜이 다소 이해를 못하겠다는 표정으로 반론을 제기했다.

"인단이라면 천단과 함께 의천맹의 핵심 전력이 아닌가? 아무리 그것이 중요하더라도……."

"패력도후 설련은 그만한 가치가 있습니다. 저와 천뇌전의 분석으론 그녀가 지키는 곳을 무너뜨리느냐 그렇지 않느냐에 따라 이번 싸움의 승패가 결정될 것이라 여기고 있습니다."

"허! 그렇게나."

주호륜이 헛바람을 내뱉으며 놀란 표정을 지었다. 그러나 제갈솔의 능력을 믿기에 군말없이 물러났다.

"남쪽의 요충지를 지키는 자는 우상 건위령입니다. 북쪽에 비할 바는 아니나 역시 무시할 수가 없습니다."

"그곳엔 내가 가지."

입을 연 사람은 개방의 대장로 화운로였다.

"그 늙은이와는 조금 악연이 있거든. 이참에 아예 정리를 해야겠어."

"지단을 지원해 드리겠습니다. 아울러 야율세가와 문인세가도 참여하게 될 것입니다."

“알겠네.”

화운로가 고개를 끄덕였다.

“그 밖에도 중요한 장소가 있습니다. 그곳은…….”

마교를 제압하기 위한 제갈솔의 설명은 이후에도 한참 동안이나 이어졌다.


바로 그 순간, 대대적인 공격의 징후를 감지한 마교의 총단에서도 긴박감이 맴도는 회의가 열렸다.

“그러니까 곧 총공격이 있을 것이란 말인가?”

곽홍이 물었다.

“그런 것 같습니다. 밀은전주의 말에 따르면 놈들의 움직임이 심상치 않다고 합니다. 무엇보다 오늘 낮에 제갈솔이 도착을 했다고 합니다.”

“제갈솔이?”

곽홍이 긴장된 표정으로 물었다.

의천맹에서 공야치만큼이나 두려운 존재가 있다면 바로 군사인 제갈솔. 지금껏 움직이지 않던 그가 갑자기 모습을 드러냈다는 것은 분명 뭔가 심상치 않은 일이 벌어지고 있음을 의미하기 때문이었다.

“그렇습니다.”

“하지만 그것이 공격의 징후라고 보기엔 조금 무리가 있어 보입니다. 어쩌면 전격적으로 철수를 하는 것은 아닐는지요?”

철인사가 우렁찬 목소리로 물었다.

"그러려면 애당초 시작을 하지 않았을 게다. 환몽."

철포혼의 부름에 온몸을 묵의로 감싼 환몽이 모습을 드러냈다.

"예, 교주님."

"적의 전력은 어느 정도나 되느냐?"

"밀은단의 파악으로는 약 천에 육박합니다."

"어제 보고로는 팔백이 조금 넘었었는데… 그새 또 늘었군. 지겨운 놈들이야. 아무튼 놈들이 공격을 하려 한다는 보고는 틀림없겠지?"

잠시 머뭇거린 환몽이 곧 대답을 했다.

"지금까지 확인한 여러 징후들을 종합해 보면 거의 팔 할의 가능성이 있었습니다만 지금 막 도착한 정보에 의해 십 할이 되었습니다."

"어떤 정보기에 그런 확신을 했느냐?"

"공야치가 이곳으로 오고 있습니다."

순간, 모든 이들의 표정이 딱딱하게 굳었다.

"공야치가?"

"그렇습니다."

"좋아. 공야치까지 움직였다면 의심할 여지가 없겠군. 네 말을 믿겠다."

철포혼이 양손을 각지 끼며 조용히 말했다.

“그럼 지금부터 놈들을 어떻게 지옥으로 보내줄지 생각을
해봐야겠군.”


*　　　*　　　*


화운로가 자신의 명만을 기다리고 있는 야율세가와 문인
세가의 고수들을 둘러보았다.
“최대한 빨리 이곳을 무너뜨리고 마교의 총단으로 진격해
야 할 것이네. 늦어도 두 시진 안에는 도착해야지, 그렇지 않
다면 다른 이들에게 비웃음을 살 것이야.”
“당연한 말씀입니다. 비록 많은 위험이 따르고 피해도 있
겠지만 놈들은 우리를 막을 수 없습니다. 그렇지 않느냐?”
야율세가의 가주 야율진(耶律眞)이 당장에라도 뛰쳐나갈
것 같은 식솔들을 돌아보며 물었다.
“와아아아!”
야율세가의 함성을 들으며 문인세가의 가주 문인창 또한
기세를 올렸다.
“우리 문인세가의 힘을 놈들에게 보여줘라!”
“와아!”
“문인세가 만세! 의천맹 만세!!”
두 세가의 무인들이 내지르는 함성을 흐뭇한 미소로 보며
고개를 끄덕인 화운로가 가주들을 돌아보며 공격의 신호를

보냈다.

"공격하랏!"

"쳐랏!"

두 가주의 명에 따라 야율세가와 문인세가의 고수들이 함성을 지르며 공격을 시작하고 그들보다 조금 후미에 있던 지단의 고수들도 출정 준비를 마쳤다.

"살아서 비겁자라는 소리를 들으려는 자는 남아라! 나는 죽어서 이름을 남길 것이다!"

지단의 단주 혁상이 검을 치켜세우며 외치자 지단의 무인들이 일제히 화답했다.

"와와!"

"오늘, 바로 이곳에서 먼저 간 동료들의 복수를 시작할 것이다!"

"와아아아!!"

거대한 함성이 지축을 울리며 혁상을 필두로 육십이 조금 못 되는 지단의 고수들이 일제히 내달리기 시작했다.

화운로는 혁상을 필두로 질풍노도처럼 질주하는 그들의 승리를 확신했다.


"준비는 되었느냐?"

건위령이 새로이 조직한 광명단을 둘러보며 물었다.

"되었습니다."

나직하면서도 힘있는 대답은 마치 한 사람의 음성인 듯했다.

"좋다. 적멸대는 우익을 맡아라."

"존명!"

문명이 허리를 꺾으며 명을 받았다.

"명화대주 있느냐?"

"예."

평설이 우렁찬 대답과 함께 앞으로 나섰다.

"좌익은 명화대다."

"존명!"

"일성대와 섬풍대는 중앙이다. 하록!"

건위령이 여전히 임시 단주를 맡고 있는 하록을 불렀다.

"네가 중앙을 지휘해라. 나는 저 늙은이를 맡겠다."

건위령이 누더기 옷을 휘날리며 느긋한 걸음으로 다가오는 화운로를 가리키며 말했다.

"알겠습니다."

"자네들도 애 좀 써주게."

건위령은 뒤쪽에 서 있는 봉공들에게 마지막 당부를 한 후 화운로를 맞이하기 위해 몸을 날렸다.

악양대회전(岳陽大回戰)의 시작이었다.

*　　　*　　　*

"제가 말입니까?"

석류가 깜짝 놀라 되물었지만 철포혼은 그다지 대수롭지 않은 표정으로 고개를 끄덕였다.

"놈들의 뒤통수를 제대로 치는 것이지."

"하지만 이곳은… 교주님 혼자서 괜찮으시겠습니까?"

"물론이지. 태상께서도 계시고 여러 장로, 봉공들도 있네. 게다가 자네가 돌아올 때까지 버텨줄 인원도 충분해."

"알겠습니다."

석류가 무거운 표정으로 고개를 끄덕였다. 그러자 철포혼이 입가에 띄웠던 미소를 싹 지우며 말했다.

"철저하게 뭉개 버리게. 다시는 회복할 수 없도록."

"그러지요."

"그래도 많은 시간을 버틸 수는 없을 것이니 최대한 신속하게 움직여야 할 것일세."

"해가 지기 전에 돌아오겠습니다."

석류는 어느새 중천에 떠 있는 해를 바라보며 말했다.

"기다리지."

*     *     *

"많이도 왔군."

저 멀리 흙먼지가 일어나는 것을 보며 설련이 중얼거렸다.

그녀는 은연중 자신의 왼쪽 옆구리를 쓰다듬었다. 큰 적을 앞둔 지금 무의식중에 야율소에게 당한 부상을 걱정한 것이었다.

거의 회복이 되었으나 미미한 통증이 남아 있었다. 그렇다고 염려할 정도는 아니었다.

그녀는 오히려 약간의 부상은 골의 긴장을 팽팽하게 유지할 수 있는 적당한 자극제라 생각했다.

설련이 빙글 몸을 돌렸다.

그녀의 눈에 호교단을 비롯하여 충마대 인원 백 명, 마교를 돕기 위해 출정한 만수곡과 흑염둔의 무인 등 거의 삼백에 육박하는 인원이 들어왔다. 그러나 적은 어림잡아도 사백은 넘어 보였다.

"당장 공격 명령을 내려주시오!"

만수곡의 곡주 만수제군(萬獸帝君) 패웅(覇熊)이 듣기에 거북한 음성으로 외쳤다.

"아직은 아니에요."

"더 기다릴 필요가 뭐 있겠소? 허락만 해주면 우리 만수곡이 놈들을 쓸어버리겠소!"

패웅이 가슴을 탁탁 치며 재차 스리쳤다.

"아직은 아니라고 했어요."

설련이 패웅을 지그시 쏘아보며 대꾸했다.

“아, 알았소이다.”

세상 무서울 것 없이 날뛰던 패웅이 그녀의 눈빛을 접하곤 얌전한 고양이처럼 변해 물러났다.

그 모습을 유심히 지켜보던 흑염문의 문주 연청후(延淸厚)는 자신도 모르게 고개를 끄덕였다.

눈빛 하나로 패웅을 제압하는 모습을 보면서 그녀가 어째서 패력도후라는 별호를 얻었으며 의천맹의 무인들을 벌벌 떨게 만드는 것인지 느끼게 된 것이었다.

“지대가 그리 높은 것은 아니지만 어쨌건 우리가 있는 곳은 지형상 유리한 곳이에요. 굳이 먼저 공격할 이유는 없지요. 적의 공격이 시작된 다음에 반격을 가해도 늦지는 않아요. 그래도 반격을 가하자면 역할 분담은 있어야겠지요. 곡주님.”

“말씀하시구려.”

패웅이 조심히 대답했다.

“선봉을 맡아주시겠어요?”

“하하하하! 물론이외다. 맡겨주신다면 결코 실망시키지 않을 것이외다.”

금방 기가 산 패웅이 호탕한 웃음을 터뜨렸다.

“연청후 문주께선 후방에서 지원을 해주세요.”

“그리하겠소이다.”

“부단주님.”

“예, 단주.”

사마천이 앞으로 걸어나왔다.

“호교단의 지휘를 맡길게요.”

“하면 단주께선…….”

“필요한 곳에 있을 거예요.”

그 말인즉슨 자유롭게 활동하며 적을 치겠다는 뜻이었다. 어쩌면 그것이 그녀에게 가장 어울리는 모습이라 생각한 사마천이 두말 않고 고개를 끄덕였다.

“알겠습니다.”

“우리는 어찌하면 좋겠는가?”

호법 장혼이 물었다.

그의 뒤로 한비록을 비롯하여 설련을 지원하기 위해 움직인 열두 명의 호법이 모습을 보였다.

살짝 미소를 보인 설련이 간단히 대답했다.

“알아서요.”

*      *      *

두어 시진 전만 해도 최후의 결전을 앞둔 난감천이 마음을 다스리기 위해 앉아 차를 마시던 의자에 공야치가 앉아 있었다.

그의 옆에는 언제나 그렇듯 일비가 시립해 있고, 맞은편엔 제갈솔이 앉아 있었다.

"지금쯤 시작됐겠군."

공야치가 차를 마시며 말했다.

"예."

"어떻게 보나?"

"결과는 하늘만이 알 것입니다."

"허허, 무슨 말을 그리 자신없게 하는가? 그래도 표정을 보니 그리 걱정하지 않아도 되겠지만 말이야."

공야치가 너털웃음을 터뜨리자 제갈솔의 입가에 희미한 미소가 걸렸다.

"후~ 생각보다 너무 많은 이들이 죽었네. 중양절이 코앞으로 다가왔는데 싸움은 끝날 기미가 보이지 않고 말이야."

공야치가 다소 기운 빠진 음성으로 말했다.

"솔직히 적의 숫자가 너무 많습니다. 아무리 많은 적을 베도 다음날이면 그보다 많은 수의 적이 이미 충원되어 있습니다. 문제는……."

"계속 늘어나고 있다는 것이겠지."

"예. 게다가 그들 중엔 변변한 무공도 모르는 이들도 많습니다. 오히려 그것이 더 심각한 문제였습니다. 죽음을 도외시하고 덤비는 그들을 무턱대고 벨 수도 없는 상황이고… 워낙 많은 이들이 죽어나가니 관부에서도 은연중 압력을 가하고 말이지요."

“허허, 한 여인의 힘이 이토록 클 줄이야 누가 알았을까?”

“마교에서 성녀의 존재는 특별한 것이니까요.”

제갈솔의 말에 인정한다는 듯 공야치의 고개가 끄덕여졌다.

“그나저나 월령이 보이지 않는데?”

“추 소저도 검각과 합류했습니다.”

“무슨 소린가? 내 군사에게 그런 일이 없도록 조치를 취하라 했을 텐데.”

“맹주님의 뜻을 전했지만 추 소저의 고집을 꺾을 수는 없었습니다. 각주인 추자청 대협과 함께 많은 고수들이 목숨을 잃으면서 전력이 극도로 약해진 검각입니다. 추월석 대협이 남은 문도들을 데리고 애쓰고는 있지만 아무래도 불안했던 모양입니다.”

“아무리 그래도 그렇지.”

공야치가 마음에 들지 않는다는 표정으로 미간을 찌푸리다가 곧 노한 표정을 풀었다.

“하긴 내게 눈물로 조영이 녀석을 부탁하며 여기까지 따라온 것을 생각하면 말린다는 것 자체가 무리지. 꽤나 어린 듯 보이나 알고 보면 무척이나 강인한 아이란 달이야. 책임감도 있고.”

공야치는 추월령이 비 오듯 눈물을 흘리며 묵조영을 부탁하던 모습이 떠오르자 절로 웃음이 나왔다.

그러나 그와는 달리 제갈솔은 쓴웃음을 지을 수밖에 없었다.

'그녀에게 여리다고 말할 수 있는 사람은 오직 맹주님이나 묵조영 공자뿐일 겁니다.'

"후~ 어쨌든 힘든 결정을 내린 만큼 의견을 존중해 주는 것도 좋겠지. 일비."

공야치가 능자하를 불렀다.

"예."

"노맹과 악선을 그 아이에게 붙여라. 무슨 일이 있어도 아무 탈 없이 보호해야 한다는 말도 전하고."

"알겠습니다."

능자하가 바람같이 사라지자 공야치가 문득 생각난 표정으로 중얼거렸다.

"한데 이 불효막심한 녀석은 제가 사랑하는 아이가 이러고 있는 것을 알고나 있을지 모르겠군."

*     *     *

쐐애액!

날카로운 파공성과 함께 하늘 위로 수십 개의 화살이 솟구쳤다. 그리고 그 화살은 질풍처럼 내달리는 목표를 향해 엄청난 속도로 짓쳐들었다.

“컥!”

목에 화살이 박힌 사내가 화살을 부여잡고 쓰러졌다.

“크아악!”

“커흑!”

난데없이 날아온 화살에 제대로 접근도 해보지 못하고 목숨을 잃은 인원이 벌써 일곱이나 나왔다.

그러나 미친 듯이 질주하는 혁상과 그를 쫓는 지단의 무인들은 조금도 동요하지 않았다. 오히려 화살이 날아오자 더욱 신속하게 움직이며 무리 지어 날아오는 화살군을 피하고 곧바로 반격에 나섰다.

활은 장거리 무기였다.

활로 더 이상 공격을 할 수 없다고 판단한 평설이 칼을 빼들며 소리쳤다.

“쳐랏!”

“공격하라!”

명령이 떨어지자마자 검을 치켜든 명화대의 대원들이 맹수처럼 달려드는 지단을 향해 돌진했다. 그 누구의 눈에서도 두려움 따위는 보이지 않았다.

차창!

그 누구보다도 앞서 공격을 감행한 혁상의 검과 그를 막기 위해 움직인 평설의 검이 부딪치며 허공에 불꽃을 뿌렸다.

“죽엇!”

"크헉!"

서로가 서로를 죽이고 때로는 아군을 적으로 오인하여 살
수를 뿌리는 아비규환. 싸움은 금방 혼전으로 치달았다.

반 각도 되지 않아 주변엔 삼십여 구의 시신이 널브러졌다.
그들 대부분이 선봉에 섰던 지단과 그들을 막기 위해 죽을힘
을 다했던 명화대원들의 시신이었다.

"크헉!"

평설의 죽음으로 좌익에서 벌어진 전투는 의천맹의 승리
로 끝났다.

명화대는 단 한 명의 생존자도 없이 몰살을 당했고 지단은
평설에 한쪽 팔을 잃은 혁상을 비롯하여 약 스무 명 정도의
인원이 살아남았다.

지단의 움직임은 거기서 멈추지 않았다. 비교적 빠른 시간
에 명화대를 쓰러뜨린 후, 단숨에 수비망을 뚫고 들어가 배후
를 교란시키기 시작했다. 거칠 것 없는 그들의 움직임은 가히
폭풍과 같았다.

문명의 기막힌 지휘와 적멸대의 필사적인 대항으로 인해
좀처럼 승기를 잡지 못하던 문인세가도 결국 우익을 뚫어냈
다. 다만 평설이 진두지휘하는 중앙만큼은 좀처럼 길을 내주
지 않았는데 그들을 공격했던 야율세가는 상당한 피해를 입
고 고전 중이었다.

마교가 총단으로 삼고 있는 신도세가.

그곳에서도 치열한 싸움이 벌어지고 있었다.

"지독한 놈들!"

곽홍이 지친 얼굴로 욕설을 내뱉었다.

반 시진 동안 벌써 두 번의 충돌이 있었다.

수적으론 한참이 많았으나 석류와 천마단이 빠진 지금, 마교는 전력적인 면에서 압도적으로 불리했다. 그럼에도 불구하고 의천맹의 강력한 공격을 어찌어찌 막아낼 수 있었던 것은 오령의 활약 때문이었다.

"막아랏! 단 한 놈도 안으로 들여선 안 될 것이다!"

철인사가 목이 터져라 고함을 지르며 수하들을 독려했다.

"저놈이 오령의 령주다!"

"놓쳐선 안 된다!"

철인사를 잡기 위해 맹룡단 대원 넷이 달려들었다. 하지만 그들이 철인사를 공격하도록 가만히 보고 있을 오령이 아니었다.

철인사의 주변에서 그를 보호하고 있던 은기령의 고수들이 쌈을 싸듯 순식간에 그들 주변을 에워싸더니 집중 공격으로 단숨에 목숨을 끊어버렸다.

"성급하게 나서지 마라."

대원 넷이 헛되이 목숨을 잃는 것을 본 공야추가 황급히 명을 내렸다.

서전에서 금기령을 만나 완벽한 승리를 거두기는 했지만 맹룡단의 인원도 절반으로 줄은 터. 이후 계속해서 이어진 싸움, 게다가 삽시간에 네 명을 더 잃어 이제는 고작 일곱 명의 대원밖에 남지 않았다.

"여기는 우리가 맡겠습니다."

천단의 단주 운학이 그의 곁으로 다가오며 말했다.

"하지만……."

"지금까지 충분했습니다. 이제 쉴 때가 되었습니다."

금기령과의 서전 이후, 공야추와 맹룡단은 정말 최선을 다해 싸웠다. 모든 싸움에서 선봉에 섰고 그때마다 혁혁한 공을 세웠다.

특히 추월령을 구해 돌아왔을 때 조부를 비롯하여 부친, 숙부들이 역천을 꾀했던 것을 알고 충격을 받았던, 그러나 스스로 무공을 폐하고 물러난 공야일기가 절망에 빠진 그를 달래며 넌지시 언급하고 공야치에게 불려가 정식으로 후계자에 대한 얘기를 들은 공야추는 정말 혼신의 힘을 다해 적과 싸웠다. 하지만 인간의 몸은 분명 한계가 있었다.

피로가 쌓인 몸은 언제부터인지 조금씩 둔해졌고 냉철했던 이성 역시 판단력이 흐려졌다.

분명 한계점에 다다랐다.

한숨을 내쉰 공야추가 고개를 끄덕였다.

"그럼 부탁드리겠습니다."

그는 지친 몸을 이끌고 뒤로 물러났다. 그렇다고 완전히 발을 뺀 것은 아니었다. 다만 조금 쉬운 상대를 찾으려 했을 뿐이었다.

맹룡단의 뒤를 이어 선봉에 선 천단은 운학의 지시와 함께 일사불란하게 적을 압박해 들어갔다. 그 선봉은 당연히 천하제일 간장검을 앞세우면서 미친 듯이 날뛰는 무당괴협, 때로는 광견이라 불리는 곡운이었다.


"뒈져랏!"

묵언도가 손가락보다 더 큰 이빨을 들이밀며 덤벼드는 늑대의 입속으로 검을 찌르며 소리쳤다.

쿵!

육중한 늑대의 몸이 땅에 처박히는 소리와 함께 곳곳에서 함성이 터져 나왔다.

"와아!"

묵언도가 마지막 늑대의 숨통을 끊는 것으로 만수곡의 공격을 무사히 물리친 묵가의 제자들은 저마다 함성을 지르는 것으로 승리를 자축했다.

그들 주변, 수많은 시체가 널브러져 있었다. 한데 그 시체는 사람의 것만이 아니라 온갖 동물들의 시체까지도 한데 섞여 있었다.

동물을 기르고 다루는 데 탁월한 재능을 지니고 있던 만수곡 사람들이 동원한 호랑이, 늑대, 표범 등의 시체였다.

처음 기세 좋게 공격을 했던 혁씨세가의 무인들은 오십여 마리의 맹수를 동원한 만수곡의 공격에 당황하여 제대로 공격도 해보지 못하고 무참히 쓰러졌다. 그때 묵가가 그들을 돕고자 나섰고 비무대회의 우승자인 묵언도의 맹활약을 앞세워 만수곡의 맹수들은 물론이고 짐승들을 부리던 만수곡의 제자들까지 모조리 도륙해 버린 것이었다.

기세가 오른 의천맹의 무인들은 저마다 함성을 지르며 파상적인 공격을 시작했다.

"물러서지 마라! 이곳은 반드시 지켜야 한다!"

설련을 대신해 호교단과 충마대를 지휘하는 사마천이 이곳저곳을 뛰어다니며 수하들을 독려했다.

그러나 상황은 그리 좋지 않았다.

만수곡을 전멸시킨 묵가, 혁씨세가의 무인들은 기가 살 대로 산 상태였다. 거기에 더해 검귀들만 모여 있다는 검각의 고수들이 본격적으로 살검을 휘두르고, 매서운 기세로 밀려드는 인단의 고수들 역시 개개인이 고수가 아닌 자들이 없었다.

그래도 마교의 무인들은 단 한 사람도 뒷걸음질치지 않고 필사적으로 싸웠다. 거기에 장혼 등 호법들의 맹활약으로 그런대로 버티는 듯했다. 하나, 안타깝게도 그 시간은 오래가지 못했다. 아무리 죽을힘을 다해 버틴다 해도 한계가 있는 법이고 더구나 상대는 숫자만 믿고 덤비는 삼류들이 아니었다. 게다가 최고의 활약을 펼쳐 주며 박빙의 전세를 유지하는 데 결정적인 역할을 했던 호법들이 그들에 맞서 달려나온 각 문파 노고수들의 연합 공격에 손발이 묶이면서 상황은 최악으로 치달았다. 애당초 수적으로도 열세였던 그들은 노도처럼 밀려드는 적으로 인해 금방 지쳐 버렸고 절대적인 열세에 놓이게 되었다.

'단주.'

사마천은 초조한 기색으로 설련을 찾았다.

눈앞에 닥친 위기를 벗어나게 해줄 사람은 오직 단주 설련뿐이었다. 하지만 그녀는 지금 의천맹의 원로이자 혁씨세가의 전대 가주인 혁소천, 그리고 현 가주 혁일청의 합공을 상대하느라 그들을 도와줄 여유가 없었다.

'최대한 빨리 끝내야 한다.'

수하들의 위기를 느낀 설련의 눈빛이 달라졌다.

무리를 해서라도 자신을 막고 있는 자들을 빨리 쓰러뜨리고 수하들을 구하러 가야 한다고 마음먹은 것이다.

그녀의 기세가 심상치 않게 변한다고 느낀 혁소천이 먼저 승부를 걸었다.

"하압!"

힘찬 기합성과 함께 혁소천의 검이 움직이고 과거 천하를 위진시켰던 창천비검(蒼天飛劍)의 머서운 위력이 그녀를 향해 밀려들었다. 그의 공격에 호응하여 혁일청 역시 창천비검을 사용하며 설련을 압박했다.

둘의 공세가 생각보다 강력했지만 설련은 피하지 않았다. 오히려 노골적이다 싶을 정도로 정면으로 맞섰다.

그녀의 무공 구뢰패극참혼결은 추호의 물러섬도 용납하지 않는, 오직 공격만을 위한 극패의 무공이었다.

그때였다. 무적뇌도에서 알 수 없는 기운이 흐르기 시작했다. 동시에 천둥소리와 비슷한 도명이 주변에 울려 퍼졌다.

혁소천은 본능적으로 뭔가 이상함을 느꼈지만 공격을 멈추기엔 이미 늦은 상태였다.

설련의 구뢰패극참혼결과 혁소천, 혁일청 두 부자의 창천비검이 허공에서 맞부딪쳤다.

꽈꽈꽈꽈꽝!

하늘이 무너져 내리는 듯한 굉음과 함께 주변 모든 것들이 초토화되기 시작했다.

이런 양상을 예측했는지 처음부터 전장에서 멀리 떨어진 곳에서 싸움을 시작했기에 그들이 일으킨 충격파에 피해를 보는 사람은 없었다.

"크으윽!"

혁소천의 입에서 고통스런 비명성이 터져 나왔다. 땅바닥에 처박힌 혁일청은 이미 절명을 했는지 미동도 없었다.

"으으으으."

혁소천은 좀처럼 중심을 잡지 못하고 비틀거렸다.

들고 있던 검은 산산조각이 나 흔적도 없이 사라졌고, 전신의 혈맥 또한 남김없이 끊어져 버렸다.

그것까지는 좋았다. 실력이 부족하면 그만한 대가를 치르는 법이니까.

하나, 단 한 가지는 도저히 납득할 수가 없었다.

"어, 어찌… 하여 인… 간이 벽… 력을……."

혁소천은 하고 싶은 말을 끝내지 못하고 무너지듯 쓰러지고 말았다.

"내가 아니라 무적뇌도가 한 일이지요."

설련은 혁소천이 듣고 싶어했을 갈을 조용히 읊조린 후, 수하들을 구하기 위해 몸을 날렸다.


*　　　　　*　　　　　*


중천에 떴던 해가 조금씩 서산마루로 움직이고 있을 즈음 마교를 치기 위해 거의 대부분의 인원이 자리를 비우고 고작 오십여 명만이 남아 지키고 있는 의천맹의 주둔지에 낯선 방문자가 문을 두드렸다.

그들의 수는 여섯. 하나같이 나이를 알 수 없을 정도로 신비한 기운을 풍기는 노인들이었다.

한데 괴이한 것은 그들이 주둔지에 들어서고 공야치가 머

물고 있는 곳까지 걸어오는 동안 그 누구도 그들을 제지하려
한 사람이 없었다는 것이었다.

여섯 노인은 실로 느긋한 걸음으로 주둔지를 가로질러 공
야치가 머무는 천막 앞에 도착을 했다. 그리고 비로소 그들의
존재를 알아차린 사람을 만날 수 있었다.

늘 공야치의 곁을 지키는 일비 능자하였다.

"으으으으."

괴이한 기운을 느끼며 밖으로 나선 능자하는 여섯 노인의
몸에서 풍겨오는 기운에 두 눈을 부릅떴다.

자신도 모르게 덜덜 떨리는 손, 딱딱 부딪치는 이, 호흡이
가빠지고 전신의 솜털까지 바짝 곤두섰다.

"누, 누구시오?"

능자하가 간신히 입을 열어 물었다. 그러자 돌아오는 대
답.

"네놈은 알 것 없고. 하나만 물어보자. 공야치가 있는 곳이
여기더냐?"

"물을 게 뭐 있어. 이만한 기세를 뿜을 수 있는 사람이 당
금 천하에 또 누가 있을라고."

옆에 있던 노인이 핀잔을 주었다. 능자하에게 질문을 던졌
던 노인이 순순히 고개를 끄덕였다.

"흠, 그도 그런가? 그럼 들어가 봐야지."

노인들이 잠시 멈췄던 걸음을 옮겼다.

‘마, 막아야 한다.’

머리에선 미친 듯이 명령을 내렸지만 어찌 된 일인지 몸이 움직이지 않았다.

“쯧쯧, 별 해괴한 늙은이들 때문에 네가 고생이다.”

마지막으로 걷던, 앞선 다섯 노인과는 어딘지 다른 분위기가 느껴지는 노인이 어깨를 두드리며 지나갔다. 비로소 굳었던 능자하의 몸이 움직였다.

“도, 도대체가!”

능자하는 자신에게 벌어진 일을 도저히 이해할 수가 없었다. 그러나 어떤 생각을 하고 있을 여유가 없었다. 그는 몸이 움직이자마자 공야치가 머무는 천각으로 뛰어들어 갔다.

생각과는 달리 천막 안은 조용했다.

공야치는 조금 전과 다름없는 자세로 차를 마시고 있었고 여섯 명의 노인들도 공야치가 건넨 찻잔을 들고 있었다.

“오랜만입니다, 노선배.”

공야치가 그와 마주하고 있는 노인에게 인사를 했다.

순간, 능자하는 기겁하지 않을 수 없었다. 당금 천하에 공야치에게 노선배라는 칭호를 받을 사람이 있다는 것이 믿을 수가 없었다.

“오랜만이네.”

천천히 고개를 끄덕이며 마주 인사를 하는 노인은 피로써 청한 성녀의 부탁을 거부하지 못하고 마교의 성지 성소를 벗

어나 또다시 세상에 모습을 드러낸 전전대 마교 교주 마천량
이었다. 그리고 그를 따라나선 다섯 명의 노인은 과거 마천량
과 함께 마교를 이끌던 사대천마와 그들을 세상 밖으로 다시
끌어내는 데 결정적인 역할을 한 신로였다.

"돌아가신 줄 알았습니다."

"죽을 자리를 찾아 떠나기는 했지."

마천량이 쓴웃음을 지으며 말했다.

"성소라는……."

"자네도 알고 있군."

"모를 리가 없지요. 한데 어째서 다시 세상에 나오신 겁니
까?"

"왜일 것 같나?"

순간, 마천량과 공야치의 눈빛이 허공에서 맞부딪쳤다.

능자하는 그 모습에서 숨 막힐 듯한 압박감을 느꼈다. 또한
비로소 눈앞에 앉아 있는 노인들의 정체를 파악할 수 있었다.

'처, 천하제일마 마천량. 그리고 사대천마!'

이름만으로도 천하를 공포에 몰아넣었던 가공할 인물들.
조금 전, 어째서 자신이 그토록 꼼짝 못하고 주저앉았는지 이
해를 할 수가 있었다. 애당초 그와는 차원이 다른 고수였다.

"성소를 나오신 이유라… 그야 모르지요."

"당연히 알 것이라 생각하는데?"

"글쎄요."

공야치는 은연중 답을 피했다.

그 모습이 답답했는지 여곤이 버럭 소리를 질렀다.

"거드름 그만 피우고 똑바로 대답하지 못해!"

그러자 여유 넘치던 공야치의 얼굴에 냉기가 깔렸다.

"지금… 내게 하는 말이오?"

공야치의 눈빛에 움찔한 여곤. 허나, 이왕 내친걸음 물러설 수는 없었다.

"여기 네놈 말고 누가 있느냐?"

"다시 한 번 묻겠소이다. 지금 내게 한 말이오?"

순간, 여곤은 공야치의 몸이 커다란 산이 되어 다가옴을 느낄 수가 있었다.

'빌어먹을, 그때보다 더 강해졌구만.'

마천량과 사대천마의 공통적인 생각이었다.

과거 마천량과 사대천마가 은퇴를 결심하고 을파소에게 교주 직을 넘겨주기 전부터 그들은 자신보다 한참 어린 의천맹의 맹주 공야치와 몇 차례나 격들이 있었다. 당시 여곤과 사도명은 공야치에게 뼈저린 패배를 맛보았고 그와 동수를 이룬 사람은 오직 마천량뿐이었다.

여곤의 난처함을 구해주기 위해서 마천량이 나섰다.

"이해하게. 오랫동안 산속에 처박혀 살다 보니 입만 거칠어졌네. 아무튼 자네는 더욱 강해졌군. 이제는 이 늙은이 또한 감당하기가 힘들겠어."

마천량의 말에 공야치가 묘한 눈길로 바라보며 말했다.

"노선배야말로 또 다른 경지에 다다르신 것 같습니다."

"훗, 그래 보이나? 하긴, 기연이 있기는 있었지. 들어봤는지 모르겠군. 천마호심공이라고."

"모를 리가 없지요."

"그리고 아무리 익혀도 십성 이상을 익히기 힘들다는 것도."

공야치가 고개를 끄덕였다.

"천마호심공, 불완전한 구결로 알고 있습니다. 하나, 조영이 녀석으로 인해 완벽해졌다지요?"

공야치가 담담한 미소를 흘렸다.

"역시 알고 있었군."

"모를 리가 없지요. 녀석에게 모든 이야기를 들었습니다."

"놀랐겠군."

"기겁을 할 뻔했지요. 하나, 노선배님도 꽤나 놀라셨을 것 같군요."

"그렇네. 녀석이 자네의 외증손자라는 소문을 듣고는 다들 할 말을 잃을 정도였으니까. 허허허!"

마천량이 너털웃음을 흘리고 공야치 또한 마주 보며 웃었다.

웃음과 함께 잠시 어색했던 분위기가 가라앉자 공야치가 조심스레 다시 물었다.

"어째서 다시 나오셨습니까?"

"이것 때문일세."

마천량이 품에 간직하고 있던 흰 천을 건넸다.

"성녀가 나에게 남긴 것이지."

천에 적힌 글귀를 보던 공야치가 다소 굳은 표정으로 입을
열었다.

"세상에 나와서[出], 마교를 구하라[求]. 결국 저를 죽이러
오신 겁니까?"

그러자 마천량이 넌지시 물었다.

"어떨 것 같나?"

"혼자선 힘드실 겁니다."

"얼마 전, 자네의 외중손자 덕에 천마호심공을 대성할 수
있었네. 그래도 안 되는가?"

"안 됩니다."

공야치가 단언하듯 말했다. 일순 마천량의 얼굴에 실망감
이 깃들었다.

"자네가 그렇다면 그런 것이겠지. 더 강해졌다고 생각은
했지만 정말 괴물이 되었군. 하면 이들 중 한 명과 합공을 하
면 어떤가?"

공야치가 생각도 할 것 없이 대답했다.

"필사(必死)지요. 노선배와 저의 차이는 그야말로 종이 한
장 차이, 합공을 어찌 감당할 수 있겠습니까?"

"솔직해서 좋군. 그러나 걱정하지 말게. 우린 조영이 녀석을 적으로 만들 생각이 추호도 없으니. 어차피 우리가 자네를 찾은 이유도 자네와 싸우고자 함이 아니었고."

"하면……."

"거래를 하기 위함이네."

"예?"

공야치가 이해를 하지 못한 표정으로 되물었다.

"아무런 의미도 없는 이번 싸움을 끝낼 거래를 하고 싶다는 말일세. 들어보겠는가?"

"물론입니다."

공야치는 조금의 주저함도 없이 고개를 끄덕였다.

# 제80장

# 이제는 쉬고 싶소

**혁**소천과 혁일청의 합공을 무너뜨리고 수하들을 돕기 위해 달려가던 설련은 그러나 또 한 번 걸음을 멈출 수밖에 없었다. 그녀가 본격적으로 활개를 치면 어떤 결과가 오는지 뻔히 알고 있던 의천맹 쪽에서 필사적으로 그녀의 발을 묶으려 했기 때문이었다.

검각을 이끌고 있는 추월석과 묵성을 비롯하여 제갈솔의 요청으로 후미에서 지원을 하기로 했던 무당파와 소림사의 장로들이 그녀를 공격했다.

설련은 자신을 포위하고 있는 여덟 명의 고수를 보며 침착하게 호흡을 골랐다. 그들 개개인의 무공이 어떠할지는 이미 기세로 느끼고 있는 터, 성급한 승부를 하려 했다간 큰일 날 수가 있었다. 그렇다고 여유로운 승부를 할 수도 없는 것이, 그녀가 그들과 대치하고 있는 그 순간에도 수하들이 적에게 살육을 당하고 있기 때문이었다.

바로 그때였다.

"비겁한 놈들 같으니! 그래도 이름깨나 있는 놈들이 한다는 짓이 차륜전이라니."

싸늘한 조소와 함께 일단의 무리들이 모습을 보였다.

설련은 그들을 보며 반색을 했다.

달려오는 사람은 다름 아닌 석류와 마교의 노장로들.

바로 그들이 적의 총공세로 힘겨운 싸움을 벌이고 있는 총단을 뒤로하고 설련을 구하기 위해 나타난 것이었다.

그들은 당황하여 어쩔 줄을 몰라 하는 의천맹의 고수들을 한 명씩 골라 공격을 시작했다.

"총단은 어찌하고 이곳에……."

설련이 예고도 없이 나타난 석류를 보며 반가우면서도 걱정스런 표정으로 물었다.

"교주님의 명이다."

설련이 반짝거리는 눈으로 그를 바라봤다. 조금 더 자세한 설명을 요구하는 눈빛에 석류가 피식 웃음을 터뜨렸다.

"그렇게 깊이 생각할 것 없다. 교주님께선 그야말로 건곤 일척의 승부를 벌이시려는 것이야."

“아!”

“적은 아직 나와 천마단의 움직임을 파악하지 못했다. 이 기회에 이곳의 싸움을 최대한 빨리 마무리를 짓고 적의 후미를 쳐야 한다.”

철포혼의 의도를 이해한 설련이 고개를 끄덕였다. 그리곤 무적뇌도를 꽉 움켜쥐고 수하들이 기다리는 전장으로 뛰어들었다.

“공격하랏!”

석류의 우렁찬 명이 떨어지자 힘없이 쓰러지고 있는 동료들의 모습을 보며 분노를 한껏 증폭시키고 있던 천마단의 무인들이 일제히 내달렸다.

“와아아아아!”

거대한 함성이 물결을 이루고, 그들의 살기가 하늘을 떨게 만들었다.

천마단이 적의 배후를 공격하자 사마천은 그 즉시 전열을 정비하여 역공을 펼치기 시작했다. 일단 흑염문의 무인들을 전면에 배치하고 적의 파상 공세를 지금껏 막아온 호교단의 무인들에게 잠시 숨 돌릴 틈을 주었다. 물론 그 틈이라 해봐야 고작 거친 호흡을 진정시킬 정도의 짧은 시간에 불과했지만 그것만으로 충분했다.

난데없이 출현한 천마단에 놀란 의천맹도 기민하게 움직였다.

  혁소천을 대신하여 전장을 진두지휘하고 있던 대장로 주호륜은 그 즉시 인단을 후미로 돌려 천마단과 맞서게 하였다. 그리고 혁씨세가와 묵가의 무인들로 역으로 밀고 내려오는 흑염문과 호교단을 상대하게 하였다.

  그야말로 용호상박(龍虎相搏).

  처음의 싸움과는 비교가 불가할 정도로 거칠고 잔인한 싸움이 이어졌다. 개인과 개인의 싸움도 그러했지만 집단과 집단의 싸움 역시 기세가 중요했다. 특히 한 번 밀리기 시작하면 수적인 우위와는 상관없이 끝없이 밀리는 것이 집단전의 특징. 양측의 무인들은 기세를 빼앗기지 않기 위해 죽을힘을 다해 싸웠다.

  그러나 승부의 향방은 예상보다 빠르게 나타났다.

  의천맹의 무인들이 오랜 싸움으로 지쳐 있었던 반면에 마교, 특히 뒤늦게 싸움에 참여한 천마단의 무인들은 그야말로 힘이 넘쳤다. 더구나 교주 직속인 오령을 제외하고 마교의 최고 정예들만 뽑아놓은 곳이 바로 천마단. 인단 정도의 전력으로는 애당초 막을 수 있는 상대가 아니었다.

  하지만 무엇보다도 전장의 향방을 바꾼 것은 석류와 장로들의 출현으로 마음껏 활개를 칠 수 있었던 설련의 활약이었다. 그녀는 의천맹 무인들을 마음껏 농락하며 전장을 휩쓸었다.

  그녀가 한번 움직일 때마다 무려 서너 명의 인원이 목숨을 잃었다. 그녀를 막기 위해 많은 이들이 덤볐지만 조금 전, 한 문파의 장로 급 고수들 여덟이 합공을 하려 했다는 것을 감안하면 불가능이나 다름없는 일이었다.

"안 되겠습니다! 이러다간 몰살을 당하겠습니다! 퇴각해야 합니다!"

묵언도가 혁운로에게 달려와 소리쳤다.

"말도 안 되는 소리! 퇴각은 없네!"

혁운로가 단호히 소리쳤다.

"뒤쪽은 이미 무너졌습니다. 더 이상 시간을 지체하면 빠져나갈 길이 없습니다."

묵언도가 답답하다는 듯 말했다. 그러나 혁운로는 그의 외침을 아예 무시하고 수하들을 독려했다.

"물러서지 마라! 공격! 공격하랏!"

'병신같이!'

혁운로의 무모함에 내심 욕을 퍼부은 묵언도가 신경질적으로 몸을 돌렸다.

바로 그 순간, 그를 향해 밀려오는 기운이 있었다.

충분한 거리가 있었음에도 전신을 찌르르하게 울리는 살기, 설련이었다.

묵언도는 그 즉시 몸을 돌렸다. 대항할 생각은 아예 하지 않은 채 뒤도 안 돌아보고 내달렸다.

묵언도가 설련을 피해 내빼기 시작하자 그렇잖아도 위태

롭게 버티고 있던 의천맹 진영은 급속도로 무너져 내렸다.

"쫓아라! 단 한 놈도 살려 보내선 안 될 것이다!"

사마천이 기세를 올리며 소리치고 마침내 승리가 눈앞에 있자 호교단의 무인들은 미친 듯이 함성을 지르며 맹공을 펼쳤다.

그나마 진형을 유지하며 선전을 하고 있는 곳은 추월석을 대신해 검로 육철이 이끌고 있는 검각이었다.

특히 무리를 지어 싸우는 다른 검수들과는 달리 홀로 움직이며 적을 상대하는 추월령의 무공은 검각에서도 단연 최고였다.

그녀는 자신에게 달려드는 적은 물론이고 위기에 빠진 검각의 검수들까지 도와가며 종횡무진 대활약을 펼쳤는데, 그녀에게 목숨을 잃은 자들의 수는 이미 헤아릴 수가 없을 정도였고 계속해서 늘고 있었다.

거기에 더해 공야치의 특명으로 그녀를 보호하고자 검각에 합류한 노맹과 이기 또한 무시무시한 살수를 뿌리고 있었다. 어쩌면 설련에게 목숨을 잃은 혁소천을 제외하고는 의천맹 진영의 최고 고수들이라 할 수 있는 그들의 무위는 호교단원 정도의 무인들이 감히 넘볼 것이 아니었다. 다만 그들이 보다 본격적으로 싸움에 나서지 못하는 것은 추월령을 지키라는 공야치의 명을 수행하기 위해서였다.

그러나 제아무리 검각이라도 함께 싸우던 묵가와 혁씨세

가, 그리고 인단마저 몰살에 가까운 피해를 입자 언제까지 홀
로 버틸 수는 없었다. 결국 퇴각할 수밖에 없었다.

"퇴각하랏!"

육철이 이를 악물고 퇴각 명령을 내렸다.

검각의 검수들은 그의 명에 따타 조금씩 뒤로 물러났다. 그
렇다고 묵가나 혁씨세가처럼 허둥거리거나 등을 보이진 않았
다. 그렇기에 마교에서도 그들만큼은 마음껏 유린하지 못했
다. 추월령과 노맹, 이기가 맨 후미에서 적을 견제한 것도 큰
효과가 있었다.


"흠, 이것으로 싸움은 끝난 것인가?"

느긋하게 싸움을 지켜보던 석류가 순식간에 무너지는 의
천맹을 보며 만족한 미소를 지었다.

"이쪽도 큰 문제는 없겠고."

의천맹의 고수들을 상대하여 싸우는 장로들도 한두 명을
제외하고는 대부분 압도적으로 유리한 상황이었다.

"그건 그런데……."

묵가나 혁씨세가에 비해 퇴각도 일사불란하게 하는 검각
의 무인들을 보며 석류의 얼굴에 웃음기가 사라졌다.

그의 눈에 군림전포를 휘날리며 후미에서 호교단을 막고
있는 추월령의 모습이 들어왔다.

절로 화가 치밀었다.

그의 몸이 어느새 그녀를 향해 움직였다.

"크헉!"

짧은 비명과 함께 누군가의 머리가 허공으로 치솟았다. 석류가 자신의 길을 막고 있는 인단 대원의 목을 날려 버린 것이었다.

"저놈!"

노맹이 혼잡한 전장을 일직선으로 뚫고 달려오는 석류를 보며 안색을 굳혔다.

"천마단의 단주군. 강한 놈이야."

악선 이기도 긴장한 기색이 역력했다.

"내가 할까?"

노맹이 물었다.

"아니, 내가 하지. 추 소저를 지키기 위해선 나보다는 자네가 필요해."

누군가 한 명은 석류를 막아야 하기에 노맹은 다른 말을 하지 않았다.

"조심하게."

"아직까지 저런 놈에게 당할 정도는 아니니 걱정하지 말게."

하지만 둘은 알고 있었다. 석류는 이미 자신들을 능가하는 고수. 이후, 다시는 볼 수 없다는 것을.

'고수로군.'

석류가 이기를 보며 걸음을 멈췄다.

가만히 다가오는 것뿐인데도 전신을 압박하는 기세가 만만치가 않았다.

"누구냐?"

석류의 물음에 이기는 대답을 하지 않고 곧바로 선공을 취했다.

"그냥 뒈질 운명의 늙은이군."

이기의 공격을 피하며 싸늘히 외친 석류가 훌쩍 뒤로 물러나며 칠현마금을 앞으로 돌려세웠다.

"바쁘니까 단번에 끝내주지."

그의 말이 결코 허언이 아님을 이기는 알고 있었다.

'뒷일은 자네에게 맡기지, 친구.'


"이 인원이 전부인가요?"

주위를 둘러보며 묻는 추월령의 음성은 처연하기 그지없었다.

지친 몸을 이끌고 적의 포위망을 뚫은 인원이라 봐야 고작 오십여 명. 사백이 넘는 인원이 공격을 했다는 것을 감안하면 엄청난 손실이 아닐 수 없었다.

"설마하니 천마단이 배후에서 나타날 줄은 꿈에도 몰랐소."

묵성이 진저리를 치며 고개를 흔들었다. 탈출을 하는 과정에서 큰 부상을 입었는지 그의 가슴에선 연신 피가 배어 나오고 있었다.

"인단의 대원들은 한 명도 보이지 않는군."

묵성과 마찬가지로 큰 부상을 입은 채 겨우 탈출에 성공한 추월석이 한숨을 내쉬었다.

"누군가와는 달리 끝까지 대항을 하느라 그리되었을 것입니다!"

졸지에 조부와 부친, 숙부를 잃은 혁룡이 묵언도를 노려보며 소리쳤다.

"지금 내게 말하는 것이냐?"

묵언도가 스산한 눈빛으로 그를 노려봤다.

"당신이 그런 식으로 도망만 치지 않았어도 지금처럼 큰 피해를 당하진 않았다."

"애당초 혁운로 선배가 전황 파악을 제대로 못해서 벌어진 일. 내게 쓸데없는 누명을 씌우지 마라."

"그렇다고 그 누구도!"

화가 치미는지 혁룡의 음성이 절로 높아졌다.

"그렇게 꼬랑지를 말고 도망치지는 않는다! 설령 그 상대가 패력도후 설련이라도!"

혁운로의 곁을 지킨 혁룡은 묵언도가 설련을 피해 도망친 것을 똑똑히 보았다. 그는 바로 그때부터 의천맹의 진영이 무너졌고 설련에게 혁운로가 목숨을 잃은 것이라 여기고 있었다.

"다 지껄였느냐?"

묵언도의 얼굴에 싸늘한 살기가 감돌았다.

"아직 멀었다."

혁룡도 지지 않고 노려봤다.

"적이 언제 공격해 올지도 모르는 상황에서 이게 무슨 짓이냐! 당장 그만두거라!"

묵성이 묵언도에게 호통을 치자 묵언도는 붉게 상기된 얼굴로 입을 꽉 다물었다.

"자네도 그만 하게. 지금 이럴 시간이 없네."

바위에 걸터앉아 상처를 돌보고 있던 추월석도 혁룡을 달랬다.

"지금 이곳의 상황을 총단을 치고 있는 아군에게 알려야 해요."

둘의 다툼을 한심하다는 듯 쳐다보던 추월령이 다급한 어조로 말했다.

"만약 저들이 우리보다 먼저 움직여 아군의 배후를 치면 속수무책으로 당할 터, 추 소저의 말이 맞소."

묵성이 무슨 일이 있어도 반드시 승리를 거둬야 한다고 강조하던 제갈솔의 모습을 떠올리며 고개를 끄덕였다.

"자, 더 이상 머뭇거리지 말고 빨리 움직입시다. 촌각이 급하오."

추월석이 계속해서 피가 배어 나오는 허벅지를 천으로 질 끈 묶으며 벌떡 일어났다.

바로 그때였다.

그들이 움직이려는 방향에서 엄청난 기운이 밀려들었다.

어느새 그들의 퇴로를 차단한 설련이었다.

"으으으으."

묵언도가 자신도 모르게 이를 딱딱 부딪치며 몸을 떨었다.

"한심한!"

추월령이 참지 못하고 경멸에 찬 시선을 보냈다.

"쯧쯧. 난 또 어디까지 도망쳤나 했더니 바로 코앞에서 놀 고 있었구나."

숲에서 모습을 드러낸 석류가 한심하다는 듯 혀를 찼다.

"우리가 워낙 바쁜 몸이라 꽁지 빠져라 도망친 네놈들은 그냥 놔두려고 했는데 어쩔 수 없구나. 기왕지사 이렇게 된 것, 깨끗하게 청소를 하는 것도 나쁘지는 않을 테니 말이다."

"닥쳐랏!"

혁룡이 노호성을 터뜨리며 달려들었다. 하지만 그는 미처 몇 걸음도 떼지 못하고 뒤로 물러나고 말았다.

석류가 피식 웃으며 칠현마금을 튕기자 현에서 발출된 한 줄기 기운이 그를 위협했기 때문이었다. 감짝 놀란 혁룡이 검 을 들어 가슴을 보호했기에 망정이지 그렇지 않았다면 그대 로 목숨을 잃을 뻔한 위기였다.

“그렇게 서두르지 않아도 금방 죽여줄 테니 염려 말아라.”

혁룡에게 조롱의 말을 던진 석류가 슬쩍 손을 들었다. 그러자 앞뒤, 좌우에서 호교단과 흑염문의 무인들이 함성을 지르며 나타났다.

“끝… 장이군.”

묵성이 암담한 표정을 지으며 입술을 굳게 다물었다.

“쳐랏!”

석류의 명이 떨어지자 생존자들을 포위하고 있던 이들이 일제히 공격을 개시했다.

“어차피 죽을 목숨. 죽을 때 죽더라도 검각의 명예를 지키자. 자, 나를 따르라!”

추월석이 공포심에 사로잡힌 제자들을 들아보며 검을 꽉 쥐었다. 그리곤 포위망을 뚫기 위해 미친 듯이 달려나가자 이십이 조금 넘게 남은 검각의 제자들이 그의 뒤를 따라 일제히 질주했다. 하지만 먼저 달려나간 추월석보다 추월하여 적의 공세에 정면으로 부딪친 사람이 있었으니, 다름 아닌 추월령의 목숨을 반드시 지켜야 하는 노맹이었다.

과거, 한 자루 검을 들고 강호를 종횡했던 초혼객 노맹의 명성은 결코 과장된 것이 아니었다.

“마, 막아랏!”

“크악!”

노맹의 검이 한 번씩 움직일 때마다 어김없이 비명이 터져 나오고 견고하게만 보이던 포위망이 순식간에 엷어졌다.

"공격, 공격하랏!"

탈출의 희망을 본 추월석이 검각의 제자들을 독려하며 미친 듯이 검을 휘둘렀다.

하지만 어느 순간, 추월석의 몸이 갑자기 벼락을 맞은 듯 부르르 떨리더니 싸늘한 대지 위로 서서히 무너져 내렸다.

"숙부님!"

추월령이 깜짝 놀라 그를 부축했다.

심장이 박살난 추월석은 이미 절명한 상태였다.

추월령이 번쩍 고개를 들어 추월석의 목숨을 끊은 적을 노려보았다.

예상대로 그녀의 삼 장 밖에 설련이 무심한 얼굴로 서 있었다.

"네, 네가 감히!"

추월령이 숙부의 복수를 하고자 검을 치켜세웠다. 그러나 어느새 나타났는지 노맹이 그녀의 앞을 가로막았다.

"지금 이럴 시간이 없네."

"어르신."

"좌측 포위망은 거의 무너졌네. 추 소저와 검각의 검수들이 조금만 더 힘을 내면 포위망을 뚫고 탈출할 수 있네. 여기는 내가 막지."

"하지만……."

"추 소저를 보호하는 것이 바로 나의 임무. 부디 묵조영 공자를 생각하게."

추월령이 자꾸만 머뭇거리자 노갱이 묵조영의 이름을 언급하며 그녀를 재촉했다. 과연 그 이름은 효과가 있었다.

묵조영이라는 이름을 듣자마자 목숨을 돌보지 않고 설련에게 도전을 하려 했던 추월령의 몸이 살짝 떨렸다.

"부탁… 드리겠습니다. 그리고… 고맙습니다."

추월령이 진정으로 머리를 숙이며 인사를 했다.

노맹은 뒤도 돌아보지 않고 팔을 휘휘 저으며 어서 가라는 신호를 보냈다.

한데 그 순간, 그녀의 눈에 적에게 포위당하여 고전하고 있는 묵가의 식솔들이 들어왔다.

묵조영과 묵가의 관계를 떠올린 그녀는 곧 그들을 돕기 위해 몸을 날렸다.

"으악!"

"컥!"

매섭게 묵가를 핍박하고 있던 호교단원이 힘없이 무너져 내렸다. 갑작스런 추월령의 공격에 대응을 하지 못한 것이었다.

"어서 이쪽으로."

단숨에 세 명의 호교단원을 베어버리고 묵가의 식솔들을 구해낸 추월령이 검각과 합류하기 위해 몸을 날렸다.

　노맹의 말대로 포위망은 거의 뚫려 있었다. 하나, 그 누구
도 탈출을 할 수는 없었다. 어느새 노맹을 잠재운 설련이 검
각의 제자들마저 무참히 도륙한 것이었다.

　잠시 흔들렸던 포위망은 금방 제자리를 찾았고 주변은 검
각 제자들의 피로 붉게 물들었다.

　망연자실한 추월령과 묵가의 식솔들은 어찌할 바를 모른
채 우두커니 서 있었다. 제각기 탈출을 시도하다 실패하고 겨
우겨우 목숨을 부지한 몇몇 사람들이 그들 곁으로 밀려왔다.
그 짧은 시간에 오십여 명의 인원이 또다시 십여 명으로 줄었
다. 그나마도 대다수가 크고 작은 부상을 당해 제대로 움직일
수 있는 사람은 몇 되지 않았다.

　"애썼다. 어서 총단으로 가보거라. 천마단을 보냈으나 조
금 불안하구나. 이자들의 처리가 끝나면 나도 곧 뒤따라가마.
호교단도 단주를 따라 움직여라."

　석류가 설련과 호교단을 둘러보며 말했다.

　살짝 고개를 끄덕인 설련이 무표정한 얼굴로 생존자들을
잠시 지켜보다가 발걸음을 돌렸고 오랜 싸움에 지친 호교단
이 그녀의 뒤를 따라 피곤한 몸을 움직였다.

　설련과 호교단이 사라지자 빙글 몸을 돌린 석류가 조롱 섞
인 말을 던졌다.

　"어디 조금 더 날뛰어보지 그러느냐?"

　그들을 완전히 궁지로 몰아넣은 석류는 무엇이 그리 즐거

운지 연신 웃음을 짓고 있었는데 그의 시선은 주로 어깨를 축 늘어뜨리고 체념한 듯 서 있는 추월령에게 향해 있었다. 정확히 말하자면 그녀가 걸치고 있는 군림전포를 보고 있는 것이었다.

원래의 계획은 설련을 도와 적을 격파한 뒤, 곧바로 천마단을 이끌고 총단을 공격하고 있는 의천맹의 배후를 치는 것이었다. 하나 철포혼이 계획한 작전이 너무도 정확하게 들어맞았다고 여긴 석류는 마교의 승리를 확신했고 자신이 직접 움직이지 않아도 장로들과 천마단만 적의 배후로 우회시켜도 충분하다 여겼다. 그리고 군림전포가 눈앞에 있는 지금, 석류는 자신이 직접 추월령을 뒤쫓은 관단이야말로 참으로 탁월한 것이었다고 여기는 중이었다.

석류의 시선이 자꾸만 군림전포에 머문다고 여긴 추월령이 군림전포를 벗어 들며 차가운 조소를 흘렸다.

"이것을 원하는 모양이지?"

석류의 안색이 확 변했다. 그는 마침내 군림전포를 얻을 수 있다는 생각에 너무 노골적으로 기쁨을 드러낸 자신의 실수를 미친 듯이 자책했다.

"군림전포를 내게 넘겨라. 하면 곱게 죽여주마."

"아니. 그럴 바에 차라리 고통스럽게 끝장나고 말겠어. 물론 군림전포와 함께."

추월령이 군림전포에 검을 들이댔다.

"그까짓 검에 상처가 날 물건이 아니다."

"그럼 시험을 해보던지."

과거 군림전포에 양반아라는 시를 수놓았던 그녀가 군림전포의 특징을 모를 리 없었다.

"이렇듯 찍어 누른 후, 조금씩 비틀어 잡아당기면 네가 원하는 군림전포는 더 이상 존재할 수 없어."

추월령이 군림전포를 바닥에 내려놓고 검끝으로 지그시 눌렀다.

"감히 어디서 수작을 부리느냐?"

석류가 버럭 소리를 질렀다. 하지만 초조감이 얼굴에 그대로 드러났다.

"수작인지 아닌지는 두고 보면 알겠지."

추월령이 군림전포를 누르고 있던 검에 힘을 살짝 실었다.

바로 그때, 추월령의 뒤에서 영활히 눈을 굴리고 있던 묵언도가 슬그머니 앞으로 움직였다.

그 역시 마도십병의 소문은 들어 알고 있었고 군림전포가 어떠한 물건인지 잘 알고 있었다. 또한 석류가 몹시도 탐을 내고 있다는 것도.

'잘만 하면……'

마음을 굳혔는지 추월령의 곁으로 다가간 묵언도가 갑자기 그녀의 목에 검을 들이댔다.

"무, 무슨 짓을!"

추월령이 기겁하여 소리를 질렀다. 그녀를 제압한 묵언도가 천천히 군림전포를 집어 들었다.

난데없는 상황에 다들 멍한 눈으로 묵언도를 바라보고 있을 때 그가 석류를 향해 말했다.

"군림전포를 드리겠소. 아울러 이 계집의 목숨도."

"안 돼!"

"무슨 짓이냐, 언도!"

추월령과 묵성이 그 즉시 소리를 질렀지만 묵언도의 행동엔 아무런 영향을 주지 못했다.

석류는 그 즉시 묵언도가 말하고자 하는 바를 알아차렸다.

"그리만 되면 너는 앞으로도 지금처럼 맑은 공기를 마시며 살아갈 수 있을 것이다. 원한다면 묵가의 식솔들도 살려주지. 네 명이던가?"

석류가 생존자들을 헤아리며 말했다. 한데 묵언도는 단번에 그의 말을 끊어버렸다.

"다른 사람의 목숨은 필요없소."

뜻밖의 말에 석류도 조금은 놀란 표정을 지었다. 하나, 곧 묘한 웃음을 흘리며 고개를 끄덕였다.

"하긴, 네 입장에서 지금의 상황이 알려진다면 조금 곤란해지기도 하겠군. 좋다. 네가 원하는 대로 해주지."

"하면 거래는……."

"성립된 것이다. 내 이름을 걸고 맹세하지. 자, 이제 군림전포를 내게 건네라.”

잠시 머뭇거리던 묵언도가 군말없이 군림전포를 건넸다.

군림전포를 받아 든 석류가 잠시 동안 감격 어린 표정을 짓다가 묵언도를 향해 고개를 돌렸다.

“약속대로 네놈의 목숨은 살려주겠다. 꺼져라.”

석류의 말에 묵언도는 검을 거두며 추월령을 확 밀쳐 냈다.

“이… 더러운 놈!”

추월령이 욕설을 내뱉었지만 묵언도는 그녀의 말은 아예 무시를 했다. 대신 너무도 어이없는 상황을 접하곤 할 말을 잃어버린 묵성에게 고개를 숙였다.

“죄송합니다, 숙부.”

“어디서 너 같은 놈이 우리 묵가에…….”

“일단은 살고 봐야지요.”

“닥쳐라. 그렇게 사는 것은 차라리 죽는 것만도 못한 것이다!”

“어쨌든 살아는 있으니까요.”

“그러고 보니 조영이 했던 말이 하나도 틀림이 없구나. 네놈은 네 욕망을 위해서 핏줄마저 배반할 놈이야.”

“마음대로 생각하십시오. 난 나대로의 생존 방식이 있으니.”

차갑게 대꾸한 묵언도가 몸을 돌렸다.

그의 앞을 막던 이들이 석류의 손짓에 길을 터주었다.

바로 그 순간이었다.

"역시 너는 죽어도 할 말이 없는 놈이야."

북풍한설보다도 차가운 음성이 들리며 그를 향해 무언가가 날아들었다.

창이었다.

쐐애애액!

피해야 한다고 생각했다. 그러나 그럴 수가 없었다.

"컥!"

묵언도의 입에서 단말마의 비명이 터져 나오고 그의 가슴을 꿰뚫은 창이 허공에서 크게 선회를 하더니 처음 날아온 곳으로 되돌아갔다.

모든 이들의 시선이 일제히 창의 주인에게 향했다.

"아!"

가장 먼저 그를 알아본 추월령이 감격의 탄성을 터뜨렸다.

"조… 영."

추혼귀창을 마상에게 건네고 자신을 향해 걸어오는 묵조영을 응시하는 추월령의 눈에 습기가 차올랐다.

"괜찮아요?"

묵조영의 부드러운 음성에 참고 있던 눈물이 흘렀다.

"다시는… 다시는 볼 수 없을 줄 알았어요."

"쓸데없는 생각을 했군요. 난 언제나 당신 곁을 지킬 거예요."

묵조영이 추월령의 눈물을 닦아주며 환히 웃었다.

"묵… 조… 영……!"

묵언도의 입에서 지옥의 절규와도 같은 음성이 흘러나왔다.

고개를 돌려 묵언도를 응시하는 묵조영의 눈에서 추월령에게 보내던 부드러운 눈빛과는 전혀 다른 매서운 빛이 흘러나왔다.

"……"

"비… 러… 머그……."

묵언도의 고개가 힘없이 꺾였다. 그는 숨이 끊어지는 순간까지 원독에 찬 눈빛으로 묵조영을 쏘아보았다.

"마 공."

묵언도의 죽음을 확인한 묵조영이 마상을 불렀다.

"모조리… 쓸어버리세요."

묵조영의 말이 떨어지기가 무섭게 마상의 몸이 허공으로 뛰어올랐다.

"잠깐만 비켜 있어요."

추월령을 뒤로한 묵조영이 어느새 군림전포를 걸치고 뒤로 물러나 앉아 칠현마금을 연주할 준비를 마친 석류를 가만히 응시했다.

그로 인해 겪었던 지난날의 아픔이 주마등처럼 스쳐 지나갔다.

묵조영은 자신도 모르게 입술을 깨물었다.

그리곤 조용히 말했다.

"이제는 당신도 갈 때가 되었소."

＊　　　＊　　　＊

"크아악!"

찢어지는 비명과 함께 곽홍의 듬이 오 장이나 날아가 무참히 처박혔다.

"으으으."

처절한 신음을 내뱉으며 간신히 몸을 일으키는 곽홍의 몸은 이미 사람의 것이라 할 수가 없었다. 한참이나 중심을 못 잡고 몸을 비틀거리던 곽홍은 검을 땅에 박은 후에야 겨우 흔들림을 멈출 수 있었다.

"사… 부께선 더 강해… 지셨습니다."

곽홍이 희미하게 웃으며 말했다.

"네가 약한 것이다."

여곤이 간단히 대꾸했다.

"이제… 끝을 내주십시오."

여곤이 고개를 끄덕였다.

몸의 모든 심맥이 끊기고 장기가 자리를 이탈한 지금, 그냥 놔두어도 얼마 살지 못할 몸이었다. 그러나 한때는 자신의 제

자이자 현재는 마교의 태상. 그동안의 고통이나마 덜어주자
는 생각이었다.

여곤의 손이 그의 머리 언저리를 지나쳤다.

"고… 맙……."

동시에 곽홍의 무릎이 꺾였다. 그리고 차가운 대지에 몸을
뉘었다. 다른 누구도 아니고 여곤의 손에 의해 죽음을 맞이해
서 그런지 무척이나 편한 얼굴이었다.

"후~ 이제야 맹주께서 하신 말씀을 이해할 수 있을 것 같
소이다."

숨마저 멈춘 채 여곤과 곽홍의 싸움을 지켜보고 있던 난감
천이 두려운 표정으로 입을 열었다.

조금 전, 예고 없이 전장에 나타난 공야치는 조금만 더 몰
아치면 총단을 무너뜨릴 수 있다는 수뇌들의 의견을 무시하
고 일방적으로 병력을 철수시켰다. 그리곤 마천량과 사대천
마가 내건 조건, 현재 마교 수뇌진을 제거하는 것으로 모든
싸움을 종결시키자는 의견을 설명하였다.

의천맹의 모든 장로, 호법들과 각 문파의 수뇌들이 절대로
있을 수 없다며 강하게 반발했다. 하지만 그사이 사대천마는
이미 마교의 진영으로 뛰어들었다. 실력행사를 통해 의천맹
을 압박하고자 함이었다.

오령을 이끌며 지금껏 총단을 지켜내는 데 혁혁한 공을 세
운 철인사가 공손초에 의해 피곤죽이 되었다. 목숨을 잃은 것

은 아니나 다시는 무공을 익힐 수 없을 정도로 철저하게 망가졌고 장로 감태원은 사도명에게, 그리고 태상 곽홍마저 그의 사부였던 여곤에게 결국 목숨을 잃은 것이었다.

한데 무엇보다 군웅들을 놀라게 한 것은 바로 마교의 수뇌들을 쓰러뜨리는 사대천마의 무공이었다. 그들은 싸움을 한 것이 아니었다. 그저 압도적인 무공으로 한 수를 가르쳐 준 것에 불과했다. 단지 그 대가가 무시무시한 것이었지만.

"사대천마는 이전 세대의 고수들. 그때 이미 천하에 적수가 없을 정도였소. 그런 저들이 마교에 합류한다고 가정해 보시오. 감당할 수 있을 것 같소?"

공야치가 할 말을 잃고 있는 수뇌들을 돌아보며 물었다.

다들 꿀 먹은 벙어리가 되었다.

"무엇보다 천하제일마 마천량의 무공은 저들과 비교할 바가 아니오. 노부 역시 승부를 장담할 수 없을 정도로."

주변의 공기가 차갑게 가라앉았다.

그들이 신처럼 믿고 있는 공야치의 승리를 장담할 수 없다는 말을 믿을 수가 없었지만, 조금 전 사대천마의 실력을 보면 믿지 않을 도리가 없었다.

그들 모두의 뇌리 속에 천하제일마와 사대천마가 미쳐 날뛰는 모습이 그려졌다. 가히 상상도 할 수 없는 끔찍한 일이 아닐 수 없었다.

"본 맹주 역시 이곳에서 마교의 뿌리를 뽑고 싶은 욕심이 있소. 어쩌면 가능할 수도 있소. 그러나 저들을 상대하려면 어떤 대가를 치러야 할지는 알았을 것이오. 자, 이제 선택은 여러분에게 달려 있소. 어찌하시겠소?"

아무도 말이 없었다.

공격을 강행하자 주장하는 사람이 우선적으로 앞서 사대천마를 상대해야 할 터, 누구도 그럴 용기는 없었다. 그저 저마다 서로의 눈치를 살피느라 열심히 눈동자를 굴릴 뿐이었다.

"맹주께서 그렇게 판단하셨다면 그만한 이유가 있을 터. 이 늙은이는 맹주님의 의견을 따르겠소."

마침내 결정을 내린 난감천이 공야치의 손을 들어주었다. 그것으로 마천량과 공야치의 거래는 성공한 것이나 다름없었다.

"다른 분의 의견은 어떠시오?"

역시 아무런 말도 없었다.

"그럼 허락한 것으로 알고 있겠소."

공야치는 다시 한 번 좌중을 둘러보고 마천량을 향해 천천히 걸어갔다.

"거래는 성립되었습니다, 노선배."

"고맙네. 이쪽도 대충 정리는 된 것 같군."

공야치가 의천맹을 비롯한 정파의 수뇌들을 설득하는 사이, 마교 진영에서도 급박한 상황 변화가 있었다.

마천량과 사대천마의 진정한 신분이 밝혀지고, 신로가 성녀의 억울한 죽음을 거론하면서 철포혼을 따르던 대다수의 인원이 그에게 등을 돌려 버린 것이었다. 게다가 마교의 핵심이라 할 수 있는 장로, 호법, 봉공들이 젊었을 때 목숨으로 따르고 추종했던 사람들이 바로 마천량과 사대천마. 감히 거역할 수가 없었다.

"따르라."

마천량이 한마디를 툭 던지고 돔을 돌렸다. 신로와 사대천마가 그 뒤를 따르고, 이어 거의 모든 마교도들이 철포혼을 버린 채 마천량을 따라 이동했다.

자신을 버리고 마천량을 따라 움직이는 수하들을 보며 철포혼이 할 수 있는 것은 아무것도 없었다. 그저 허탈한 웃음만이 흘러나올 뿐이었다.

바로 그때, 한쪽에서 설련이 모습을 드러냈다.

초조하게 그녀를 기다리던 마송이 번개같이 달려가 그녀에게 눈앞의 상황을 설명했다.

묵묵히 얘기를 듣던 설련이 철포혼을 향해 걸음을 옮겼다.

"너희는 올 필요 없어."

그러자 마송이 콧방귀를 뀌며 대꾸했다.

"떼어놓을 생각은 마십시오."

설련의 시선이 마송과 호신, 고정에게 향했다.

참으로 오랫동안 함께했던 소중한 수하들.

"마음대로 해. 바보들 같으니."

설련이 몸을 홱 돌렸다. 하지만 걸음을 옮길 수는 없었다.

"오랜만이야."

검을 들고 반갑게 인사를 하는 사람. 다름 아닌 곡운이었다.

"빚을 지고는 못 사는 성질이라서 말이야."

"혼자는 힘들 텐데?"

"젠장, 나도 알아! 사형!"

곡운이 살짝 얼굴을 붉히며 소리쳤다. 그러자 그의 곁으로 운학이 다가왔다.

"그때하고는 다를 거다!"

곡운이 소리치지 않아도 설련은 이미 전해오는 기세를 통해 과거의 그들이 아니라는 것을 느끼고 있었다.

"그렇다고 달라질 것은 없어."

간단히 대답한 설련이 무적뇌도를 슬쩍 치켜 올렸다.

과거 운학과 곡운, 그 둘의 합공이 얼마나 무서웠는지 기억하고 있던 그녀는 이미 구뢰패극참혼결을 극성으로 끌어올리고 있었다.

쿠쿠쿠쿠!!

우레와 같은 울림과 함께 도에서 뻗어 나온 기운이 곡운과 운학을 압박하기 시작했다. 무적뇌도에서 쏟아져 나오는 막강한 뇌정지기는 인간으로선 감당하기 힘든 엄청난 기운.

운학과 곡운의 얼굴이 절로 일그러졌다.

'역시 적응 안 돼!'

아직 본격적으로 시작도 안 했는데 온몸이 짜릿짜릿한 것이 전신에 밀려오는 압박이 장난이 아니었다. 문득 무참히 패배했던 과거의 모습이 떠올랐다.

"그럴 수야 없지!!"

힘찬 외침과 함께 곡운의 몸이 도하게 흔들리기 시작했다.

동시에 운학의 몸도 움직였다.

느린 듯 느리지 않고, 빠른 듯 빠르지 않은 움직임.

태극만상보였다. 그렇다면 그들이 사용하려는 무공은 뻔했다.

무당파 최후의 비전 태극만상일여검.

그녀를 꺾을 수 있는 유일한 무공이었다.


"제 도전을 받아주겠습니까?"

철포혼이 공야치에게 도전장을 던졌다.

모든 것을 잃은 지금 그가 할 수 있는 최후의 선택을 했다.

좌중의 시선이 공야치에게 향했다. 그런 상황에서 도전을 거절하는 성격이 아니었다.

"좋겠지."

가볍게 대답한 공야치가 철포혼을 상대하기 위해 걸음을 움직였다.

한 걸음.

철포혼은 태산이 움직이는 느낌을 받았다.

한 걸음.

거대한 해일이 자신의 몸을 덮치는 느낌에 철포혼의 몸이
절로 떨렸다.

한 걸음.

세상의 모든 공기가 공야치의 주변으로 빨려 들어가며 거
대한 힘이 웅축되고 있었다.

"아!"

난감천의 입에서 탄성이 터져 나왔다.

비단 그뿐만이 아니라 주변의 모든 이들이 같은 심정으로
공야치를 바라보고 있었다.

비로소 천하제일인의 진면목을 보게 된 것이다.

공야치는 단지 몇 걸음을 움직이는 기세만으로 철포혼과
좌중의 모든 고수들을 압도해 버렸다.

더 이상 버티기 힘들었던 철포혼이 화룡성검을 움켜쥐며
천마호심공을 운용하기 시작했다.

우우우우웅!

사위를 휘감는 검명과 함께 검에서 붉은 기운이 솟구치기
시작했다.

마음이 차분히 가라앉았다.

우우우우우웅!

검에서 치솟은 붉은 기운은 시간이 가면 갈수록 더욱 거세게 요동치며 마침내 지옥의 염화와 같은 빛을 뿌리는 화룡의 모습으로 형상화됐다.

"마력이 깃든 검이로군."

공야치가 화룡을 보며 가볍게 중얼거렸다. 그러나 그것이 전부였다.

빈손이었던 공야치가 아래로 손을 뻗었다. 그러자 반쯤 부러진 칼 하나가 그의 손으로 빨려왔다.

"오라."

공야치가 철포혼을 향해 말했다.

철포혼은 주저하지 않고 공격을 감행했다.

그는 오직 일 초에 승부를 걸었다.

공야치 역시 오랫동안 싸울 생각은 없었다.

철포혼의 의지가 담긴 화룡이 용틀임을 시작했다. 동시에 살짝 닿기만 해도 녹아버릴 것만 같은 불길이 주변을 휩쓸기 시작했다.

"물러서라!"

난감천이 군웅들에게 다급히 소리쳤다.

멀리서도 그 뜨거운 열기가 느껴질 정도로 화룡이 뿜어내는 불길은 엄청났다.

그런데 불길의 중심에 선 공야치는 조금도 영향을 받지 않는 듯했다.

자세히 살펴보니 공야치의 주변으로 희미한 막 하나가 둘러쳐 있었다.

부러진 칼에서 흘러나온 하얀색 빛줄기가 화룡의 불길을 막아내는 것이었다.

"타하핫!"

철포혼의 입에서 혼신의 힘을 다한 기합성이 터져 나왔다.

순간, 주변을 완벽하게 장악하고 미쳐 날뛰던 화룡들이 일제히 공야치를 향했다.

기하급수적으로 늘어 한 모금 호흡이 끝나기도 전, 주변을 완전히 장악한 백룡은 묵조영의 분노를 고스란히 담은 채 마교도들을 공격하기 시작했다.

모든 사람들이 공야치의 안위를 걱정할 만큼, 천하제일인의 패배를 두려워할 정도로 무시무시한 위력.

"훌륭하군."

적다고 할 수는 없었지만 결코 많다고도 할 수 없는 철포혼의 나이를 감안했을 때 그만한 성취를 이루기란 결코 쉽지 않은 일.

공야치는 철포혼의 나이 당시 자신은 그만큼 강하지 못했다는 것을 상기하며 진심으로 감탄을 했다.

그래도 승부는 승부였다.

철포혼이 그만큼 멋진 무공을 보여줬다면 자신 역시 최선을 다해 상대를 해주는 것이 무인으로서의 도리였다.

공야치가 부러진 칼을 철포혼에게 겨눴다.

순간, 검끝에서 청명한 기운이 흘러나오기 시작하더니 공야치의 몸을 완벽하게 감싸 버렸다. 아울러 공야치의 모습이 점점 투명하게 변하더니 곧 그 빛과 동화되어 버렸다.

잠시 후, 공야치가 서 있던 자리엔 그 대신 거대한 크기의 검 하나가 모습을 드러냈다.

천지사방을 단숨에 태워 버릴 듯 무섭게 포효하는 화룡의 불길을 간단히 튕겨 버릴 만큼 눈부시고, 보는 이들로 하여금 절로 고개를 숙이고 무릎을 꺾게 만들 만큼 청명한 기운.

"신검합일(身劍合一)!!"

공야치가 이루어낸 경지를 알아본 난감천이 입을 떡 벌리고, 그의 말을 전해 들은 군웅들 역시 하나같이 두 눈을 부릅떴다. 무림 역사상 오직 천마 조사만이 이룩했다는 신검합일의 경지가 천 년의 세월을 뛰어넘어 다시 등장한 것이었다.

우우우우웅!

거대한 떨림과 함께 검으로 화한 공야치가 움직였다.

화룡의 불길이 그의 움직임을 막기 위해 필사적으로 대항했으나 공야치가 뿌리는 빛은 점점 그 영역을 넓히더니 종래엔 화룡의 불길마저 삼켜 버리기 시작했다. 그리그 그가 철포혼 앞에 도착했을 때엔 이미 모든 화룡이 그 빛에 굴복해 완벽하게 사그라들었다.

별다른 충돌음은 없었다.

세상을 뒤집을 만한 충격파도 없었다.

검으로 화한 공야치는 화룡의 불길을 느린 속도로 갈랐을 뿐이었다.

다만 그 화룡에 자신의 모든 것을 쏟아 부었던 철포혼은 사정이 달랐다.

"크으으으."

철포혼의 입에서 고통스런 신음성이 터져 나왔다.

외상은 없었다.

하지만 그의 전신의 심맥은 이미 모조리 끊어지고 오장육부마저 모조리 파열했다.

비틀거리는 철포혼 앞에 어느새 예전의 모습으로 돌아온 공야치가 서 있었다.

"훌륭한 무공이었다."

공야치가 진심을 담아 칭찬을 했다.

철포혼의 입가에 웃음이 깃들었다.

"고… 맙… 소."

그 말을 끝으로 천하를 피의 폭풍으로 몰아넣었던 효웅, 철포혼이 생을 마감했다.

"와아!"

"이겼다!"

공야치의 승리에 정파의 무인들은 세상이 떠나가라 함성을 내질렀다.

그리고 바로 그 순간, 경천동지할 만큼 어마어마한 대결임에도 철포혼과 공야치의 싸움으로 세인들의 관심에서 벗어난 곡운과 운학, 설련의 치열했던 싸움도 그 끝을 맺고 있었다.

꽈꽈꽈꽈꽝!

엄청난 굉음과 충격파가 마교의 총단을 휩쓸었다. 아울러 충격으로 뒤집힌 땅에서 일어난 먼지로 인해 주변은 한 치 앞도 볼 수가 없었다.

그제야 깜짝 놀라며 그들의 대결에 관심을 보인 군웅들.

잠시 후, 주변을 뒤덮었던 먼지가 가라앉으며 싸움의 결과가 드러났다.

곡운은 한쪽 무릎을 꿇고 있었고 운학은 연신 핏덩이를 뱉어내며 신음을 했다.

그에 반해 설련은 무적뇌도를 하늘로 치켜세운 그 자세 그대로 우뚝 서 있었다.

곡운과 운학이 설련에게 패한 것으로 판단한 군웅들의 얼굴에 실망감이 깃들었다. 하지만 그토록 당당했던 설련의 신형이 서서히 무너져 내리면서 자신들의 판단이 틀렸음을 깨달았다.

"이, 이긴 건가?"

누군가의 말에 난감천이 고개를 흔들었다.

"아니, 양패구상. 저들에겐 더 이상 싸울 힘이 없어. 이번 승부는 비겼네. 패력도후 설련. 과연 대단해."

난감천은 가녀린 여인의 몸으로 가히 전설과도 같은 무위
를 보여준 설련에게 진정으로 감탄하고 있었다.

바로 그때, 무적뇌도에 의지해 간신히 몸을 지탱하고 있는
설련을 향해 다가가는 사람이 있었다.

다름 아닌 묵조영과 추월령이었다.

"오랜만이오, 설 소저."

묵조영이 다소 어색한 표정으로 인사를 건넸다.

"그렇군요."

처연한 미소를 보이며 고개를 끄덕이던 설련이 현이 가닥
가닥 끊어진 칠현마금을 발견했다.

"칠현마금… 하면 숙부는……."

"미안하게 되었소."

"아니요. 어차피… 그리될 일이었어요."

석류가 묵조영에게 무슨 짓을 했는지 알고 있었던 설련은
힘없이 고개를 흔들었다. 힘에 부치는지 그녀의 몸이 비틀거
렸다.

"괜찮소?"

그녀를 부축하려다 좌중의 시선을 의식하고 멈칫한 묵조
영이 걱정스런 표정으로 물었다.

"버틸 만해요."

그러자 바닥에 주저앉아 거친 숨을 몰아쉬고 있던 곡운이
발끈하여 소리쳤다.

"어이, 네놈 친구는 나라고!"

그러나 묵조영은 그를 힐끗 쳐다보더니 다시 고개를 돌렸다.

"이 물건은 마교의 물건이니 돌려주겠소."

묵조영이 칠현마금을 건넸다. 하지만 설련은 손을 내밀 힘조차 없었다.

그녀를 대신하여 칠현마금을 받은 것은 마송이었다.

어느새 곁으로 다가온 고정과 호신이 설련을 부축했다.

"고맙습니다."

마송이 고개를 숙여 인사를 하고. 설련을 부축한 고정과 호신에게 눈짓을 했다.

문득 걸음을 멈춘 설련이 고개를 돌렸다.

"다음에……."

하지만 그녀는 다음 말을 잇지 못했다. 묵조영의 곁에 선 추월령을 본 것이다.

가볍게 목례를 한 설련이 고개를 돌렸다.

그런 그녀의 입가에 슬픈 미소가 걸렸다.

설련이 수하들의 부축을 받으며 자리를 떠나자 묵조영을 향한 곡운의 원망 어린 푸념은 극에 달했다.

"세상에 정말 믿을 놈 하나 없구나. 하나뿐인 친구라는 놈이……."

그렇게 무림의 운명을 걸고 벌어진 악양대회전은 끝이

났다.

　마교와 의천맹, 어느 쪽도 승리를 거두지 못했다. 그저 남은 것은 무수한 시신들과 주인을 잃은 병장기뿐이었다.

＊　　　＊　　　＊

　햇살이 따뜻한 오후.

　묵조영은 나무 그늘 아래에 군림전포를 깔고 추월령의 허벅지를 베고 누워 오랜만에 찾아온 행복을 만끽하고 있었다.

　"참, 그거 알아요?"

　묵조영의 머리를 손질하던 추월령이 문득 입을 열었다.

　"뭐를요?"

　"곡 공자님 말이에요."

　"그놈이 왜요?"

　"설 소저를 마음에 두고 있는 것 같아요."

　추월령이 입가에 미소를 띠며 말했다.

　그러자 벌떡 일어나 앉은 묵조영이 두 눈을 동그랗게 치켜뜨고 물었다.

　"그게 정말이오?"

　"예."

　"하하하! 어쩐지 요즘 영 행동이 수상하더라니."

　"하지만 설 소저는 곡 공자가 별로인 모양이에요."

“호오~”

“그 때문에 마음고생이 심한 것 같아요.”

그러자 묵조영이 재미있어 죽겠다는 표정을 지었다.

“호호호. 놈이 이제야 사랑에 눈을 뜨는 모양이군요. 아무튼 상대가 설 소저라면 고생깨나 하겠네요.”

“조영, 당신이 조금 도와주면……”

“아니요. 사랑이란 것은 누가 도와줘서 되는 게 아니에요. 스스로 가슴 아파하고 힘들어하며 이겨내야지요. 녀석이 정말 그녀를 사랑한다면 그래야 해요. 그렇지 않나요, 마 공?”

묵조영이 언제나 그렇듯 자신의 곁을 지키고 있는 마상에게 물었다.

역시 들려오는 대답은 없었다.

짧게 한숨을 내쉰 묵조영이 마상을 물끄러미 바라보았다. 그리곤 천천히 입을 열었다.

“그러고 보니 지금껏 고맙다는 말을 한 번도 못했네요. 마 공이 곁에 있어 얼마나 든든한지 모릅니다.”

묵조영이 그를 향해 머리를 숙였다.

“마 공이 너무 가엾다는 생각이 들어요. 언제까지 이런 삶을 지속해야 하는지요.”

추월령이 안쓰러운 얼굴로 마상을 바라보았다.

“그러게요. 내 말을 알아듣고 직접 말을 할 수 있다면, 마 공이 원하는 것이라면 내 무엇이라도 들어줄 텐데 말이에요. 후~"

묵조영도 답답한지 한숨을 내쉬었다.

바로 그때였다.

"한… 가… 지… 부… 탁이 있… 소."

지금껏 단 한 번도 열리지 않았던 마상의 입에서 인간의 것이라고 할 수 없는 탁한 음성이 터져 나왔다.

"마, 마 공!"

깜짝 놀란 묵조영이 두 눈을 부릅떴고, 심지어 추월령의 눈엔 공포까지 어렸다.

"말을 할 수 있는 겁니까?"

마상은 대답을 하지 않고 다시 말을 이었다.

"부… 탁이……."

"말씀하세요. 무엇이든, 그게 어떤 것이든 들어드릴 테니까요."

묵조영이 황급히 대답했다.

마상이 텅 빈 눈으로 한참 동안이나 묵조영을 응시했다. 그리곤 말했다.

"이제… 쉬… 고 쉽소. 나… 를 보내… 주시오."

탁한 음성에서 절박함이 느껴졌다. 묵조영은 가슴이 찢어질 듯 아팠다.

"나… 를 보… 내주… 시… 오."

그 말을 끝으로 마상의 입은 다시 열리지 않았다.

“마 공······.”

무려 이백 년이었다.

죽어도 죽은 것이 아니고 살아도 살아 있는 것이 아니었던 상태. 그 세월 동안 그가 어떤 고통을 겪었을지 상상이 가질 않았다.

불현듯 언젠가는 그에게 씌어진 굴레를 벗겨주었으면 좋겠다는 마천량의 말이 떠올랐다.

‘그랬구나. 태사숙조님은 알고 계셨구나. 알고 계셨어.’

비로소 그때의 말을 이해할 수 있었다.

“알겠습니다. 알겠습니다, 마 공. 원하는 대로 해드리지요.”

묵조영의 떨리는 손이 마상의 머리로 다가갔다.

마상의 초점 없는 시선은 묵조영에게 고정되어 있었다.

그 눈에서 묵조영은 자신에게 고마워하는 마상의 마음을 느낄 수 있었다.

묵조영의 눈에 어느새 눈물이 고였다. 그의 품에 안긴 추월령도 눈물을 흘렸다.

묵조영이 손에 내력을 주입했다.

어느 순간, 마상의 무릎이 꺾였다. 그리곤 몸 전체가 천천히 무너져 내렸다.

“고생··· 하셨습니다. 이제 편히 쉬세요.”

묵조영의 마지막 말을 들으며 영원히 감기지 않을 것 같았던 마상의 눈이 감겼다.
 따스한 햇살이 그의 영면을 축복이라도 하듯 가만히 내리
쬐었다.


『마도십병』완결❀

# 입소문을 통해 아는 분은 다 알고 계십니다!
# 올 한해 공인중개사 최고의 화제작!

## 수험생 기본 필독서
# 만화 공인중개사

**제목 : 만화공인중개사 쓰신 분에게 감사드립니다.**

학원을 두 달 다녔어요. 근데 과연 그 숫자 외우기 그런 게 몇 문제나 나올까 생각을 했어요.

아니라는 생각이 드네요. 학원강의를 뒤로하고 서점을 갔어요. 내 머리에 가장 이해될 수 있는

책이 없나 하구요. 거기서 만화를 발견했어요. 무조건 세 번 봤어요. 3개월 걸렸어요. 문제집을 보라고

했는데 그건 시행을 못했어요. 근데 합격을 했네요.

어떻게 감사의 말을 해야 될지……

도서관에서 만화책 들고 다니니까 사람들이 비웃더라구요. 만화책으로 공인중개사를 공부한다고

미친 사람처럼 보더라구요. 근데 그거 다 감수하고 했던 내가 자랑스럽습니다.

어떻게 감사의 말을 해야 할지… 정말 감사합니다.

부디 행복하세요. 제 나이 41살에 좋은 스승을 만난 것 같습니다.

엎드려 감사드립니다.

−본사 홈페이지어 독자분이 올린 메일 中 에서 발췌−

# 2008년 봄 그들이 온다!!

권왕무적의 초우, 궁귀검신의 조돈형, 삼류무사의 김석진, 태극검해의
한성수, 프라우슈 폰 진의 김광수, 흑사자의 김운영, 송백의 백준 등

총 20여 명에 이르는 호화군단의 인더북 이북 연재 확정!!
그 외에도 많은 정상급 작가들의 이북 연재 런칭 예정!!

**포도밭 그 사나이, 새빨간 여우 등의 로맨스 정상급 작가
김랑의 작품을 이북 연재로 만나다!!**

## 오직 인더북에서만 독점 연재!!

아쉬움을 남기고 1부에서 막을 내린 **권왕무적 시리즈의 2부** 등 인기 작가들의 수준 높은
미공개 작품들이 시중에 책으로 출간되지 않고, 오직 인더북에서만 연재됩니다.

# COMING SOON! INTHEBOOK.NET

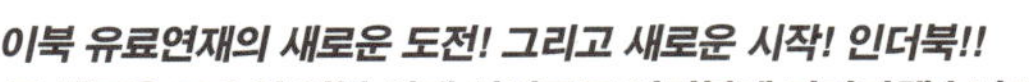

1. 인더북의 이북 유료연재는 2008년 1월 말 ~ 2월 중순경 오픈
2. 인더북에 연재되는 작품들은 시중에 출판되지 않은 작품들로 엄선

**이북 유료연재의 새로운 도전! 그리고 새로운 시작! 인더북!!
곧 새로운 모습의 이북 연재 사이트로 여러분께 다가가겠습니다.**